Ouvrage publié sous la direction
de Françoise Delivet

LE MEURTRE DU DOCTEUR VANLOO

DU MÊME AUTEUR

Chez le même éditeur

La Femme manquée, roman, 2000
Baigneuse nue sur un rocher, roman, 2001
Helena Vannek, roman, 2002
Le Conseiller du roi, roman, 2003
Les Fausses Innocences, roman, 2005
Les Mystères de sainte Freya, roman, 2007
Tu ne jugeras point, roman, 2009
Les Eaux amères, roman, 2011
Loin des mosquées, roman, 2012
Le Bon Coupable, roman, 2013
Dans la gueule de la bête, roman, 2014
De regrettables incidents, roman, 2015
Et je serai toujours avec toi, roman, 2016
En son absence, roman, 2017
Une femme que j'aimais, roman, 2018
Une drôle de fille, roman, 2019
La Disparue de l'île Monsin, roman, 2020
Sa dernière chance, roman, 2021
Un père à soi, roman, 2022

Chez d'autres éditeurs

De la salade !, récit, Memor, Bruxelles, 2000
La Femme de saint Pierre, nouvelles, Labor, Bruxelles, 2004
La Reine des Spagnes, récit, Memor, Bruxelles, 2006
Le Commandant Bill, roman, Mijade, Namur, 2008
Les Lunettes de John Lennon, roman, Mijade, Namur, 2010
La Malédiction de l'abbé Choiron, récit, Weyrich, Neufchâteau, 2011
Sept histoires pas très catholiques, nouvelles, Weyrich, Neufchâteau, 2016
La Mort pour marraine, théâtre, De Boeck, Louvain-la-Neuve, 2016
L'Évasion de Socrate, théâtre, Samsa, Bruxelles, 2017
Le Concile de Jérusalem – Le Frère du fils prodigue – L'Ange Gabriel, théâtre, Éditions jésuites, Namur-Paris, 2018

ARMEL JOB

LE MEURTRE DU DOCTEUR VANLOO

Robert Laffont

ISBN : 978-2221-26710-3
Dépôt légal : février 2023
Éditions Robert Laffont, 92, avenue de France – 75013 Paris

Σοὶ δὲ θεοὶ τόσα δοῖεν ὅσα φρεσὶ σῇσι μενοινᾷς,
ἄνδρα τε καὶ οἶκον, καὶ ὁμοφροσύνην ὀπάσειαν
ἐσθλήν· οὐ μὲν γὰρ τοῦ γε κρεῖσσον καὶ ἄρειον,
ἢ ὅθ᾽ ὁμοφρονέοντε νοήμασιν οἶκον ἔχητον
ἀνὴρ ἠδὲ γυνή· πόλλ᾽ ἄλγεα δυσμενέεσσι,
χάρματα δ᾽ εὐμενέτῃσι, μάλιστα δέ τ᾽ ἔκλυον αὐτοί.

Que les dieux te donnent tout ce que ton cœur désire,
un mari et un foyer ; qu'ils t'accordent de vous entendre,
noble faveur ! Car rien n'est plus fort ni plus grand
qu'un homme et une femme qui s'unissent en leurs pensées
et font bon ménage. C'est maint tourment pour les envieux
et joie pour leurs amis. Mais c'est eux surtout qui le savent !

Odyssée, VI, 180-185

1.

Sophie Lebrun, la substitute du procureur du roi, se regarde dans la glace au-dessus du lavabo dans la salle de bains du presbytère. Elle est pâle comme un linge. Des larmes s'échappent encore de ses yeux. Mais, tout de même, elle se sent un peu mieux maintenant qu'elle a rendu son petit déjeuner. Deux minutes penchée sur la cuvette, d'autant plus pénibles qu'elle n'avait pas grand-chose dans l'estomac.

Le matin, elle grignote quelques biscottes qu'elle humecte dans son café. Ça, oui, du café elle en boit pas mal, trois, quatre tasses. Tristan est déjà parti à Bruxelles depuis une heure au moins, pour éviter les embouteillages. C'est comme ça tous les jours de la semaine. Ils se parlent le soir seulement. Aujourd'hui, elle aura vraiment quelque chose à lui raconter.

Arrivée au palais, elle a échangé quelques mots avec M. Jeangout, le greffier, dont l'épouse est en chimio, puis s'est installée dans son bureau. Elle a ouvert la fenêtre pour profiter du beau temps. Le lundi, le procureur du roi n'arrive que rarement avant dix heures. À partir de huit, c'est elle qui est de garde.

À neuf heures et quart, coup de fil d'un policier de la zone Centre-Ardenne, qui tient une permanence pour la commune de Forville. Il vient d'être appelé par quelqu'un qui a découvert un cadavre au presbytère de Fontenal, un patelin de l'entité.

« Le curé ?

— Non, il n'y a plus de curé depuis longtemps. Le presbytère est loué à des particuliers. C'est un certain Vanloo qui l'occupait. Un médecin.

— C'est lui, le mort ?

— Oui.

— Le docteur du village ?

— Non, il travaille dans les hôpitaux.

— Et ce décès est suspect ?

— Plutôt, madame. D'après le témoin qui m'a appelé, la personne est étendue dans une mare de sang au milieu d'une pièce du rez-de-chaussée.

— Un accident ?

— Le témoin pense que c'est un meurtre. Je vais me rendre sur place. »

La tuile ! Elle a trente-deux ans. Elle est substitute depuis deux mois. Le procureur lui a confié de quoi s'occuper, principalement les dossiers d'accidents de roulage, pour lesquels il y a un arriéré de plusieurs années. Il a bien été question d'un stage à la police, mais ce n'était pas urgent. Conclusion : elle a beau appartenir à la magistrature debout, elle n'a jamais quitté son siège. Il ne doit pas y avoir plus de deux ou trois affaires criminelles par décennie pour son parquet. Ce n'est pas Liège ou Charleroi ici, c'est la campagne. Et il fallait que ça tombe sur elle !

Elle a appelé le procureur sur son portable.

« Bon, Sophie, prévenez la police fédérale. Demandez Demaret, commissaire Demaret. Puis descendez sur les lieux.

— Moi, monsieur le procureur ?

— Oui, vous, bien entendu. Qui d'autre ?

— C'est que…

— Allons, allons, il faut un début à tout, Sophie. Assurez-vous qu'il s'agit bien d'un meurtre, hein ! Il ne faudrait pas que le flic du coin ait pris sa petite vessie pour une lanterne ! »

Donc elle a averti le commissaire Demaret – plus exactement un inspecteur qui s'est chargé de le faire – et elle s'est rendue à l'adresse que son informateur lui avait communiquée. Aux abords de Fontenal, son GPS avec une parfaite assurance l'a d'abord égarée sur une route agricole, avant de concéder qu'il n'avait aucune idée d'une rue du Bailly et de son numéro 86. Elle l'a repérée grâce à la méthode ancestrale, en se guidant sur le clocher bien en vue au milieu du village, qui s'étage à flanc de colline. Le presbytère ne devait pas être très éloigné.

En effet, il se trouvait en face de l'église et attenait au cimetière, juste au-dessus du même côté de la rue. Devant, il y avait déjà plusieurs véhicules : une fourgonnette de la police locale, un car de la zone Centre-Ardenne, deux voitures ordinaires ou plutôt banalisées. Un périmètre de sécurité avait été délimité par un ruban bleu marqué « Police ». Il barrait les deux piliers à l'entrée du passage dallé menant à l'habitation, se prolongeait vers le haut devant une allée carrossable, puis vers le bas le long du muret de schiste bornant le jardin à l'abandon, envahi par les hautes graminées de juin.

Elle s'est garée devant la fourgonnette et, aussitôt, un jeune flic en uniforme est accouru.

« Vous ne pouvez pas rester là, mademoiselle.

— Pourquoi ?

— Vous le voyez bien. Il y a une opération de police en cours. »

L'agent l'avait prise pour une curieuse, la première des inévitables voyeurs à qui l'on doit dire : « Circulez, il n'y a rien à voir ! » Dès qu'on en tolère un, les autres s'agglutinent.

« Je suis la substitute du procureur du roi.

— Ah, pardon, mademoiselle.

— Madame. »

Elle n'est pas mariée, mais « mademoiselle » sur une scène de crime, ça fait à peu près aussi sérieux que « ma chère sœur » à la brigade des mœurs.

Elle est entrée dans un vestibule plein de fraîcheur, revêtu d'un antique carrelage bleu entre des murs nus badigeonnés à la chaux. Elle est restée sur le seuil, le cœur tout à coup frémissant, tandis que le policier allait chercher le commissaire Demaret.

Il s'est présenté aussitôt. Entre deux âges, poivre et sel, un peu voûté, jean, blouson et, aux pieds – ce qui a immédiatement attiré son œil –, des sortes de sachets en plastique bleu autour de ses chaussures.

« Commissaire Demaret.

— Sophie Lebrun.

— Vous êtes le nouveau substitut ?

— Oui, enfin, la nouvelle substitute.

— D'accord. »

Un franc sourire : Demaret ne s'est pas trop formalisé de la remarque. Dans l'immédiat, il avait mieux à faire sans doute que de chipoter sur la féminisation des fonctions, la dernière manie à la mode.

« Vous vous êtes déjà occupée d'un homicide ?

— Pas vraiment… Pas du tout, même. C'est un homicide ?

— J'en ai bien peur.

— Le suicide… Je ne sais pas… Vous écartez le suicide ? » a-t-elle demandé dans l'espoir d'avoir l'air professionnelle.

— Il est rare qu'on se suicide en se poignardant dans le dos. Vous venez voir ? »

Ce n'était pas tellement que l'envie l'en démangeait, mais impossible de se défiler. Le commissaire lui a fait chausser les mêmes sachets bleus sur ses sneakers et, par la première porte de gauche dans le couloir, il l'a fait entrer dans la pièce.

À l'intérieur, un photographe et deux hommes en combinaison de labo blanche s'affairaient. Au sol, en avant d'un coin salon, le cadavre, plaqué de tout son long sur le ventre. La tête semblait dévissée, le visage était figé de profil, l'œil exorbité, la bouche crispée dans un rictus. Les bras étaient allongés de part et d'autre de la tignasse ébouriffée, comme si l'homme avait cherché à ramper vers la fenêtre devant lui, par où le soleil matinal jetait sur sa dépouille un implacable rectangle de lumière. Le sang poissait sa chemise, blanche de son vivant, qui ressemblait maintenant à un buvard de sous-main froissé. Au contact du plancher en chêne, la mare que le policier local avait mentionnée au téléphone avait acquis la teinte cuivrée des terres à maïs qu'on voit partout dans les environs.

Le commissaire s'est avancé près de la victime.

« Approchez-vous ! »

Elle a fait trois pas en avant.

« Vous voyez là, entre les épaules ? La chemise est déchirée. Il a été frappé dans le dos, et pas qu'une fois. Le légiste nous confirmera ça. Il ne va pas tarder, le temps de venir de Liège… Ça va, mademoiselle ? »

Elle se sentait mal au point de ne même pas songer cette fois à rectifier le « mademoiselle », ni même d'ailleurs de formuler quelque réponse que ce soit. Les seules morts violentes auxquelles elle avait été confrontée, c'était dans les films, où les trucidés se relèvent quand le réalisateur crie : « *Cut !* » Un homme massacré, couvert de vrai sang, défiguré, dans une pièce à l'odeur faisandée, c'est une autre paire de manches.

Demaret est revenu vers elle, il l'a fait repasser dans le vestibule.

« La salle de bains, c'est la petite porte au fond à droite. »

Elle s'y est engouffrée. Il était moins deux.

Maintenant, il va falloir y retourner. Est-ce que Demaret est resté derrière la porte ? Elle imbibe d'un peu d'eau la serviette accrochée à côté du lavabo et se tamponne le visage. Elle essaie un sourire. Pas terrible mais, de toute façon, pour jouer les intrépides, c'est un peu raté.

Elle ouvre. À l'autre bout du vestibule, le jeune uniforme qui l'a abordée tout à l'heure lui adresse un signe en direction de la porte en face.

« Le commissaire est là, madame, à la cuisine. »

Elle toque un coup puis, sans attendre de réponse – après tout, l'autorité ici, qui est-ce ? –, elle entre.

Un décor des années cinquante : carrelage en damier noir et blanc, une gazinière, un évier, des placards en Formica beige. Au milieu de la pièce, sous une suspension de la même époque, une longue table réfectoire recouverte d'une toile cirée, autour de laquelle cinq personnes sont assises devant une tasse de café. La cruche du percolateur repose sur un support métallique à côté d'un pot de lait, d'une assiette garnie de spéculoos et d'une boîte de sucre Tirlemont. Une sixième tasse encore vide a été préparée à un des hauts bouts, à son intention certainement.

« Ah, mademoiselle ! Ça va mieux ? »

Pas d'ironie apparemment dans le ton ni dans le regard du commissaire, pas plus que dans celui des autres, auxquels pourtant il a expliqué sans doute qu'elle avait cané devant le cadavre.

« Je vous présente Mlle Sophie Lebrun, la substitute du procureur du roi. Vous connaissez Mme Vandewalle, je suppose, mademoiselle ? »

Une femme en tailleur gris du même âge que Demaret lui accorde un hochement de tête et ajoute aussitôt : « Nous ne nous connaissons pas vraiment. Nous nous sommes croisées dans les couloirs du palais seulement.

— J'ai téléphoné au procureur dès mon arrivée, explique Demaret. Nous sommes en présence d'un meurtre, c'est clair. Le procureur a mis l'affaire à l'instruction. Il a désigné Mme Vandewalle.

— Ah, très bien, murmure Sophie.

— J'habite à dix minutes d'ici, précise la juge d'instruction comme pour justifier la décision du procureur. Varensart, vous situez ?

— Non.

— Mon mari ne supporte pas la ville.

— Et ici, reprend Demaret, voici M. Habran, qui vous a avertie ce matin. »

Habran amorce un mouvement pour se lever, mais se rassied à mi-chemin, incertain de devoir faire des courbettes devant une magistrate pas ressuyée derrière les oreilles. Il a la cinquantaine rougeaude et le ventre assorti, sur lequel repose sa casquette de la police locale. À l'époque de l'installation de la cuisine, il aurait fait un garde champêtre dans le même style vintage.

Demaret poursuit les présentations : « M. et Mme Brasseur, qui ont découvert le corps. »

Brasseur porte une salopette verte de fermier ornée d'un écusson « Clovis Maton – Semences – Zaden » au-dessus de sa poche de poitrine. Crâne déplumé, profil taillé à la serpe, menton en promontoire, les joues piquées de poils mal fauchés, non par mode, par négligence. À ses côtés, sa femme passerait allègrement pour sa fille. Son visage présente la douceur, le velouté d'une pêche. Ses yeux bleus s'abritent sous les grands cils de ses paupières, qu'elle baisse timidement ou craintivement plutôt. On la marierait à n'importe qui sauf à un paysan, en particulier à Brasseur.

Elle lève le cou vers la substitute et demande : « Je vous sers un peu de café ? »

Elle s'empare de la cruche, remplit la tasse, puis s'apprête à approcher le lait et le reste, mais Sophie refuse de la main en s'asseyant.

« Merci.

— Eh bien, prononce la juge d'instruction Vandewalle, mettons les choses au clair tout de suite. Monsieur Demaret, vous serez mon chef d'enquête. Vous êtes expérimenté, entourez-vous d'une équipe à votre convenance. Il faut débrouiller cette histoire au plus tôt. Demain en huit, je serai en vacances. »

Demaret opine, sans commentaire.

« Pour ce matin, nous allons profiter que tous ceux qui ont contribué à la déclaration de notre affaire sont présents. Nous allons reprendre les circonstances exactes de la découverte du corps. Après quoi je vous libère. Monsieur Habran, vous avez bien un calepin ?

— Moi, madame ?

— Oui, vous.

— Un calepin ?

— Un carnet ou autre chose où vous consignez les procès-verbaux quand vous mettez la main au collet d'un maraudeur.

— Quel maraudeur ?

— Je plaisante… Prenez note, je vous désigne comme greffier.

— Ah… Bien… Bon… »

D'une poche de sa vareuse, il extrait un bloc-notes et un stylo à bille, puis s'appuie sur la table dans l'attitude d'un écolier qui attend la première phrase de la dictée.

« Sophie, je ne vous retiens pas. Si vous avez mieux à faire…

— Non, non, ça va.

— Comme vous voulez. Monsieur Brasseur, dites-moi comment il se fait que vous avez découvert le corps. »

Brasseur lance un regard à Demaret.

« J'ai déjà tout raconté à M. le commissaire.

— C'est très bien. Maintenant, racontez-le-moi aussi, si ça ne vous dérange pas.

— Ah… d'accord. Donc, ce matin, ma femme est montée ici pour faire le ménage du docteur, comme tous les lundis matin. Elle l'a trouvé mort et elle est revenue me chercher.

— Attendez ! Dans ce cas, ce n'est pas vous qui avez découvert le corps ?

— Non, c'est Alice.

— Vous, madame ? »

Alice jusque-là semblait préoccupée seulement par les mouches qui venaient pomper le sucre dans la boîte Tirlemont. Elle acquiesce.

« Vous vous occupez de l'entretien de la maison ?

— Oui.

— Le docteur Vanloo vivait seul ici ?

— Oui, oui.

— Dites-moi comment vous avez trouvé le corps.

— Je suis entrée comme d'habitude, puis…

— Pardon, vous avez frappé à la porte ? Ou sonné ? Il y a une sonnette ?

— Non, il n'y a pas de sonnette, juste un marteau. Mais je n'ai pas frappé, j'ai la clé.

— Alice fait le ménage quand il n'est pas là, intervient Brasseur.

— Je comprends. Laissez parler votre épouse, monsieur Brasseur. Continuez, madame. Ensuite ?

— J'ai pris mes affaires dans le débarras, je suis passée à la cuisine remplir mon seau d'eau chaude, puis je suis allée dans le séjour. Je commence toujours par là. J'ai ouvert la porte, je suis tombée sur le docteur, par terre, avec du sang partout.

— Vous vous êtes approchée ? Vous l'avez touché ?

— Non. J'ai bien vu tout de suite qu'il était mort. Je suis redescendue chez nous.

— Vous avez couru ?

— Non. J'avais mon vélo, je suis allée chercher Jacques.

— Vous, monsieur Brasseur ?

— Oui. Je suis remonté avec elle, en voiture. J'ai vu le corps de Vanloo, j'ai téléphoné à la police.

— Vous avez utilisé le téléphone de la maison ?

— Il n'y a pas de téléphone. J'ai le mien. »

Il sort de sa poche un vénérable Nokia 1110.

« Vous avez formé le 101 ?

— Non, j'ai le numéro de la commune dans mes contacts. J'ai eu Habran.

— Exact, confirme Habran en levant son stylo. J'ai d'abord prévenu le parquet, puis je suis venu tout de suite.

— C'est vous qui avez reçu l'appel, Sophie ?

— Oui. »

La juge se cale contre le dossier de sa chaise, joint les mains, doigts écartés, tapote doucement les index contre ses lèvres. L'attitude de quelqu'un qui fait un effort de réflexion. Brusquement, elle se tourne vers Mme Brasseur.

« Madame Brasseur, Alice… vous me dites que vous avez la clé de la maison. Vous vous en êtes servie ou c'était ouvert ?

— Je… je m'en suis servie.

— Vous en êtes sûre ? Avec toutes ces émotions, vous avez peut-être oublié ?

— Je ne crois pas.

— Tout de même, vous avez été secouée devant le corps. Vous avez poussé un cri ?

— Non… Ou alors je ne m'en souviens pas.

— Votre épouse était bouleversée, monsieur Brasseur ?

— Ben, oui, plutôt.

— Quand vous êtes venu à votre tour, la porte était ouverte ?

— Oui. Alice ne l'avait pas refermée évidemment.

— Évidemment ?

— Vu le choc.

— Et vous, le cadavre, comme ça, tout à coup, ça vous a fait un drôle d'effet également, je présume.

— Moi ? Non, madame.

— Ah bon…

— J'ai l'habitude.

— L'habitude ?

— Je suis chasseur. Ce n'est pas pire qu'un chevreuil. »

La juge lui adresse une moue qu'il peut prendre pour un compliment, puis se tourne vers le commissaire Demaret.

« Rien d'autre pour le moment, commissaire ?

— Non, madame la juge.

— Vous avez prévenu quelqu'un, la famille ?

— Oui. Mes hommes ont trouvé ses papiers dans sa voiture.

— Sa voiture ? Vous n'aviez pas remarqué que sa voiture était là, madame Brasseur ? »

Alice n'a pas le temps de répondre. Le commissaire précise : « La voiture était à l'arrière du presbytère. Il y a un garage qu'on ne voit pas de l'entrée. Une Porsche, soit dit en passant.

— Rien que ça !

— Nous avons prévenu son épouse. Elle viendra dès que possible, mais elle est à Bruxelles.

— Son épouse ?... murmure Brasseur.

— Quelque chose qui ne va pas, monsieur Brasseur ? s'enquiert la juge.

— C'est-à-dire que tout le monde ici a toujours cru que Vanloo était célibataire. C'est ce qu'il disait lui-même. »

2.

La pièce de l'hôtel de police où le commissaire Demaret introduit Mme Vanloo et son père ne comporte qu'une table et quelques chaises. Au ras du plafond, une seule fenêtre, comme un soupirail, diffuse une lumière chiche à travers des barreaux. Le genre d'endroit où l'on interroge les témoins, sans doute, où l'on cuisine les suspects.

Demaret propose du café, il va le chercher lui-même. Il revient, tenant dans chaque main un gobelet en carton rempli du brouet mousseux produit par le genre de machine qu'on trouve dans la plupart des entreprises. Lui-même n'en prend pas. Il est cinq heures et demie.

Mme Vanloo et son père sont arrivés à cinq heures. L'épouse n'a pas du tout l'allure d'une femme mariée. On dirait plutôt une lycéenne convoquée avec un des parents dans le bureau du préfet. Elle porte un jean et une veste saharienne, une ceinture à la taille, simplement nouée. Curieusement, sa peau satinée, ses traits rappellent la physionomie d'Alice Brasseur, même si Alice faisait nettement plus mûre.

Vu l'âge de sa fille, le père doit approcher la cinquantaine. Elle a vingt-quatre ans. Sa date de naissance – 1994 – figure sur les documents que les services de Demaret lui ont préparés. Ils se trouvent sur la table dans une chemise verte étiquetée « Vanloo ». Au premier coup d'œil, on devine que le père, dans un costume en lin, pochette en soie, veut paraître plus jeune qu'il ne l'est. Il arbore une coiffure au goût du jour, à la tondeuse sur les bords, en mèches de la calotte jusqu'au front.

Il n'était pas prévu qu'il accompagne sa fille, mais rien ne s'y oppose non plus. Principalement, il s'agissait d'identifier le corps. C'est chose faite à l'heure qu'il est.

Dès qu'ils sont arrivés, en effet, Demaret leur a dressé un topo aussi précis que bref de la situation, puis les a emmenés immédiatement à la morgue. Vanloo ne se trouvait ni dans un tiroir ni sur la table de dissection comme dans les séries policières, mais dans un cercueil provisoire en inox. Un froid sec régnait dans la pièce, associé à une odeur chimique. Le commissaire a dévoilé le visage. Le légiste, descendu pour les premières constatations, l'avait arrangé : propre, yeux clos, mâchoires resserrées à l'aide d'un bandage, que l'épouse et son père auraient pu prendre pour un pansement si Demaret n'avait précisé : « Il n'a pas été blessé à la tête, c'est seulement une mentonnière. La bouche était ouverte. Vous le reconnaissez, madame ?

— Oui.

— Votre mari, Éric Vanloo ?

— Oui.

— C'est bien lui », a confirmé le père, sans que Demaret le lui demande.

Tout de suite, il s'est tourné vers sa fille, les bras ouverts. Elle l'a repoussé du coude d'un air agacé. Manifestement, elle n'était pas près de s'attendrir. Elle n'avait même pas l'intention de se recueillir. Elle avait déjà fait un pas de côté, à l'écart de la bière. Demaret a remonté le linceul, et ils sont repartis.

Restaient quelques formalités administratives, pour lesquelles ils se trouvent dans ce local presque aussi austère que celui où ils ont laissé le mort. Demaret pousse devant la jeune femme la pièce qu'elle doit signer. À sa suite, le père avance la main pour s'emparer du stylo. Demaret l'arrête.

« Non, pas vous, monsieur, votre fille seulement. Je vous remets le certificat de décès établi par le médecin, madame. Il y aura une autopsie complète demain matin à Liège. Vous pourrez reprendre le corps dans l'après-midi. Contactez déjà une entreprise de pompes funèbres. »

Il reprend le document qui lui revient, le replace dans la chemise. Lui-même semble soulagé du bon déroulement des formalités.

« Buvez tranquillement votre café. Ce sont des moments très éprouvants… »

Il adresse une lippe compatissante à la jeune femme, puis lui laisse le temps de tremper ses lèvres dans le breuvage avant de demander : « Puis-je malgré tout vous poser quelques questions, madame ?

— Oui, pas de problème.

— Depuis combien de temps étiez-vous mariée avec M. Vanloo ?

— Depuis 2013.

— Cinq ans.

— Quatre. Cinq le mois prochain, le 15 juillet exactement.

— Vous avez des enfants ?

— Non.

— Ma fille est un peu jeune pour ça, n'est-ce pas, monsieur le commissaire ? » intervient le père, comme s'il attendait que Demaret en convienne avec lui, d'un pater familias à l'autre sans doute.

Le commissaire hausse un sourcil, mais ne relève pas.

« Vous habitez Bruxelles : Watermael-Boitsfort. Votre mari est domicilié à la même adresse.

— C'est exact.

— Pourtant, apparemment, il ne vivait pas à cet endroit, avec vous.

— Mon gendre a eu l'opportunité d'un emploi dans un centre hospitalier de Luxembourg. Il est... il était chirurgien, comme vous le savez. Au Luxembourg, il gagnait deux fois ce qu'il pouvait espérer en Belgique. Malheureusement, il lui était impossible de regagner Bruxelles tous les jours. C'est la raison pour laquelle il avait pris une location près de la frontière.

— Très bien, je comprends. Cette séparation n'était pas trop pénible, madame ?

— Non. »

Il se serait attendu à un soupir, une hésitation au moins, mais la réponse a fusé directement : un simple constat, sans le moindre état d'âme. Aussitôt le père croit bon de préciser : « Candice est très prise par ses propres occupations. Elle a une boutique de mode avenue Louise.

— D'accord. Tout de même, M. Vanloo rentrait chez vous à Bruxelles le week-end, j'imagine.

— Quelquefois.

— Pas régulièrement ?

— Non, pas vraiment.

— Donc, qu'il ne soit pas revenu ce week-end ne vous a pas étonnée ?

— Pas du tout.

— Dommage… Ça lui aurait peut-être évité cette mort affreuse. D'après le légiste, le décès est intervenu hier entre quinze et dix-sept heures.

— C'est terrible… Qui aurait pu imaginer ? » murmure le père avec un peu d'affectation, semble-t-il.

Demaret reste un moment silencieux. On peut supposer qu'il compatit. Néanmoins, il garde un œil sur Candice – puisque Candice il y a : ce prénom presque enfantin lui va comme un gant. Repliée sur elle-même, elle ne bronche pas, le regard rivé au coin de la table. Le commissaire reprend en l'interpellant, pour lui faire tourner le cou : « Madame Vanloo, votre mari avait-il des ennemis à votre connaissance ?

— Il était du genre à avoir des amis plutôt que des ennemis.

— Ah… Depuis combien de temps exerçait-il à Luxembourg ?

— Deux ans.

— Avant cela, il pratiquait en Belgique ?

— Oui.

— À Bruxelles ?

— À Érasme.

— Est-ce qu'il se serait passé quelque chose au moment de son départ de cet hôpital ?

— Quelque chose ? Qu'est-ce que vous voulez dire ?

— Je ne sais pas… Une opération qui ne se serait pas bien déroulée. Un échec. Une erreur peut-être…

— Pas du tout, coupe le père, je vous ai dit que son départ s'expliquait par une simple opportunité financière.

— C'est ça, madame ?

— On peut dire que c'est ça. »

Elle lève les yeux au ciel, puis elle les plante franchement dans ceux du commissaire. C'est lui qui détourne les siens. Il ne faudrait pas qu'elle s'imagine qu'il accepte une quelconque connivence, fût-ce contre ce père qui se mêle de tout. Il s'empare de la chemise marquée « Vanloo », la tapote sur sa base contre la table, signe que l'entretien est terminé. Candice et son père se lèvent déjà quand il ajoute une question, comme si elle lui revenait soudain à l'esprit : « Une dernière chose, madame. D'après les premiers témoignages que nous avons recueillis dans le village, votre mari passait pour être célibataire. C'est même ce qu'il aurait prétendu. Une idée à ce sujet ? »

De nouveau, moue d'intelligence de Candice à son adresse, une jeune femme qui, à l'évidence, sait s'y prendre avec les hommes, seraient-ils commissaires.

« Une innocente coquetterie, sans doute ? suggère-t-elle.

— Qu'il ait été marié ne regardait personne », rectifie le père.

L'entretien est clos.

Quelques minutes plus tard, la BMW du père reprend l'autoroute E411. Sur le dessus de la vitre arrière, on peut lire : « Daniel Durieux Constructions – Waterloo » et au bas : « www.durieux.com ». Une publicité que les automobilistes ont souvent l'occasion de voir devant eux, vu la puissance de la voiture. Pour l'heure, cependant, Durieux roule si modérément que de vraies charrettes se risquent à le dépasser.

Entre lui et sa fille, pas un mot encore depuis qu'ils sont repartis. À l'aller déjà, ils avaient à peine échangé trois paroles. Ils étaient sous le coup de la nouvelle, naturellement.

C'est Candice elle-même qui avait contacté la police. Sa boutique de l'avenue Louise est fermée. Elle se trouvait dans son appartement de Boitsfort. La veille, c'étaient les soldes, il y avait eu de l'affluence, elle était rentrée sur les genoux. Elle s'était levée tard, vers midi, avait picoré sa dînette tout en flânant en pyjama, pris un bain, puis s'était seulement avisée, quand elle avait passé ses vêtements, qu'elle avait éteint son smartphone la veille au soir pour avoir la paix. Quand elle l'avait rallumé, il était quatorze heures.

Tout de suite, elle avait remarqué qu'elle avait reçu deux messages vocaux d'un numéro qu'elle ne connaissait pas. Ils émanaient de la police fédérale. Le premier demandait qu'elle rappelle, le second insistait. On l'avait mise en liaison avec le commissaire Demaret. Avec ménagement, il lui avait annoncé qu'il était arrivé un gros problème à son mari, avant de préciser que malheureusement il était décédé et enfin, hélas, qu'il s'agissait d'un meurtre. Pouvait-elle venir procéder à l'identification vers dix-sept heures ?

Assise sur le canapé où elle téléphonait devant la télé, dont elle avait coupé le son, elle était d'abord restée groggy. Elle fixait le défilé des images comme parfois les chats ou les chiens, la tête penchée, absorbés mais incapables de comprendre. Elle s'y accrochait de peur de se mettre à penser.

Combien de temps cette prostration avait-elle duré ? Une demi-heure peut-être, jusqu'à ce que la sonnerie de son portable la ramène à elle. Elle avait répondu machinalement. C'était son père. Lui aussi avait essayé de la contacter à plusieurs reprises. Ses appels en absence figuraient dans le relevé de sa messagerie mais, après l'intervention de Demaret, elle ne savait même plus où elle avait posé son appareil. Elle venait de le ramasser par terre.

Durieux s'inquiétait qu'elle ne soit pas passée la veille chez eux, à Waterloo, pour souper comme convenu.

« Tu aurais pu prévenir au moins. Ta mère…

— Oh, ça suffit, papa ! Je t'en prie… Laisse-moi.

— Candice, ça ne va pas ? Tu n'as pas l'air dans ton assiette.

— Éric est mort. »

Par bribes, elle avait répété les informations de la police et, du même coup, s'était rappelée qu'elle devait se rendre sur place.

« Ne bouge pas, j'arrive. »

Pendant qu'elle l'attendait, elle était allée à la salle de bains. Elle avait allumé craintivement la lampe au-dessus du miroir, redoutant que son visage n'ait vieilli d'un seul coup. Mais non, il n'y avait rien de changé. Elle avait éteint et, dans le bref moment où la lumière disparaissait, en un éclair, la figure d'Éric s'était inscrite dans la glace, les joues barbouillées de savon à barbe. Elle avait secoué la tête et l'avait chassée comme une mouche.

Durant tout le trajet, Durieux n'avait cessé de marmonner « Qu'est-ce qui a bien pu se passer ? C'est incroyable… Qu'est-ce qui a bien pu se passer ? » Le bras sur l'accoudoir de la portière, le menton sur son poing serré, elle avait gardé les yeux rivés au bas-côté de l'autoroute.

Maintenant qu'ils ont eu la dépouille sous les yeux et qu'ils ont repris la route, Candice semble émerger. Elle regarde droit dans le pare-brise, le profil tendu. Durieux l'observe à la dérobée. Avec précaution, il se décide à lui parler : « Tu viendras passer quelques jours à la maison.

— Non, je ne crois pas.

— Tu ne vas pas rester à Boitsfort, toute seule, à te ronger les sangs !

— Je suis seule depuis deux ans, je te rappelle.

— Je sais, mais tu vas devoir prendre toutes sortes de décisions pénibles. Je ne vais pas te laisser livrée à toi-même dans un pareil moment.

— Quelles décisions ?

— La mère d'Éric, premièrement, il faut l'avertir.

— Tu peux t'en charger, je ne te retiens pas. Tu la connais mieux que moi.

— Comme tu veux. Et pour les funérailles ?

— Je vais contacter une entreprise de pompes funèbres. Ils s'occuperont de tout.

— Ils vont tout de même te poser des questions. Où va-t-on l'enterrer par exemple ?

— On l'incinère. Dispersion des cendres sur place.

— Comme tu y vas ! Et en attendant l'incinération, qu'est-ce qu'on fait d'Éric ?

— Dans le salon funéraire de l'entreprise, je suppose.

— Ah… Les visites, tu les vois comment ?

— Écoute, papa, si ça te tracasse tellement, organise ça à ta façon. Les cérémonies, c'est ton dada. Tu adores, non ? Alors, fais-toi plaisir. »

Cette fois, elle reprend sa posture de l'aller, le visage braqué sur la vitre de son côté. Durieux, de toute façon, a obtenu ce qu'il voulait. Il est satisfait. Il va prendre les choses en main. En lui, il sent monter une certaine excitation qui évacue tout à fait non pas le regret – il ne faut pas exagérer –, mais les embarras que lui cause la fin brutale de son beau-fils.

Il y a des semaines que Candice ne l'a pas rencontré. La dernière fois, c'était à Pâques, le jour même, dans l'après-midi. Éric savait la trouver à Waterloo. Il avait accepté un reste du gigot d'agneau, que sa belle-mère lui avait servi d'un air désolé. Il tentait de faire bonne figure, de plaisanter, mais tout tombait à plat. Entre Candice et lui, il ne restait plus rien. Pour en terminer, elle n'attendait plus qu'une chose : le divorce qu'elle avait demandé, mais dont lui ne voulait pas.

À présent, Durieux l'observe en coin, elle est plus consternée que chagrinée, cela crève les yeux. Quand bien même elle ne saurait l'avouer, on peut dire que la mort d'Éric arrive à pic. Plus besoin de divorce, l'affaire est réglée. Il ne restera qu'à la transformer en jeune veuve attrayante. Elle fera de nouveau un beau parti.

Mais une chose après l'autre ! Dans l'immédiat, il s'agit de transférer dignement le cher défunt dans l'autre monde. Pas question de le fourguer à un salon funéraire. On va le prendre à la maison, à Waterloo. Le cercueil sera installé dans le grand living, contre le mur du fond, sur une manière d'autel couvert de fleurs. Il faut un cercueil en acajou, qui s'ouvre sur le buste, comme un coffret précieux. Pour les âmes sensibles – et pour les mouches –, on posera une gaze légère sur le visage, comme le palais l'avait si bien prévu à la mort du roi Baudouin.

On dégagera les meubles. Sur un côté, on dressera un beau buffet – il faut contacter un traiteur dès aujourd'hui. Les boissons seront servies par du personnel stylé, veste et gants blancs, plus un ruban noir à la boutonnière. Musique d'ambiance.

Bref, une réception comme on en voit dans les films américains, une foule d'invités qui entrent et qui sortent. Candice et sa mère resteront assises, près de l'entrée, en noir, très dignes, Candice en robe courte – elle a des jambes magnifiques –, maman en long.

Un discours serait du meilleur effet. Il s'en chargera. Il prononcera un éloge vibrant, avec de l'émotion en crescendo, une pointe où se brisera sa voix. Il s'essuiera les yeux avec la pochette de sa veste.

Évidemment, il faudra expliquer le meurtre. Les journaux vont en parler, tout le monde sera au courant. Dans les films hollywoodiens, le cercueil contient le plus souvent un mafieux criblé de balles, personne ne pose de questions. Ici, ce n'est pas du cinéma. Éric avait ses défauts, mais tout de même il passait pour un homme honorable.

Durieux se tourne vers sa fille.

« Qui est-ce qui a bien pu tuer Éric ? Et pourquoi ? Tu as une idée ?

— Le commissaire a dit que l'enquête ne faisait que commencer, tu l'as entendu.

— Ça risque de prendre du temps.

— On verra.

— En attendant, pour les funérailles, il faudrait pouvoir au moins suggérer une explication, quelque chose de convenable.

— Ah oui ? Quoi, par exemple ?

— Victime de son dévouement, un homme qui a tout sacrifié à la santé d'autrui, jusqu'à sa vie…

— Tu veux rire ?

— Pas du tout. On peut imaginer une patiente dont le cas était désespéré, qu'il n'a pu sauver, le mari aveuglé par la douleur commet l'irréparable… Il suffit d'amorcer la rumeur. Après, si on nous demande de la confirmer, nous ne dirons ni oui ni non. Les enquêteurs, n'est-ce pas, nous imposent la plus grande discrétion tant que toute la lumière n'est pas faite. »

L'impudence de son père lui fait secouer la tête. Résignée, elle soupire : « Comme tu veux. »

Quand elle rentre à son appartement, après que son père l'a déposée, l'inquiétude qui la ronge depuis que le commissaire l'a interrogée la fait presque trembler maintenant qu'elle se retrouve seule. Elle s'assied sur le canapé, tire son téléphone de son sac et appelle le premier numéro de la liste de ses contacts.

« Candice ?

— Oui.

— Ça va ?

— Je ne sais pas.

— Qu'est-ce qui t'arrive ?

— Nicolas, une seule chose, dis-moi la vérité, je t'en conjure : où étais-tu hier entre quinze et dix-sept heures ? »

3.

Le vétérinaire Mathias Warland s'éponge vigoureusement les aisselles à l'aide de la serviette que vient de lui présenter Alice Brasseur. Il est debout, torse nu, devant l'évier de la cuisine qui mousse d'eau savonneuse. Plus loin, le bout des fesses calé contre le rebord de la table, Jacques Brasseur le considère. Les épaules et les biceps du vétérinaire feraient envie à un boxeur. Ses pectoraux et ses abdominaux n'ont pas bruni au soleil comme ses bras et son cou, mais ils saillissent à l'instar d'une cuirasse de centurion romain.

Brasseur ne peut s'empêcher de l'envier. Ce corps-là, c'était aussi le sien il y a quelques années. Maintenant, quand il retire son marcel, il est obligé de constater que sa carcasse part à vau-l'eau. Sa peau fait draperie autour de ses coudes, ses os percent sous la surface, alors que sur son buste, au contraire, des bourrelets de graisse soufflent ses mamelons et engloutissent son nombril. Il ne mange ni ne boit plus qu'autrefois. Il travaille au même rythme. L'âge accomplit son œuvre, il n'y a rien à faire. Warland, au bas mot, a deux décennies de moins que lui. Il aborde la quarantaine, il peut encore voir venir.

Alice aussi couve le vétérinaire de ses yeux de faïence. Cela n'échappe pas à Brasseur. Elle a préparé l'eau tiède, la savonnette, une serviette qu'elle a retirée de la salle de bains pour qu'il puisse se rafraîchir après la césarienne.

En principe, les vaches vêlent au printemps, souvent même, comme un fait exprès, au beau milieu de la nuit. Si le vétérinaire doit intervenir, il n'attrape pas une suée comparable à celle de Warland ce lundi de juin. Il faisait étouffant dans l'étable où il a opéré cette idiote non seulement en retard sur les vingt-trois autres du troupeau, mais incapable d'expulser son veau par la voie naturelle comme une brave holstein. Quand il a ôté son tablier et ses gants, tandis que Brasseur bouchonnait le petit taurillon, Alice a remarqué son tee-shirt envahi de grandes plaques de transpiration. En quittant l'étable, elle lui a glissé : « Repasse à la cuisine, Mathias, je vais te préparer de l'eau. »

Dix minutes plus tard, Warland est entré en compagnie de Brasseur. Il a retiré son tee-shirt sans plus de façons, et elle s'est empressée de le lui prendre des mains. Maintenant qu'il achève de s'essuyer, elle le tient encore contre sa poitrine. Elle le presse plutôt, se dit Jacques. À quoi pense-t-elle ? Elle a le même âge que le vétérinaire ou à peu près. Est-ce qu'elle n'aurait pas droit à un corps plein de vigueur comme celui-là ? Lorsqu'il lui fait comprendre entre les draps qu'il la désire, elle ne le repousse pas. Mais qu'elle lui ait elle-même donné le branle, cela fait si longtemps qu'il ne s'en souvient même plus.

Ils ont deux filles. Léa, l'aînée, exerce déjà comme infirmière, au Luxembourg, naturellement, à Esch-sur-Alzette. Elle partage un appartement avec deux collègues, côté français, à Villerupt, tout aussi naturellement : les loyers sont trois fois moindres. Hélène étudie à HEC à Liège, où elle reste la semaine durant. Depuis qu'elles ne font plus que passer à la maison, Alice et lui se retrouvent au début de leur mariage. Retour à la case départ ! Une nouvelle union, en somme, mais boiteuse. Il a vingt et un ans de plus qu'elle. Au moment de leurs premières noces, ça ne se voyait pas trop. À présent, il faudrait être borgne des deux yeux pour ne pas s'en apercevoir.

C'est comme s'il avait une belle pièce de terre, fertile, bien exposée au midi, et que tout à coup il ne la labourait plus. Quel gâchis, se disent les gens autour de lui. Eh bien, qu'ils aillent se faire voir ! Cette terre en friche, elle est à lui, rien qu'à lui, il en fait ce qu'il veut, et gare à celui qui s'aviserait de franchir la clôture. Un sanglier est entré dans ses maïs la semaine dernière ; il est au saloir : qu'on se le dise !

Quand Warland tend la main vers Alice pour reprendre son tee-shirt, elle le rétracte une seconde de plus contre elle et lui demande : « Lynn ne t'en met pas un de rechange dans ta voiture ?

— Non.

— Elle devrait. Il est tout humide, celui-ci.

— Ce n'est pas grave, Alice. »

Il l'enfile avec un coup d'œil un peu gêné à Brasseur. Tant de sollicitude de sa femme l'embarrasse. Les manches courtes serrées au-dessus de ses coudes mettent sa musculature plus en relief encore que lorsque son torse était nu.

« Bon, ben, je vous laisse. Lynn t'enverra la facture, Jacques.

— Je te paie dès que je peux. Tu veux boire un coup ?

— Merci, je file à Nobrecourt. Un cheval qui fait une colique.

— Tu es passé par la rue du Bailly pour venir ici ?

— Non, j'arrivais par le bas, de l'autoroute.

— Dommage, tu as raté quelque chose.

— Ah oui ? Quoi donc ?

— Au presbytère. »

Brusquement, Warland, dirait-on, se tient sur ses gardes. Brasseur lui décoche une moue ironique et ajoute : « Les flics ont installé un périmètre de sécurité. Des rubans fluo.

— Pourquoi ? Qu'est-ce qui se passe ?

— Tu n'es pas au courant ?

— Au courant de quoi ?

— Vanloo ! »

Le seul nom du médecin semble pétrifier le vétérinaire.

« Qu'est-ce qu'il y a avec Vanloo ?

— Il est mort.

— Hein ? Mort ! Mort de quoi ?

— Je te répète que les flics ont bouclé le presbytère.

— Et alors ?

— C'est ce qu'on appelle la scène du crime, Mathias. Quelqu'un a zigouillé notre bon docteur. »

La tête de Warland décroche sur le côté, comme s'il n'était pas sûr d'avoir bien entendu.

« Ça alors… », murmure-t-il et il se tourne vers Alice, en quête apparemment d'une confirmation. D'un air désolé, elle demande : « Tu ne le savais pas ?

— Non. Quand est-ce arrivé ?

— Ce matin. Enfin, c'est ce matin qu'on l'a découvert mort.

— Et nous, on s'est même trouvés aux premières loges, reprend Brasseur, presque sur le ton de la blague. C'est Alice qui est tombée dessus, figure-toi. Raconte à Mathias, Alice ! »

Un peu de rouge teinte les joues d'Alice. Elle s'exécute à la façon docile d'une écolière à qui le maître vient de demander de réciter sa leçon : « Ce matin, je suis allée au presbytère comme tous les lundis pour le ménage du docteur. J'ai pris mes affaires dans le débarras, de l'eau, puis je suis passée dans la grande place. Je commence toujours par là. J'ai ouvert la porte. Le docteur était étendu par terre, sur le ventre, plein de sang.

— Il vivait encore ?

— Non, il ne bougeait plus d'un poil, tout ce qu'il y a de plus mort.

— Quel choc, dis donc !

— Plutôt. Je suis redescendue ici chercher Jacques. On est remontés tous les deux. Jacques a téléphoné à la police. C'est Habran qui est venu, tu le connais ?

— Oui, oui, il a quelques moutons.

— Et après, je ne te dis pas, complète Brasseur, les fédéraux, le parquet, une juge d'instruction : comme des mouches sur une charogne. Ils nous ont gardés jusqu'à la fin de la matinée. Ils ont même pris nos empreintes digitales.

— Y a pas à dire, pour une nouvelle, c'est une nouvelle…, bredouille Warland.

— Et tu ne sais pas la meilleure : il était marié !

— Marié ? Mais tout le monde a toujours pensé…

— Eh oui, moi le premier. Tu ne veux toujours pas prendre un verre ?

— Non, non, je m'en vais… Les flics savent qui a fait ça ?

— Non, tu penses bien. L'air de rien, j'ai écouté ce qu'ils racontaient entre eux. Ils n'ont même pas trouvé l'arme du crime.

— Un fusil, un revolver ?

— Non, un couteau. Vanloo a été saigné comme un cochon.

— Merde alors… au couteau ! Le bonhomme qui l'a tué n'avait pas froid aux yeux.

— Le bonhomme ou la bonne femme. Pourquoi pas une femme, hein ?

— Tu rigoles ?

— Il aimait beaucoup les femmes, non ? Une petite dispute qui aurait un peu foiré. Qu'est-ce que tu en penses ?

— Je n'en sais rien…

— De toute façon, bon débarras, pas vrai ? »

Warland ne répond pas. Il lève vaguement ses bras si puissants dans un geste d'impuissance. Puis il sort. Il va jusqu'à sa voiture, se laisse choir sur son siège complètement défoncé – il va devoir le remplacer, il ne résiste jamais plus de deux ans à ses dizaines d'asseoiements quotidiens – et là il reste quelques instants à réfléchir, les deux mains agrippées au volant, avant de démarrer.

Pour rejoindre Nobrecourt où l'attend le cheval coliqueux, il devrait repartir vers l'autoroute, c'est le plus rapide. Pourtant, il prend la direction opposée, il remonte Fontenal par la rue du Bailly.

Devant le presbytère, le ruban de la zone interdite est toujours en place, bien qu'il n'y ait plus aucun véhicule de police. Il ralentit, s'arrête sans couper le moteur, le cœur battant. Il fait descendre la glace de la portière, puis se déhanche sur son siège, qui gémit comme un blessé malmené. Il ne peut s'empêcher de jeter un coup d'œil sur l'allée qui conduit au garage, derrière la maison. Déserte, évidemment. C'est idiot, en un bref éclair il vient d'y revoir la voiture de sa femme, garée où il l'avait aperçue par hasard pour la première fois trois mois plus tôt, le premier dimanche d'avril.

Ce jour-là, il était parti en clientèle pour la journée. Le matin, Lynn, sa femme, lui avait préparé la liste des fermes qui avaient appelé pour les vêlages, une dizaine de vaches blanc bleu, des monstres qui n'accouchent que par césarienne. Au milieu de l'après-midi, en passant d'une exploitation à l'autre, il avait fait un crochet par Fontenal sachant qu'il y avait là une pâtisserie ouverte le dimanche où il comptait acheter deux ou trois gosettes aux pommes. Il n'avait rien avalé depuis le matin.

La pâtisserie se trouve à trois maisons du presbytère en montant après le cimetière. Les fidèles, quand il en restait encore, s'y procuraient quelques douceurs à la sortie de la messe dominicale, une fois qu'ils étaient passés sur les tombes de leurs anciens ; les touristes les ont remplacés.

C'est ainsi que les yeux de Warland étaient tombés sur une Toyota Corolla grise dans l'allée du presbytère. La même que celle de Lynn, avait-il constaté à la légère, avant qu'une inquiétude subite ne le pousse à déchiffrer la plaque minéralogique : D867K ! Le numéro de sa femme !

Une seule fois dans sa carrière il avait reçu un coup de pied d'un âne, qui l'avait expédié par terre, les quatre fers en l'air. La vue de la voiture lui avait provoqué le même effet. En un instant, sa vie avait fait la culbute. Il avait continué sa route, était passé devant la pâtisserie sans s'arrêter, puis avait stationné plus loin dans la campagne, à l'entrée d'un chemin de traverse entre deux emblavures, le temps de retrouver ses esprits.

La veille au soir, Lynn et lui avaient assisté au vernissage d'une exposition au chef-lieu de la province. Willoos, le peintre, était de leurs amis. Là, un jeune chirurgien les avait abordés, très avenant. Éric Vanloo exerçait à Luxembourg et louait le presbytère de Fontenal.

« Je suis le nouveau curé ! » avait-il lancé en blaguant, première plaisanterie d'une cascade dont Warland s'était rapidement aperçu que Vanloo ne les soumettait pas à son appréciation. C'est Lynn qu'il voulait épater. Ce soir-là, elle était très en beauté dans sa robe décolletée sur la naissance de ses seins, qui tressaillaient à chacun de ses bons mots. Il ne s'adressait qu'à elle. Bientôt, il en était même venu à des apartés accompagnés d'œillades moqueuses que les racoleurs de cocktail réservent aux maris. Warland aurait accepté de camarader – après tout, l'un et l'autre soignaient des êtres vivants, mais Vanloo clairement le traitait comme un bouseux, juste bon à converser avec le bétail.

Comment Lynn supportait-elle de se faire baratiner si outrageusement ? Il avait voulu la prendre par le bras, s'éloigner vers le groupe qui entourait Willoos. Elle s'était dégagée avec un geste d'agacement, plus une réplique surprenante de mauvaise humeur : « Mais enfin, laisse-moi, Mathias, s'il te plaît ! » suivie d'une mimique à Vanloo qui signifiait : « Voyez comme il me colle ! » Si bien qu'il s'était écarté et avait continué de l'observer de loin, en faisant semblant de s'intéresser à l'onctueuse conversation d'un notaire.

Quand, le lendemain, il avait quitté le chemin de traverse en marche arrière, il avait hésité. Est-ce qu'il n'aurait pas dû rebrousser vers le village, faire irruption au presbytère, casser la gueule de ce m'as-tu-vu et ramener Lynn à sa voiture par la peau du dos ? Il avait renoncé. Il avait trop peur de les trouver tous les deux nus sur un canapé ou ailleurs, par terre peut-être, comme des bêtes. Il voulait préserver la chance que cette scène, en cours sans doute, n'existe que dans son imagination. Il avait continué sa tournée vers les deux fermes qu'il devait encore visiter.

Le soir, quand il était rentré, la Toyota était devant le garage. Il avait demandé à Lynn si sa journée s'était bien passée avec les enfants. Ils ont quatre enfants, de cinq à onze ans.

« Maureen les a emmenés au parc animalier. »

Maureen, la cousine de Lynn, dix-sept ans, habite à côté. Elle adore les enfants et les enfants l'adorent.

« Maureen toute seule ?

— Oui. Je les ai déposés, j'avais envie d'un peu de tranquillité.

— Qu'est-ce que tu as fait ?

— J'étais fatiguée. Je suis allée coucher. »

Le verbe « coucher » lui avait produit l'effet d'un coup de l'aiguillon électrique avec lequel il oblige les animaux épuisés à se relever. À un moment ou un autre, il fallait crever l'abcès.

« J'ai vu ta voiture au presbytère de Fontenal.

— Ah…

— C'est là que tu es allée coucher ? »

Elle lui avait servi l'assiette qu'elle venait de mettre à réchauffer au micro-ondes, puis avait pris place en face de lui, les poings serrés l'un dans l'autre devant elle sur la table, la tête fléchie comme un lutteur prêt au combat.

« Pourquoi me mens-tu, Lynn ?

— C'est toi qui m'y obliges. Si je te disais la vérité, tu ne l'accepterais pas.

— Dis toujours.

— Je suis allée me distraire une heure avec Éric.

— Éric !

— Oui, Éric. C'est un garçon charmant. Il m'avait invitée à passer, hier au vernissage. Je ne bouge jamais d'ici. Alors, pourquoi pas ? Sauf que si je t'avais averti, tu n'aurais pas voulu que j'y aille.

— Et qu'est-ce que vous avez fabriqué tout ce temps ?

— Bavardé, tiens !

— De quoi ?

— Pas de vaches, pas de moutons, pas de chevaux en tout cas. J'avais envie de me changer les idées, Mathias, rien d'autre. Je suis cloîtrée ici du matin au soir, à gérer tes rendez-vous, tes factures, ta comptabilité, à m'occuper des enfants. J'ai bien le droit de m'échapper un peu.

— Évade-toi si ça te chante, mais pas avec un gigolo qui veut t'en mettre plein la vue. Si tu crois que je n'ai pas compris son manège. Je n'aime pas ses grands airs. Écoute, Lynn, passons l'éponge, mais il faut que tu me promettes de ne plus le voir. »

Elle avait promis et pas tenu. Depuis trois mois, sans prévenir, elle s'échappait dès que l'occasion s'en présentait. Il le savait. Il avait laissé courir.

Que faire d'autre ? Demander le divorce ? Et les gosses ? Il n'aurait pas supporté de s'en séparer. Sans doute, il aurait obtenu la garde, mais il lui était impossible de s'en occuper. Dans son boulot, il n'y a pas d'heure. Il faut partir au pied levé, à tout moment. Jusque-là, jamais Lynn n'avait donné le moindre coup de canif dans leur contrat. Il s'était convaincu que cet épisode inattendu ne serait qu'un feu de paille. Elle ne tarderait pas à comprendre qu'elle était tombée entre les griffes d'un play-boy sans scrupules qui s'était payé une mère de quatre enfants, histoire d'établir un record, de gagner un pari ou quelque chose de ce genre. Il la plaquerait dès qu'il en aurait soupé.

Sinon… Sinon, la seule alternative, il y songeait quelquefois si ardemment que ses mains en tremblaient, ce serait de liquider cette ordure. Ce n'était pas plus difficile que d'euthanasier un chien galeux.

Eh bien, voilà ! L'affaire est faite ! Plus besoin d'y penser.

Warland laisse le presbytère, la scène du crime, et reprend la route pour Nobrecourt. Il va s'occuper du cheval. Puis il rentrera à la maison retrouver Lynn. Ce sera l'épilogue en somme car, pour ce qui était de la rupture elle-même, le dernier chapitre était déjà clos.

Hier, en effet, comme trop d'autres dimanches après-midi, Lynn est partie « faire un tour », selon l'expression dont elle use depuis le mois d'avril, quand elle le laisse à la maison avec les enfants. À cinq heures, elle était de retour, totalement bouleversée. Elle s'est jetée dans ses bras.

C'était fini, comme prévu. Elle a voulu expliquer, mais ses mots se noyaient dans un torrent de larmes. Il lui a dit de se reposer d'abord, ils pouvaient en reparler plus tard. L'important, c'est qu'elle lui était revenue. Chut ! il saurait bien assez tôt comment s'était déroulée sa dernière entrevue avec la crapule.

Au bout de la nuit, elle a absolument voulu qu'il la prenne. Il s'est appliqué autant qu'un jeune taureau.

4.

Quand le vétérinaire arrive chez lui, il n'est pas loin de huit heures et demie. Il a dû procéder à un sondage naso-gastrique du cheval plus difficile que prévu. Il laisse sa voiture devant la porte de son garage. L'autre garage, contigu, est réservé à celle de Lynn. Comme il peut toujours se faire qu'il doive repartir, il rentre rarement son véhicule, sauf en hiver, et encore, seulement s'il neige ou qu'il gèle à pierre fendre.

Lynn se trouve à la cuisine, seule, l'air absent, assise à la table où deux couverts sont dressés. Elle relève la tête, elle l'a entendu. Ils habitent dans la commune voisine de Fontenal, à quinze kilomètres, pas dans le village, à l'écart, en pleine campagne, juste à l'orée d'une hêtraie, d'où le nom du lieu-dit : Queue du bois. Les parents Warland y possédaient un terrain et une grange, ils les ont cédés à leur fils en cadeau de noces. Mathias et Lynn y ont fait bâtir une grosse villa entourée d'un parc, qu'ils ont arboré. Après dix ans, il commence à avoir de l'allure. Dans la grange, il y a maintenant quelques chevaux en stabulation libre, qui paissent sur le reste de la prairie.

La cuisine où se tient Lynn réunit tout ce qu'une femme pourrait convoiter, à supposer que les convoitises d'une femme se résument à celles du catalogue des cuisines Krëfel. Carrelage blanc, plan de travail en marbre, plaque de cuisson par induction, placards en bois massif, où sont intégrés frigo, lave-vaisselle, four, et même un écran de télé. Pour les repas – c'est tellement spacieux que, sauf réception, ce n'est pas la peine d'utiliser la salle à manger – une longue table éclairée par des spots, à la mesure d'une belle grande famille qui compte quatre enfants.

C'est le nombre minimum que Lynn croyait vouloir quand elle s'est mariée. Ils sont arrivés ponctuellement de deux ans en deux ans.

Comme chaque jour d'école, ils ont pris leur souper à sept heures. Lynn tient à ce qu'ils soient couchés à huit. Les deux petites, cinq et sept ans, dorment dans la chambre rose. Elle leur lit une histoire, puis les borde tendrement. Ce soir, plus tendrement que d'habitude, presque douloureusement, au point que la plus grande, Olga, a dégagé ses bras de la couette pour enserrer son cou en lui disant : « Je t'aime, maman. »

Elle s'est essuyé les yeux et est passée à la chambre bleue pour s'assurer que les garçons étaient bien dans leur lit. Ils ont la permission de lire jusqu'à neuf heures. Papa, s'il est rentré, viendra les embrasser et éteindre les lumières.

En principe, puisqu'il est de retour, Mathias ira donc les voir, du moins si la discussion inévitable qu'ils vont avoir à présent est terminée.

Hier, quand elle est revenue de son épouvantable après-midi à Fontenal, il n'a pas voulu la brusquer. Son empoignade avec Vanloo, elle n'aurait pas pu l'expliquer de toute façon. Dès qu'elle voulait sortir un mot, les sanglots se précipitaient dans sa gorge pour lui faire barrage. Heureusement, les enfants jouaient dans le parc, Maureen les surveillait. Elle est allée les embrasser, puis Mathias l'a soutenue jusqu'à leur chambre. Il lui a donné un somnifère.

Elle ne s'est extirpée d'un sommeil peuplé de cauchemars qu'au petit matin. Elle s'est emboîtée contre son corps, auquel elle tournait le dos depuis des semaines. Impossible de se parler au lever, à cause des enfants. Mathias est parti faire ses visites avant que le bus scolaire passe les prendre.

Maintenant, elle entend résonner ses pas dans le hall, bien qu'il soit en chaussettes. Il laisse ses godasses dans le sas entre les garages et l'entrée. Il s'est lavé les mains et les bras à l'évier équipé d'une pompe à savon désinfectant.

Quand il pénètre dans la cuisine, pour se donner une contenance, elle s'occupe à verser le potage dans les assiettes. Elle n'a pas soupé avec les enfants, ainsi qu'elle le faisait ces derniers temps. Elle l'a attendu, comme avant. En la voyant s'activer de la sorte, il marque un léger arrêt, puis s'approche et lui donne un baiser sur la joue. Comme avant. Comme avant, ils prennent place à l'angle de la table où ils s'asseyaient toujours.

Machinalement, Mathias avale quelques gorgées, puis s'interrompt en constatant qu'elle n'a encore rien pris. Il repose sa cuiller.

« Vanloo est mort, Lynn.

— Oui.

— Assassiné. C'est les Brasseur qui l'ont trouvé.

— Je sais.

— Ah ?

— … Il y a eu une édition spéciale du journal à la télé. »

Tout en préparant le repas du soir, elle a l'habitude de jeter un coup d'œil à la télé locale, dont elle coupe le son – si les enfants se chamaillent, elle veut pouvoir les entendre. Brusquement, des images du presbytère de Fontenal sont apparues. La caméra montrait des voitures de police et zoomait sur le ruban de sécurité. Elle a attrapé la zapette pour écouter l'envoyé spécial qui venait de d'apparaître, tenant son micro à bonnette devant la bouche comme une barbe à papa. Il a sorti les phrases de circonstance : « Stupéfaction dans le paisible village de Fontenal, où a été découvert ce matin le corps sans vie du docteur Éric Vanloo, froidement assassiné dans l'ancien presbytère dont il avait fait sa demeure… unanimement apprécié… incompréhension des habitants… il laisse le souvenir… », etc.

Retour au studio. La présentatrice se trémoussait sur son siège. Enfin quelque chose se passait dans la région couverte par son journal, où d'habitude, de mortel il n'y a que l'ennui. Comme un scoop, elle a introduit la conférence de presse du parquet, à laquelle son équipe avait assisté en exclusivité.

Le procureur du roi, vexé sans doute de ne trouver devant lui que trois pelés et un tondu, a ramassé les faits en quelques mots et conclu qu'en l'état actuel de la situation, tout ce qu'on savait, c'est que le docteur Vanloo avait été tué à coups de couteau dimanche entre quinze et dix-sept heures. À ses côtés, à un autre pupitre, une jeune femme opinait à ses déclarations, prête à intervenir. Cependant, il avait oublié de lui céder la parole. Une plaquette portait son nom : « Sophie Lebrun, substitute ».

Immédiatement, Lynn a reconnu Sophie. Elle n'avait pour ainsi dire pas changé depuis qu'elles s'étaient connues autrefois au lycée Sainte-Anne. Elles étaient dans la même classe, elles avaient joué toutes les deux dans *L'Annonce faite à Marie*, la pièce de fin d'année de 2004 : Lynn en Violaine et Sophie en Mara.

Quelles retrouvailles absurdes ! Aussitôt la honte s'est ajoutée à la confusion qui la frappait : tôt ou tard, probablement, elle allait être confrontée à son amie dans le champ clos des justiciables face aux justiciers.

À ce moment, Camille, la plus petite, est accourue en pleurs. Lynn a éteint la télé. Elle l'a prise dans ses bras, elle l'a consolée sans doute, les a fait souper tous les quatre, les a couchés sans omettre aucun des rites quotidiens.

Pourtant, c'était comme si quelqu'un d'autre s'en chargeait. Elle-même ne pouvait détacher ses pensées de la découverte du cadavre d'Éric. Elle avait mal à ce corps transpercé de coups de couteau. Elle l'avait dévoré avec une telle avidité tout le temps de leur liaison qu'il était devenu une part du sien. Exactement, la jouissance en plus, comme celui des enfants dans son ventre. La chair de l'enfant n'est pas moins sa chair à elle que sa chair à lui.

L'enfant Éric avait péri à l'instant où elle s'en délivrait. Mort-né.

Mathias reprend quelques cuillerées. Il réfléchit, bien sûr, mais c'est aussi un homme qui travaille dur, qui doit se sustenter en temps et heure. Il s'interrompt encore pour demander : « La police a une piste ? Qu'est-ce qu'ils ont dit à la télé ?

— On ne sait rien pour le moment. »

Il racle son assiette.

« Tu ne manges pas ?

— Si, si. »

Elle s'efforce d'avaler un peu de potage refroidi, puis renonce.

« Je n'ai pas très faim. »

Un sourire désolé, comme si son manque d'appétit constituait l'essentiel de leurs préoccupations.

Mathias allonge le bras, lui saisit la main, qui disparaît tout entière sous sa grosse paluche rougie par les antiseptiques. Très doucement, il suggère : « Et maintenant, est-ce que tu peux me raconter ce qui s'est passé hier après-midi, quand tu es allée retrouver ce type à Fontenal ?

— J'ai honte, murmure-t-elle, sans lever les yeux.

— Il ne faut pas, Lynn. Je t'assure que nous allons tourner la page tous les deux, ensemble. Qu'est-ce qui est arrivé ?

— Eh bien, Éric tout de suite était bizarre, pas du tout comme d'habitude. J'étais à peine entrée, il a dit qu'il ne voulait plus que je vienne, comme ça, de but en blanc.

— Tu ne t'y attendais pas ?

— Absolument pas.

— Vous vous étiez disputés… avant, je veux dire, la fois précédente ?

— Non.

— Il a expliqué ?

— Oui. Si on veut. Il a dit que ça avait assez duré entre nous. Il ne voulait pas que je m'attache à lui, que je me fasse des illusions. Ce qui s'était passé entre nous, ce n'était qu'un jeu, un jeu qui avait fait son temps. Il n'y avait rien de sérieux dans notre relation. Juste une affaire de sexe entre adultes décomplexés, oui, « décomplexés », c'est le mot qu'il a utilisé. Un divertissement sans importance qui allait finir de toute façon par nous lasser l'un et l'autre. Autant conclure avant ça. Comme on s'arrête de boire avant de se barbouiller l'estomac. Je devais reprendre ma vie avec l'homme que j'aimais vraiment, et qui m'aimait.

— Il a dit ça ?

— Oui. Bien sûr, il avait raison, je le savais au fond de moi, que je continuais à t'aimer, que je te retrouverais si tu avais la patience de m'attendre, hein ?

— J'ai attendu.

— J'étais folle. J'étais possédée, Mathias, comme si un esprit, un démon s'était emparé de moi, qui me rendait sourde et aveugle. Le démon ne voulait pas sortir. J'ai fondu en larmes, j'ai supplié Éric, je me suis jetée contre sa poitrine, les poings en avant pour le taper, mais ce n'était pas moi, c'était le démon. Alors Éric m'a giflée, comme une hystérique. La douleur m'a ramenée à moi. Je suis partie.

— Tu l'as frappé ?

— Mais oui ! Avec mes poings seulement. Ça ne lui faisait aucun effet, tu penses bien. Qu'est-ce que tu vas imaginer ?

— Rien, Lynn, rien. »

Elle se lève, passe derrière lui, entoure ses épaules de ses bras, pose sa joue sur ses cheveux.

« Tu me pardonnes, Mathias ?

— Mais oui, dit-il d'une voix lasse, c'est fini. Mangeons. »

Elle lui sert les légumes, le steak, comme il l'aime, bleu, qui saigne sous le couteau. Il travaille de la mâchoire, consciencieusement, tandis qu'elle picore une pomme de terre. Elle lui a versé un verre de bière qu'il boit par à-coups, à longues gorgées, jusqu'à vider la grande bouteille de Lupulus avec laquelle elle le ressert. Puis, comme si un détail lui revenait à l'instant, il reprend : « À propos, Vanloo était marié, je l'ai appris tout à l'heure. Tu le savais ? »

Les épaules de Lynn s'affaissent brusquement.

« Marié ? Tu es sûr ?

— Les flics l'ont dit à Brasseur, qui me l'a répété. Tu l'ignorais ?

— Oui… J'ai toujours cru…

— Peut-être qu'il voulait retrouver sa femme, hein ? Lui sa femme, et toi ton mari. De cette façon, tout rentrait dans l'ordre. »

Lynn reste interdite. Il lui a semblé percevoir une pointe de sarcasme dans la remarque de Mathias. Jusqu'à présent – contre toute attente, il faut bien le dire –, il s'est montré aussi indulgent qu'un confesseur pour une pécheresse repentie. Elle aurait compris qu'il affiche un regard de triomphe, qu'il lui fasse payer son infidélité. Rien de tel. Maintenant déjà il lui sourit, il quitte la table, s'apprête à débarrasser.

« Ça va, Mathias, c'est gentil, je m'en occupe. Va plutôt embrasser les enfants. Les garçons t'attendent.

— D'accord. »

Elle a besoin d'être seule, le temps d'ajouter la femme d'Éric à la cascade de catastrophes qui lui tombent dessus depuis la veille. En partant, Mathias frôle son épaule de ses doigts.

Éric marié ? Jamais il n'en a été question entre eux. Même pas une allusion. Elle était persuadée qu'il était libre comme l'air. Tout en lui respirait l'indépendance : son cynisme, sa dégaine, ses vêtements, sa Porsche. C'est même cet affranchissement de tout qui l'avait séduite. Pas d'attache, pas d'entrave.

L'exact contraire d'elle-même. Mariée à l'ancienne, avec la bénédiction des deux familles, le rappel des devoirs des époux par le bourgmestre à la maison communale, l'entrée en robe blanche à l'église au son de la *Marche* de Mendelssohn sur CD, la sortie sous la pluie de riz. Puis, avant d'avoir eu le temps de dire ouf, les quatre enfants à la queue leu leu, la villa, le ménage et le secrétariat de Mathias qui la clouait entre ses murs. Tous les jours les mêmes, sans surprise. La tête dans le sac, elle allait étouffer.

Alors elle avait happé au vol cette espèce de voyou magnifique, totalement étranger à sa popote. Et voilà que le voyou était un homme marié ! Il ne volait pas plus haut qu'elle. Il avait plaqué madame, délaissé ses enfants s'il en avait. Double adultère : le tripotage petit-bourgeois par excellence. Comme si Mme Bovary, pas assez risible encore sans cela, avait fait la culbute avec M. Homais.

Le comble serait qu'Éric ait été assassiné par sa légitime épouse. Tant qu'à le rapporter aux lectures obligatoires du lycée Sainte-Anne, il aurait été le mari d'une Thérèse Desqueyroux qui aurait réussi son coup. Lorsqu'il l'avait jetée du presbytère comme une malpropre, sa Thérèse était peut-être tapie quelque part dans l'ombre, derrière l'église, au cimetière, à guetter le départ de son amante, un couteau dans son sac, non pas pour sa rivale, pour son mari.

Dans l'allée d'ailleurs, en regagnant la Toyota, elle avait senti rôder la mort. Jusqu'à ce jour et cet instant, la mort pour elle se résumait à une pensée épisodique vite écartée, qui ne la concernait pas. Brusquement, la mort lui emboîtait le pas : son linceul froufroutait à côté d'elle. Déjà en présence d'Éric, quand elle le frappait de ses poings, elle avait perçu le froid de son haleine funèbre. Ce qui l'avait empêchée de livrer Éric à sa faux, c'est qu'elle n'en avait pas la force, pas d'arme à sa portée, et finalement sans doute pas le courage.

Mais, une fois hors du presbytère, la mort ne l'avait plus lâchée. Puisqu'on l'avait convoquée, elle ne partirait pas les mains vides. Éric lui échappait ? Alors ce serait Lynn.

La Faucheuse s'était assise à côté d'elle dans la voiture, à la place du mort, comme de juste. Direction : Bastogne, le Mardasson, le monument de la bataille des Ardennes à la gloire des Américains, une gigantesque étoile fichée sur un plateau aride à quelque distance de la ville. Un escalier en vis grimpe jusqu'au sommet. Une centaine de marches, la tête qui tourne et, une fois au-dessus, il suffit d'enjamber la rambarde. Quelques secondes en chute libre, et ce serait fini.

Elle était montée, en effet, mais là-haut, en plein vent, elle a d'abord dû reprendre son souffle. Elle a fait quelques pas sur le déambulatoire et s'est arrêtée devant la table d'orientation, où sont disposés sur une carte en relief les noms des villages ravagés par la guerre. Ses yeux ont suivi d'eux-mêmes la flèche pointée vers Queue du bois. Alors seulement son cœur rempli de rage s'est souvenu des enfants. Elle s'est laissée glisser par terre, en pleurs, contre le mur du parapet.

Combien de temps est-elle restée prostrée ainsi ? Tout à coup, un vieux coiffé d'une casquette de base-ball pleine d'écussons était penché sur elle.

« *Are you OK, miss ?* »

Un couple de touristes américains lui souriait. Elle s'est redressée, a murmuré : « *Yes, yes, I'm fine, thanks* » et est redescendue vers le parking.

Quand elle est rentrée à la maison, il était cinq heures. La Faucheuse l'avait quittée. Et pour cause. À ce moment-là, elle avait emporté son dû au presbytère. Avec l'aide de l'épouse d'Éric ? Ou de qui d'autre ?

Tout à coup, alors qu'elle referme le lave-vaisselle, les images de son retour lui reviennent à l'esprit. Pendant le trajet depuis le Mardasson, elle n'avait songé qu'à ses enfants, elle n'avait qu'une hâte, les serrer dans ses bras, bouleversée d'avoir failli les perdre dans un moment d'égarement. Cependant, à l'arrivée, elle n'avait trouvé que Mathias, seul à la maison, comme s'il les avait écartés pour la recevoir, averti – mais comment ? – que tout était fini avec Éric. Elle a demandé : « Où sont les petits ?

— Dans le parc, avec Maureen. »

Avait-il appelé Maureen ? Était-elle venue d'elle-même ? Une nouvelle crainte lui glace le sang.

Elle attrape son téléphone, passe dans le hall, tend l'oreille. Mathias a laissé la porte de la chambre bleue entrouverte. Il parle aux garçons de sa voix toujours si posée, avec son accent qui étire les syllabes. Elle ouvre doucement le sas vers les garages. Elle s'enferme dans sa voiture, forme le numéro de Maureen.

« Maureen ?

— Oui, Lynn ?

— Quand tu es venue à la maison hier après-midi, c'était comme ça, ou bien… ?

— C'est Mathias qui m'a appelée.

— Ah… Pourquoi ?

— Il devait partir.

— Où ça ?

— Chez un client, je suppose. Il m'a dit qu'il n'en avait pas pour longtemps. Une affaire à régler.

— À quelle heure ?

— Deux heures et demie, à peu près. Il est revenu vers quatre heures et demie.

— Il était comment ?

— Qu'est-ce que tu veux dire ?

— Quand il est revenu, quel air il avait ?

— Normal. Fatigué peut-être. Oui, fatigué. Il m'a demandé si je pouvais rester encore un peu, jusqu'à ce que tu reviennes. Pourquoi ?

— Pour rien. »

Elle raccroche. Son cœur bat à rompre sa poitrine.

5.

À dix heures et demie du soir, chaque jour que Dieu fait, tandis que la comtoise du petit salon sonne le coup correspondant, Jacques Brasseur s'arrache au fauteuil où il a épluché la gazette locale, sort dans la cour de la ferme, siffle Tom, son malinois, et l'attache pour la nuit à sa niche devant l'étable. En hiver, il y fait un tour, arpente l'allée centrale, histoire de jeter un coup d'œil aux bêtes. À présent, les vaches sont aux champs, sauf l'accouchée de l'après-midi. Elle rumine paisiblement à côté de son veau, près de l'entrée. De la poche de sa chemise, Brasseur extrait une cigarette, la rompt par le milieu, allume un des morceaux et aspire quelques bouffées, en contemplant la vallée, qui se couvre de brume.

Quand il revient à la cuisine, les robinets de la salle de bains attenante gargouillent. Alice se prépare pour la nuit. Il a le temps de descendre à la cave. Il se dirige vers l'étagère des conserves sur laquelle sont entreposés trois bocaux de liqueur maison : cassis du jardin macérés dans un litre d'alcool de pomme. À l'aide d'un petit verre à anse, il puise sa dose quotidienne et se l'enfile d'un seul trait.

Remonté, il vérifie que les lumières sont éteintes au salon – en hiver, il fait pivoter à l'horizontale le clapet de cheminée du poêle à bois –, met le chat qui somnole sur le divan à la porte, puis gagne la chambre à coucher.

Sur le lit, son pyjama est prêt, soigneusement plié. Une chaise sur laquelle on n'oserait plus s'asseoir reçoit ses vêtements. Il prend place sur le versant droit, le sien depuis la première nuit où il a dormi ici avec Alice, il y a vingt-quatre ans.

Elle ne va pas tarder. En principe, elle le rejoint avant même qu'il ait fini de réciter mentalement son Pater. Une pratique conservée de l'enfance. Les paroles n'ont plus aucune signification pour lui, elles accourent toutes seules au contact de sa tête avec l'oreiller. Sinon, il s'étranglerait avec l'invocation : « Pardonne-nous nos offenses comme nous pardonnons aussi à ceux qui nous ont offensés. » Plutôt crever.

Tiens, il vient de prononcer « amen », et Alice n'est pas encore là. Qu'est-ce qu'elle fabrique ? Ses yeux errent sur le plafond à la recherche d'une mouche pour tuer le temps. Ils n'en trouvent pas. Faute de mieux, ils s'accrochent à la gravure fixée au mur en face du lit : Notre-Dame des Sept Douleurs, sept glaives plantés dans le cœur, quatre pommeaux à gauche de son visage, trois à droite. En pâmoison, la Madone contemple les anges qui voltigent au-dessus d'elle.

La chambre a été autrefois celle de ses parents. Est-ce sa mère qui avait affiché cette horreur sulpicienne pour se donner du courage quand le père lui plantait un nouveau chrétien dans le ventre ? Il lui en avait repiqué sept, autant que les glaives, et lui, Jacques, en dernier. Une vraie brute. Enfant, Jacques ne posait ses lèvres serrées sur sa joue en papier de verre que par obligation, et toujours sur le qui-vive, de peur d'essuyer une torgnole à toutes fins utiles, sans autre raison que pour son bien. Le père ne l'appelait jamais que « minus », même devant des étrangers, au point qu'on pouvait se demander s'il connaissait son prénom. Il ne saurait penser à lui sans qu'une giclée de haine inonde son cœur.

Cependant, il ne veut pas songer à sa mère non plus. Même après tant d'années, son souvenir lui fait trop mal. Tous les dimanches, il va lui rendre visite au cimetière, où elle est enterrée à part de son mari.

C'est vers Vanloo que l'image de la Vierge l'entraîne. Un comble, mais le toubib aussi a été transpercé comme elle. De dos toutefois, comme il se devait pour une fripouille de cet acabit. Et les coups que son assassin lui a assenés ne l'ont pas transporté au ciel, c'est sûr, ils l'ont expédié en enfer, à supposer que l'enfer existe. C'est à espérer. Ce serait vraiment trop injuste qu'il n'y ait rien après le grand saut, que les salauds passent simplement à la trappe avec leurs crimes. Il faut qu'ils paient. Sinon… Sinon, Dieu n'est pas Dieu.

Voilà, il a réussi à s'échauffer la bile ! Le rappel du cadavre de Vanloo sur le carreau lui a gâché l'attente d'Alice. Heureusement, l'escalier craque enfin sous ses pas. Elle entre dans la chambre, vêtue d'un peignoir de la même teinte bordeaux que la tunique de la Vierge.

« Qu'est-ce que tu faisais ?

— J'ai dû me mettre de la pommade sur les cuisses. Je suis à nouveau couverte de rougeurs. »

Elle dépose le peignoir, retrousse la couverture et se couche en tirant sa chemise de nuit sur ses genoux. Jacques étend la main vers elle, mais elle la saisit au passage et la repousse.

« Laisse-moi, Jacques, ça colle, c'est dégueulasse ! »

Il rapatrie ses gros doigts calleux de son côté. Il aime la peau d'Alice, particulièrement celle de ses cuisses, justement. Elle a une texture différente du reste, du bas des jambes déjà, sans chercher plus loin. On dirait de la soie. Pourtant, jamais, bien entendu, il ne toucherait Alice si elle n'en a pas envie.

« Que tu colles, Alice, d'accord, mais ne dis pas que c'est dégueulasse. Ce n'est pas vrai.

— Je me sens sale.

— Tu as juste un peu d'urticaire. Ce n'est pas la première fois. Dans deux ou trois jours, ce sera passé. Forcément ça t'a secouée drôlement quand tu es tombée sur Vanloo ce matin.

— Je suppose.

— Tu as dit à la juge que tu n'avais pas crié quand tu l'avais vu. Sans blague ?

— Ben oui, je suis restée sans voix, plutôt.

— Tu aurais dû crier une bonne fois. C'est resté à l'intérieur, il fallait que le coup ressorte d'une façon ou d'une autre.

— C'est bien possible. Mais crier, ça me fait l'effet d'être comme Martine, qui pique une crise devant une souris.

— Là, tu as raison, ta sœur serait tombée dans les pommes ! Moi, tu vois, je n'irais pas jusqu'à dire que je me suis réjoui devant son cadavre, simplement ça ne m'a fait ni chaud ni froid. Il n'a eu que ce qu'il méritait. Ce type était une ordure.

— Il avait ses torts, Jacques, c'est vrai, mais tout de même, c'était un être humain.

— Un être humain ? Je ne sais pas. Je dirais plutôt une bête. Encore que les bêtes… »

Il se mord la langue. Il n'aurait pas dû comparer Vanloo à une bête, car les bêtes, il les aime. Il passe la main sur l'échine de ses vaches, leur gratouille le poil là où elles préfèrent, sur la houppette entre les cornes, leur caresse délicatement le pis avant d'introduire en douceur leurs mamelles dans la trayeuse. Il n'y a pas plus sage que ces braves ruminants, qui ne tolèrent la verge du taureau qu'une fois l'an, vite fait. Le taureau lui-même – a fortiori le vétérinaire inséminateur – n'insiste pas. Il n'y revient jamais. Il s'acquitte du service minimum en vue de la propagation de l'espèce. Après, fini, il remet l'épée au fourreau.

Alors que Vanloo, depuis qu'il s'était installé à Fontenal, passait de fille en fille, tout le monde le sait, dans le seul but de s'envoyer en l'air. Au début, on pouvait le tolérer, s'en amuser à la rigueur, faire des pronostics sur la durée de sa dernière conquête. Trois semaines ? Un mois ? Puis, à la place d'une blonde à laquelle on n'avait pas eu le temps de s'habituer, une brune encore fraîche ressortait du presbytère le dimanche après-midi. Encore heureux, aucune jeunette du village. Des inconnues uniquement, qu'il devait lever à l'hôpital où il exerçait ses autres talents. Il en consommait sur place sans doute, mais ce n'était pas assez. Il lui en fallait pour ses moments à Fontenal. Les voitures dans l'allée arboraient des plaques d'immatriculation jaunes du Luxembourg ou bleues des départements français les plus proches, 54, 55, 57.

Sûrement il ne voulait pas d'ennuis avec les indigènes. Jusqu'à ces derniers temps du moins, avant qu'il ne tende ses filets dans les parages. L'innocente qui est tombée dedans, c'est la femme de Mathias Warland, un vétérinaire connu et apprécié dans toute la région. Ceux qui riaient encore riaient jaune. Une femme mariée par-dessus le marché, mère de quatre marmots. Et Warland qui ne bougeait pas le petit doigt, tout son grand corps paralysé. En sa présence, personne n'osait aborder son malheur, auquel s'ajoutait celui des parents de la dévergondée. Le père possède une scierie, où chacun a commandé un jour ou l'autre des planches ou des madriers. Pour ne pas l'embarrasser, on évitait de lui causer, en prétextant le bruit des scies.

Quelle honte ! N'importe comment, il fallait que ça cesse.

« En tout cas, un qui doit être soulagé, c'est Warland, hein, Alice ?

— Oui, d'une certaine façon, le pauvre.

— Tu as vu sa tête tout à l'heure ?

— Il était complètement retourné, il y a de quoi.

— Oui, ou alors il faisait drôlement bien semblant. Tu crois vraiment qu'il ignorait que Vanloo avait avalé sa chique ?

— Évidemment. Comment il l'aurait appris ?

— Je ne sais pas. Peut-être dans d'autres fermes où il était passé avant nous. La nouvelle a eu le temps de circuler depuis le matin. Pense à ce couillon de Habran. Une peau de vache, juste bon à te verbaliser s'il manque une loupiote à ton tracteur ! Maintenant qu'il a été le premier flic sur les lieux du crime, il doit se prendre pour le shérif de la commune ! Tu peux être sûre qu'il s'en est vanté partout.

— Mathias était surpris, ça crevait les yeux. Ce n'est pas le genre d'homme à faire des singeries. Et dans quel but, d'abord ?

— Il préfère peut-être jouer les innocents, vu les petites fredaines de madame avec le cher disparu.

— Lynn était en plein dans son aventure avec le docteur, c'est clair, mais elle n'y est pour rien s'il est mort.

— Sans doute. Encore que… Sait-on jamais ?

— Jacques !

— Écoute, hier après-midi je suis passé devant le presbytère en allant au cimetière, eh bien sa voiture, la Toyota grise, était là.

— Ça ne veut rien dire. Lynn l'y retrouvait presque tous les dimanches. Elle est venue et repartie. L'assassin est entré après elle. Est-ce qu'on sait quand le docteur est mort au juste ? Tu ne vas tout de même pas te mettre en tête qu'elle aurait pu s'en prendre à un grand type comme lui. Un petit bout de femme !

— Et alors ? Les deux moyens préférés des cocottes pour zigouiller leur jules, tu sais ce que c'est ?

— Non. Quoi ?

— Un : le poison ; deux : le couteau de cuisine.

— Lynn en train de poignarder le docteur ? C'est carrément inimaginable.

— Tu as raison sans doute. Je n'y crois pas beaucoup non plus. D'un autre côté, la Toyota, c'est la Toyota des Warland. On ne sait pas qui l'a utilisée.

— Qu'est-ce que tu veux dire ?

— Ça pouvait aussi bien être Warland lui-même qui se trouvait hier au presbytère.

— Jacques, arrête ! Maintenant, tu commences vraiment à débloquer.

— Je me pose des questions, c'est tout. Le premier flic venu penserait immédiatement à Warland. Il avait de sérieuses raisons d'en vouloir à Vanloo, non ?

— C'est vrai. Mais sa liaison avec Lynn durait depuis trois mois et Mathias a préféré patienter en attendant qu'elle revienne à la raison. S'il avait voulu faire un éclat, il l'aurait fait dès le début.

— Il en a peut-être eu assez de s'écraser.

— Je n'en crois pas un mot. Mathias ne ferait pas de mal à une mouche.

— Bon, bon ! De toute façon, on n'a pas à se mêler de cette histoire. Quand le commissaire nous a demandé ce matin si dimanche on avait remarqué quelque chose aux alentours du presbytère, tu as bien entendu ce que je lui ai répondu ?

— Je ne sais plus au juste.

— J'ai dit que le dimanche après-midi, je faisais la sieste jusqu'à quatre heures. La Toyota, donc, je ne l'ai pas vue. Et j'espère que personne d'autre ne l'a vue. Ce n'est pas moi qui vais charger Warland. Warland est une chiffe molle, il a laissé courir sa biquette, mais c'est son affaire. Elle, par contre, ce n'est qu'une salope.

— Jacques, s'il te plaît, pas ce genre de vocabulaire entre nous !

— Une pétroleuse, si tu préfères ! Elle n'attendait qu'un briquet pour lui fiche le feu aux fesses. Je ne comprends pas comment Warland a pu la laisser s'approcher de cet incendiaire.

— Comme tu y vas ! Mathias n'a rien fait de plus ou de moins que toi.

— Comment ça ?

— Est-ce que tu m'as empêchée d'aller faire le ménage tous les lundis au presbytère ?

— Non, mais toi, ce n'est pas pareil.

— Pourquoi ?

— Toi, tu es ma petite femme chérie. Jamais tu ne me trahirais. »

Sur ce, il pose résolument la main sur la cuisse d'Alice. À présent, la crème a pénétré, la peau a retrouvé son délicieux velouté malgré les petites saillies qui la parsèment.

« Parce que nous deux, on s'aime toujours, pas vrai ?

— Évidemment, tu le sais bien, Jacques. Dormons maintenant. »

Elle bascule sur le côté, lui tourne le dos, consent à ses doigts, qui s'accrochent seulement sans la caresser.

« Tu n'es pas comme les autres, toi, Alice, je l'ai compris depuis la première fois que je t'ai vue. »

Elle hoche un peu les épaules en guise de protestation, mais elle ne répond pas. Elle ne ferme pas les yeux non plus. La pénombre de la pièce est traversée d'un trait de lune qui s'infiltre entre les tentures. Quand elle était petite, elle se figurait que la lune lui rendait visite dans sa chambre. Pourquoi pas puisque, dehors déjà, lorsqu'elle revenait de chez sa grand-mère dans le noir, la lune la suivait pas à pas ? La lune a une bonne bouille affectueuse. Elle sait tout des enfants, leurs peurs, leurs angoisses, les questions qu'ils n'osent pas poser aux parents.

Mais peut-être n'était-elle pas une petite fille ordinaire pour se représenter ce genre de chose ? Et maintenant Jacques aurait-il raison de lui prétendre aussi qu'elle est différente des autres femmes ?

Pour se prononcer, il faudrait d'abord savoir de quel bois se chauffent les autres femmes. Cela, personne ne peut le dire, ni elle ni, à plus forte raison, Jacques – un homme ! Ce qu'il sous-entend, en fait, c'est qu'elle n'est pas comme Lynn. Dans sa bonne caboche de fermier, toutes les femmes relèvent de la même espèce que Lynn, impatientes de sauter la clôture pour s'offrir au premier venu, aiguillonnées par leurs mystérieux désirs féminins. Sauf Alice, sa femme !

Qu'est-ce qu'il s'imagine, Jacques ? Qu'elle ne connaît pas ce genre de désirs ? Ou qu'elle y est fatalement soumise, mais qu'elle se maîtrise ? Par amour pour lui. C'est cela plutôt. Il tremble à l'idée que soudain elle ne se contrôle plus. Maintenant qu'il vieillit, il se demande s'il a bien fait d'épouser une fille beaucoup plus jeune que lui. Voilà pourquoi il traite Lynn de tous les noms d'oiseaux. Il met son épouse en garde, si jamais elle lui jouait le mauvais tour de Lynn à Mathias. Le verdict est déjà prêt au bord de ses lèvres : « Salope ! »

Ça le travaille depuis quelque temps. Tout à l'heure, quand elle pressait le tee-shirt du vétérinaire contre sa poitrine, tandis qu'il se rafraîchissait à l'évier, elle a bien observé le regard de Jacques. Il ne s'occupait pas de Mathias, il se concentrait sur elle avec une intensité douloureuse. Elle aurait pu l'apaiser. Une simple moue complice à son adresse, comme pour se moquer des gros bras de Mathias, aurait suffi. Mais, après tout, cette jalousie était trop bête, elle ne mérite pas qu'elle la ménage. Elle donne envie qu'on l'attise un peu.

Malgré ses affirmations – « tu es ma petite femme chérie » –, malgré les apaisements qu'elle lui prodigue – « tu sais bien que je t'aime » –, le doute tient lieu d'amour à Jacques désormais. Est-ce que ma femme lorgnerait les biscoteaux de ce crétin ? Il s'agit de trouver la parade aussi sec. Il traite le monsieur muscles de « chiffe molle » mais, l'instant d'après, insinue qu'il aurait pu régler son compte au docteur ! Néanmoins, il ne le dénoncerait pour rien au monde à la police. C'est un homme d'honneur, sur qui même les mous peuvent compter.

D'accord, elle a un peu exagéré quand elle lui a rétorqué qu'il n'avait pas agi autrement que Mathias en la laissant faire le ménage du presbytère. Quand elle a commencé, Vanloo venait d'arriver à Fontenal, personne ne soupçonnait en lui un trousseur de jupons. Il avait demandé à l'auberge du Vieux Moulin, où elle fait la plonge le dimanche, si dans le personnel une fille ne serait pas intéressée par quelques heures de nettoyage. La patronne avait transmis à Alice parce qu'elle estimait, avait-elle dit, que pour un médecin il fallait une personne qui ait une certaine classe.

Jacques avait ratifié. Un médecin, le genre d'homme à ausculter une bimbo sans broncher, pas de danger ! Ils avaient besoin d'argent. Depuis toujours, la ferme vivote. Il a dû racheter les parts d'héritage de ses six frères et sœurs. Il a fallu vendre du terrain. Le prix du lait ne cesse de baisser. Il faudrait diversifier, comme les autres s'y résignent, se lancer dans le poulet bio, le mouton. Mais, au fond, Jacques est un dilettante. Ce qu'il aime, c'est courir la campagne, les bois, cueillir les champignons, les myrtilles, chasser, pêcher, comme lorsqu'il était gamin. Il l'est resté. Il vit au-dessus de ses moyens. Heureusement que les petits boulots d'Alice mettent du beurre dans les épinards.

De ce fait, après que le bruit s'est répandu que le docteur collectionnait les conquêtes, il n'a jamais été question d'éloigner Alice de la souricière. Soixante euros tous les lundis, ça ne se trouve pas sous le pas d'un cheval.

Puis, c'était une manière déjà de se persuader que sa femme n'est pas comme les autres. Comment le savoir sans l'exposer au danger ? Chaque lundi midi, lorsqu'elle rentrait de sa matinée au presbytère, il la dévisageait avec appréhension, à l'affût de la moindre rougeur sur ses joues quand il l'interrogeait : « Alors, ça s'est bien passé ?

— Qu'est-ce que tu veux qui se soit passé ? J'ai fait le ménage, c'est tout.

— Vanloo, comment va-t-il ? Pas trop fatigué de son dimanche ?

— Il n'était pas là, Jacques. Il part tôt le matin pour Luxembourg. »

Elle n'a jamais dû mentir. Les rares fois où le docteur s'était trouvé chez lui le lundi matin, à midi, comme un fait exprès, Jacques ne lui avait pas posé de questions. Retenu dans les étables sans doute, ou à battre les buissons. Après il n'y avait plus pensé. De toute façon, Vanloo n'avait pas traîné. À neuf heures au plus tard, il partait à son hôpital en laissant comme d'habitude les trois billets de vingt euros à l'endroit convenu, sous un pied du crucifix de cheminée en laiton abandonné par l'ancien curé dans le séjour.

Il ne lui avait parlé un peu plus longuement qu'à une seule occasion, bien avant sa liaison avec Lynn. La veille, il avait reçu une fille, mais la rencontre manifestement avait dégénéré. Dans la poubelle du débarras, Alice avait découvert les tessons d'une bouteille et des verres brisés. En passant à la cuisine, elle était tombée nez à nez avec le docteur, en short et maillot de corps, pas rasé, une double griffure à travers ses poils de l'oreille droite jusqu'à la pomme d'Adam. À même la table, sans nappe, une tasse de café, un quignon de pain et une noix de jambon, dans laquelle il découpait de fines tranches qu'il mangeait à la main.

« Oh, excusez-moi, Alice, vous vouliez commencer par la cuisine sûrement. Je vous gêne.

— Non, non, avait-elle protesté en dissimulant sa surprise, je dois seulement prendre de l'eau chaude.

— Ah bien, bien… Allez-y, allez-y. »

Elle était allée jusqu'à l'évier derrière lui. Il lui tournait le dos, c'était gênant. Il s'était levé et, par galanterie, une fois le seau rempli, il avait voulu le retirer de l'évier tandis qu'elle s'exclamait : « Laissez, laissez, j'ai l'habitude. » Leurs mains s'étaient frôlées sur l'anse, si bien qu'elle l'avait lâchée et que le seau avait atterri un peu brusquement, en répandant une petite flaque sur le carrelage.

« Ce que je peux être maladroit !

— Ce n'est rien. »

Elle n'avait qu'une hâte, quitter la pièce, mais Vanloo l'avait retenue, dressé tout à coup sur son passage, alors qu'elle s'était déjà ressaisie du seau.

« Qu'est-ce que vous pensez de moi, Alice ?

— Mais… rien… rien de particulier.

— Ma façon de vivre ?

— Ça ne me regarde pas.

— Je suis sûr que vous me méprisez.

— Pourquoi voudriez-vous que je… ?

— Toutes ces filles qui défilent ici.

— Chacun vit à sa manière.

— Vous, vous ne vivez pas ainsi.

— Non.

— Vous êtes heureuse avec votre mari ?

— Oui. »

Le lendemain, en repensant à la conversation, elle s'aperçut qu'elle avait répondu du tac au tac, sans réfléchir, alors qu'en fait la question de son bonheur n'avait jamais effleuré son esprit. C'était comme si Vanloo lui avait demandé si elle croyait en Dieu. Elle aurait dit oui sans hésiter, l'idée même de discuter de l'existence de Dieu lui paraissant au-dessus de ses moyens.

« Vous avez de la chance, Alice.

— Certainement. »

Encore une affirmation qui, tout bien considéré, aurait mérité une réponse moins catégorique, du genre : « Je ne sais pas. C'est possible. »

Il avait insisté : « Si votre mari vous abandonnait, s'il ne voulait plus de vous, vous pourriez rencontrer quelqu'un d'autre ?

— Ça n'arrivera pas.

— Supposez que ça se produise malgré tout.

— Je ne rencontrerais personne.

— Pourquoi ?

— Parce que j'ai promis.

— Promis ? Qu'est-ce que vous voulez dire ?

— J'ai promis le jour de mon mariage que je ne connaîtrais pas d'autre homme que mon mari. Je dois tenir parole.

— Mais s'il devenait comme un étranger pour vous ?

— Ça ne changerait rien à ma promesse. Il n'y avait pas de conditions.

— Admettons que tout à coup un homme vous dise que vous êtes belle, très belle même, qu'il vous désire, qu'il veut vous aimer, qu'est-ce que vous diriez ?

— Je l'enverrais au diable.

— S'il insistait, s'il suppliait ? »

À ce moment, il avait posé ses deux mains sur ses épaules, non pour l'attirer, pour simuler la chose simplement, semblait-il, comme un metteur en scène indique à une comédienne en répétition le jeu qu'il va proposer à son partenaire. Elle s'était promptement dégagée. De l'index, elle lui avait montré le grand couteau à jambon sur la table et avait prononcé sourdement : « Vous voyez le couteau, là ? Je le lui planterais dans la peau. »

6.

Le commissaire Demaret était bien résolu à assister aux funérailles de Vanloo. Pour un enquêteur, ce n'est pas sans intérêt d'observer l'assistance. La façon dont les gens se placent dans les travées à l'église, comment ils se regroupent ou s'évitent, un signe de tête, des chuchotements à l'arrivée d'un nouveau venu, des regards échangés ou esquivés, autant d'indices propres à titiller le nez d'un bon flic. Il renifle l'atmosphère comme un chien de chasse, la truffe au vent devant un taillis. Le gibier se tapit peut-être dans l'enceinte.

Au cours de la matinée, Demaret s'est donc informé du lieu et de la date des funérailles. Sur ses indications, un inspecteur de l'équipe a contacté non pas Mme Vanloo – par délicatesse –, mais son père, Daniel Durieux. La cérémonie se tiendra mercredi à quatorze heures à l'église Saint-Joseph de Waterloo. Toutefois, Durieux a signalé une réception funéraire, aujourd'hui même, mardi, dès dix-huit heures à son domicile. Il invitait cordialement le commissaire. Demaret a décidé de s'y rendre au pied levé, plutôt qu'aux funérailles. Il y enverra un homme. De cette façon il pourrait observer des émotions d'autant plus fraîches et ne pas décommander son rendez-vous chez le dentiste qu'il attend depuis un mois.

Demaret est arrivé à dix-neuf heures devant l'imposante villa des Durieux. Une grosse bâtisse blanche en retrait de la rue, coiffée d'une toiture percée de fenêtres à la flamande, au milieu d'un parc luxuriant. Il s'est avancé au ralenti dans l'allée en pavés de béton autobloquants – une dizaine de teintes successives, la gamme complète de couleurs sans doute chez Durieux Constructions. Des voitures stationnaient sur toute la longueur, pare-chocs contre pare-chocs, les plus allemandes mordant parfois sur la pelouse. Il s'est rangé devant un des garages. Sur le volet, un écriteau demandait : « Merci de laisser cet emplacement libre. » Un genre de recommandation qui ne vaut pas pour les flics.

La porte d'entrée était ouverte à deux battants. Dans le hall, une sorte de larbin en veste blanche, ruban noir à la boutonnière, lui a tendu un plateau.

« Votre carte, monsieur. »

Il a sorti sa carte de légitimation de son blouson, la lui a passée sous le nez et l'a rempochée. Il s'est dirigé vers la pièce également béante où des gens debout, agglutinés par grappes, un verre ou un amuse-gueule à la main, s'entretenaient à voix basse sur un fond musical : l'inévitable *Canon* de Pachelbel, numéro un au hit-parade des veillées funèbres. La rumeur lui a cédé un demi-ton quand il s'est avancé. Tous les regards, en effet, convergeaient vers son jean et sa veste de cuir. Il aurait peut-être dû se saper comme les pingouins soudain silencieux qui le considéraient. Giuliana, sa femme, qui se plaint toujours qu'il est habillé comme l'as de pique, le lui aurait sûrement recommandé s'il avait fait un saut jusque chez lui, mais il était venu directement de l'hôtel de police.

Ses yeux, qui effectuaient un panoramique sur l'assemblée, sont tombés sur la jeune veuve Vanloo, assise à droite de l'entrée, flanquée de deux femmes en noir elles aussi. Celles-là auraient pu passer pour des pleureuses professionnelles, tandis que Candice, dans sa robe moulante, découvrant par le bas ses jambes jusqu'à la naissance de ses cuisses et par le haut son cou jusqu'aux clavicules, aurait pu jouer la femme fatale dans un de ces vieux films de série B qu'il collectionne en Blue-ray.

Il s'est incliné, elle lui a tendu la main avec un froncement d'ironie sur la joue, lui signifiant sans doute qu'elle n'était pas dupe de ce folklore funéraire. À sa gauche, elle lui a présenté sa mère ; à droite, textuellement : « Mme Vanloo, mère du défunt. »

Il a murmuré : « Mes condoléances », puis s'est frayé un chemin parmi les invités jusqu'au bout de la pièce, où Vanloo était exposé. Le volet du cercueil était relevé. Il s'est penché. Le visage du docteur, couvert d'une espèce de moustiquaire, se distinguait à peine, comme si déjà il sombrait dans l'universelle indifférence du trépas. Il aurait dû s'émouvoir, se faire au moins une réflexion sur la tragédie d'une vie si tôt abrégée, mais rien ne lui est venu. Le cours habituel des remarques informes qui traversent le cerveau s'est même suspendu. Son crâne était aussi vide que celui du mort.

Après la brève station qui lui a paru convenable, il s'est dirigé vers le buffet. C'est ainsi que maintenant il tient d'une main un pilon de poulet et attend que l'autre reçoive la bière qu'il a demandée au serveur, si possible, à la place du mousseux qu'on lui présentait. Tout à coup, Durieux en personne la lui apporte.

« Commissaire ! Quel réconfort de vous voir ici ! »

Il est vêtu d'un complet anthracite, cravate noire et crêpe au revers de la veste. Sa voix manœuvre entre l'émotion feinte et la satisfaction.

« J'étais à l'office. Un garçon rentre en annonçant que quelqu'un réclame une bière. J'ai pensé, je l'avoue : Quel plouc ! Une bière à la place de mon Vranken Diamant ! Mais mon bonhomme précise que son collègue dans le hall lui a glissé dans le cornet de l'oreille que l'amateur de bière était un policier. J'ai tout de suite compris, j'ai ravalé mon mouvement d'humeur. Un policier, évidemment, pas de champagne ! Un demi, ça va de soi ! Vous fumez aussi la pipe, je présume ?

— Non, je ne fume pas.

— Ah ? J'aurais cru. Buvez, buvez, c'est de la Lupulus tout de même. Ça vous convient ? »

Demaret avale une gorgée, le temps pour Durieux de se rappeler qu'il l'a invité à une veillée funèbre et de se recomposer une mine de circonstance.

« Quelle effroyable tragédie pour notre famille, commissaire !

— En effet.

— Tous ces amis venus nous entourer nous sont d'un soutien très précieux. J'ai pu encore hier soir obtenir une annonce nécrologique dans *La Libre* et dans *Le Soir*, qui mentionnait la réception. Ce matin, ma secrétaire a contacté quelques clients et fournisseurs plus spécialement. Si un de vos hommes ne l'avait devancée en m'appelant personnellement, elle vous aurait invité, bien sûr…

— Comme client ou comme fournisseur ?

— Commissaire ! Je sais que je puis vous compter au nombre de nos amis. Vous nous avez reçus hier avec une telle délicatesse, ma fille et moi. Candice était très touchée.

— C'est elle qui a imaginé cette réception ? C'est un peu particulier.

— Non, non ! La pauvre petite est tellement accablée ! Je me suis chargé de tout. C'est bien le moins qu'un père pouvait faire pour sa fille. Je ne vous dis pas la journée que j'ai passée. Rapatrier la dépouille, mettre au point ce cocktail au pied levé… Vous dites “particulier”, ça ne vous plaît pas ?

— Disons que ça fait plutôt américain, non ?

— Absolument ! Vous avez vu juste. Tout le monde y viendra, j'en suis convaincu. J'ai seulement une longueur d'avance. Les *States* imposent leur style au monde entier. *American way of life !* Inutile de résister. Vous avez noté comment nos gosses ont adopté Halloween en quelques années ? D'ailleurs, je trouve cette formule de deuil beaucoup plus chaleureuse que les visites guindées aux salons funéraires, bien que ceux-ci représentent déjà un progrès par rapport à la salle à manger avec le cercueil sur la table. Encore en usage dans vos lointaines Ardennes ?

— Pas vraiment.

— Ma fille est très jeune. Je ne veux pas qu'elle conserve un souvenir traumatisant de cette épreuve déjà suffisamment cruelle. Quand vous disiez “américain”, vous pensiez au cinéma ?

— Exact.

— Eh bien, c'est précisément ce que je recherche : le spectacle ! J'ai toujours fait en sorte que Candice prenne la vie comme un jeu, une comédie. Quelque chose de léger, finalement sans importance, une suite de péripéties qu'on peut oublier du jour au lendemain avant de passer à un autre divertissement.

— Ah bon…

— Mettre des enfants au monde pour leur annoncer bientôt que la vie n'a aucun sens, que nous n'avons à leur offrir qu'un destin absurde avec la mort pour seul horizon, du néant au néant, je laisse cela aux philosophes. Si nous réfléchissions un seul instant avant d'engendrer des innocents qui ne nous ont rien demandé, nous renoncerions par pitié. C'est l'égoïsme qui nous pousse à nous offrir ces petits jouets pour nous distraire de notre destinée. Vous avez des enfants, commissaire ?

— Peu importe. »

Demaret n'a pas envie de faire ami-ami avec ce type au point de lui parler de ses enfants. Giuliana et lui en ont eu quatre à la file, en s'y mettant le soir même de leur mariage. Trois garçons, puis enfin une fille, à laquelle lui tenait absolument. Sinon, Dieu sait quand ils se seraient arrêtés ! Ils n'ont jamais eu l'impression de « s'offrir des jouets ». Ils se sont coulés tout simplement dans le mouvement naturel de l'existence, qui est donnée et qu'on ne peut garder pour soi. Les trois aînés sont casés. Clara, sa petite chérie, fait médecine à l'université. Pour elle, la vie certainement est tout sauf un jeu, elle doit se battre pour décrocher son diplôme.

Durieux a bien compris que Demaret ne sympathiserait pas. « Excusez-moi, se reprend-il aussitôt, ça ne me regarde pas.

— Vous ne devez pas vous faire trop de souci pour votre fille, me semble-t-il. Elle n'a pas l'air terriblement affectée par la mort de son mari.

— Plus que vous ne le pensez, peut-être. Sur le coup, elle n'a pas réalisé, mais depuis ce matin elle me paraît très abattue.

— Ses relations avec son mari étaient devenues assez épisodiques si j'ai bien compris.

— Leurs liens s'étaient distendus, c'est vrai. Ma fille avait entamé une procédure de divorce, mais je ne désespérais pas de la voir se désister. L'idée d'Éric d'aller exercer au Luxembourg n'était sans doute pas très heureuse en définitive. De son côté, il n'avait pas renoncé à l'espoir de renouer avec Candice.

— C'est plutôt raté.

— Hélas…

— D'après mes premiers renseignements, pourtant, il semblait prendre son mal en patience sans trop de problèmes.

— Que voulez-vous dire ?

— Il a eu quelques aventures à Fontenal. Je dirais même qu'on ne les compte plus.

— Ah… Toujours le jeu… La chair est faible, commissaire. »

Les coins de la bouche de Durieux se soulèvent, espérant la connivence du commissaire, puis, sans l'attendre, se rabaissent aussitôt. Il vient d'apercevoir un personnage, une écharpe blanche autour du cou, qui franchit le seuil et dont l'accueil requiert deux lèvres amères. Il plante là Demaret, se précipite à la rencontre de l'arrivant, laissant dans son sillage des « Ce cher abbé, ce cher abbé ! » éperdus.

Le commissaire repasse au buffet. Il ne rentrera pas à la maison avant dix heures : autant souper sur place.

Tandis qu'entre deux bouchées il observe le beau monde qui entre et qui sort, l'évidence s'impose de plus en plus à lui : personne ne se suicidera de désespoir sur la tombe de Vanloo. On dirait même qu'une certaine excitation électrise l'atmosphère, presque joyeuse. Effet du meurtre, naturellement.

C'est quand la mort est banale qu'elle fait peur aux gens. Devant le cercueil d'un défunt ordinaire, fauché par un cancer tout aussi ordinaire, on ne se sent pas rassuré. À qui le tour ? À moi ? Un crime, au moins, ça donne du champ. On peut s'en amuser. Pour une fois, au lieu de nous accabler, la mort a décidé de nous distraire. Elle joue aux devinettes. Qui a bien pu la convoquer dans le dos de Vanloo ? Déjà un thriller à la télé, on s'en délecte, mais être en quelque sorte plongé dedans, c'est plus palpitant encore ! Il n'y a que pour les vrais flics que ce n'est pas amusant du tout.

Au moment où il se fait cette réflexion, les yeux de Demaret rencontrent justement ceux d'une personne qui n'a pas non plus trouvé la mort de Vanloo particulièrement divertissante : la substitut

– pardon, substitute ! – qui a rendu tripes et boyaux hier devant son cadavre ! Comment s'appelle-t-elle déjà ? Lebrun, oui, Sophie Lebrun. Qu'est-ce qu'elle fiche ici ? Elle se tient derrière un groupe qui la lui avait cachée jusque-là, près d'une fenêtre, seule, un verre en main. On la prendrait pour une fille qui fait tapisserie dans un bal.

Il emporte quelques munitions du buffet et va jusqu'à elle.

« Mademoiselle Lebrun ?

— Commissaire.

— Qu'est-ce que vous faites ici ?

— Je... j'ai pensé... La famille traverse une terrible épreuve. Le parquet doit montrer un peu de sympathie, me semble-t-il.

— Ils vous ont invitée ?

— Pas du tout. J'ai vu l'avis nécrologique dans le journal.

— C'est le procureur qui vous envoie ?

— Non.

— Dites-moi, c'est bien lui qui suit l'affaire ?

— En fait, c'est moi plutôt.

— Vous ? Ah... J'avais cru pourtant...

— Le procureur est parti en congé. Il avait réservé une minicroisière en Méditerranée avant le rush de juillet, il n'a pas voulu annuler.

— D'accord, d'accord. Comme ça, vous voilà aux prises avec votre premier homicide, si je ne m'abuse.

— Oui.

— Écoutez, mademoiselle Lebrun...

— Sophie.

— Oui, Sophie. Il vaut mieux mettre les choses au point tout de suite. Dans une affaire criminelle, il y a la police – moi, en l'occurrence –, le juge d'instruction, Mme Vandewalle, et le parquet : vous. J'enquête, Mme Vandewalle instruit et vous, le moment venu, vous engagez les poursuites. Je ne vous apprends rien.

— Non, bien sûr.

— Alors, restons dans notre rôle respectif. Chacun son métier et les vaches seront bien gardées.

— Nous sommes absolument d'accord, commissaire. Tout de même, je me pose une question : est-ce que vous vous seriez fendu de ce petit topo devant le procureur ou est-ce réservé à quelqu'un qui débute et qui est une femme pour ne rien arranger ?

— Je ne pense pas que j'aurais trouvé le procureur sur le terrain, sur mon terrain pour être plus précis. J'aime bien avoir les coudées franches.

— Vous les avez, ne vous faites pas de souci. Néanmoins, j'ai bien l'intention de me tenir informée au jour le jour, que cela vous plaise ou non.

— Pardon ! »

L'exclamation lui a échappé. Tous les yeux, dans le petit cercle devant eux, se tournent vers lui. Une prise de bec ! Magnifique ! Ce gros costaud en blouson qui boit de la bière, la nouvelle est passée de bouche à oreille, ce serait le policier chargé de l'enquête. Apparemment, il est déjà tombé sur le râble de cette fille. Qui est-ce ? Personne ne l'a jamais vue. Le flic dépose son verre, emballe un sandwich dans une serviette, le fourre dans sa poche et la dirige vers la sortie. Elle va passer un mauvais quart d'heure, ça ne fait pas un pli.

Les gens s'écartent devant eux. Demaret ne leur accorde pas un regard. Dehors, il entraîne Sophie jusqu'à sa voiture devant l'entrée du garage interdite. Il s'appuie contre la portière côté conducteur, les bras croisés, avec un sourire forcé. Il tient à montrer qu'il a repris son calme.

« Excusez-moi, Sophie, si j'ai paru m'énerver. Loin de moi l'idée de mettre en question les prérogatives du parquet. Et que vous soyez une femme, face à un vieux routier, ça n'a rien à voir, je vous assure. Seulement, voyez-vous, une enquête, c'est laborieux le plus souvent, ça demande de la patience, de la réflexion, de la confiance. Je ne peux pas travailler si je dois rendre des comptes à tout bout de champ. Vous voulez savoir où nous en sommes à l'heure qu'il est ?

— Oui, pourquoi pas ?

— D'accord. Je vous briefe. Après ça, vous me ficherez la paix ?

— Allez-y toujours.

— Bon. Vanloo a été tué de trois coups de couteau dans le dos. Nous n'avons pas retrouvé l'arme du crime. D'après l'autopsie, c'est un poignard, un couteau de boucherie ou un instrument de ce genre, muni d'une lame de vingt centimètres à tranchant simple. Pas de trace de sang autre que celui de la victime. Au sol, des poussières, des brindilles et d'autres débris laissés par des chaussures venant de la campagne. Ça peut appartenir tout simplement au fermier qui a averti la police locale, Brasseur. Mes hommes n'ont pas terminé. J'ai ordonné qu'ils fouillent le reste de la maison. Simultanément, nous interrogeons les villageois.

Un problème à résoudre, c'est que la porte d'entrée était fermée quand la femme de Brasseur est arrivée le matin pour faire le ménage. Il y a une autre porte à l'arrière. Elle n'a pas de serrure, seulement un verrou. Le verrou était poussé, donc impossible de pénétrer dans la maison par là. Le plus plausible, c'est que le meurtrier avait une clé.

— Le meurtrier ou la meurtrière.

— Tout à fait exact. Nous savons déjà que Vanloo a emmené plusieurs femmes chez lui au cours des deux années passées. En plus du double de la clé qu'il avait donnée à Mme Brasseur, il en avait peut-être un autre à l'usage de sa maîtresse du moment. Nous n'en sommes qu'au début de nos recherches, nous allons investiguer sur ce point. J'informerai la juge d'instruction dès que possible. Adressez-vous à elle si vous tenez absolument à être au courant.

— Bien. Comme vous voulez.

— J'aime mieux ça. Maintenant que tout est clair, je vous laisse. Vous repartez aussi ?

— Oui. »

Demaret hésite un instant avant de reprendre le volant. Il avance la main. Sophie la laisse un moment en suspens, puis la prend. Il doit y voir un pacte, car sa bonne figure un peu grasse s'illumine.

Sophie le regarde partir, puis reprend l'allée, où elle a laissé sa voiture. Nerveusement, elle donne des coups dans le gravier de la pointe de ses sneakers. Ce flic l'a traitée comme une cruche doublée d'une enquiquineuse. Et il n'est pas le premier. D'abord, il y a eu le procureur du roi, tellement pressé de plastronner devant la télé locale et les trois pisse-copie de la conférence de presse, qu'il oublie de lui céder la parole, mais qui lui cède sa place pour ne pas rater les dix jours de congé qu'il s'est octroyés. Exactement comme s'il avait engagé une fille au pair : « Tout ira bien, ma petite Sophie. Vous pouvez compter sur Mme Vandewalle, elle a de la bouteille. »

Ensuite, elle, la juge d'instruction : « Sophie, je m'occupe de tout, ne vous faites pas de souci : je suis là. Ne laissez pas moisir vos dossiers de roulage. »

Enfin, le bouquet : Tristan ! Quand il est rentré de Bruxelles hier soir, elle lui annonce, tout heureuse, qu'elle va s'occuper d'un homicide, un médecin lardé de coups de couteau chez lui.

« J'ai vu le cadavre, je te jure, ce n'était pas joli joli. »

Bien entendu, elle a passé sous silence l'effet que ça lui avait produit sur le coup. Il allait être fier de sa petite chérie qui s'étiole depuis des mois sur des babioles sans intérêt : enfin elle passait aux commandes d'une affaire à la hauteur de ses compétences. Eh bien, non.

« Tu es sûre que tu vas pouvoir t'en tirer ?

— Évidemment. Pourquoi pas ?

— Je ne sais pas. Un meurtre, pour une débutante... On s'attend à ce que le procureur lui-même... »

Elle n'a pas précisé que le procureur était en vacances, elle a même sous-entendu que lui, en tout cas, la trouvait parfaitement qualifiée. Inutile d'ajouter qu'au lit, lorsqu'il a tenté de rattraper la mayonnaise, elle lui a retourné un bon coup de coude quelque part.

Le matin, quand elle faisait semblant de dormir lorsque Tristan lui a donné un baiser prudent sur l'épaule avant de rejoindre Bruxelles, elle s'est juré que personne ne lui marcherait plus sur les pieds. En parcourant le journal pendant qu'elle grignotait ses biscottes, elle est tombée sur l'avis nécrologique. Aussitôt, elle a décidé d'aller le soir même à Waterloo voir de quoi il retournait dans la famille. Et franchement, elle ne regrette pas d'être venue. Mine de rien, elle en a peut-être plus appris que le commissaire avec ses gros sabots.

D'abord, elle s'est inclinée devant la dame en noir juste à l'entrée du salon. Elle l'avait prise pour la veuve.

« Non, je suis la maman de Candice. »

La femme lui a désigné l'épouse de Vanloo, une poupée grandeur nature, en toilette de deuil, la seule qui manquait encore à la garde-robe de Barbie.

« Mes condoléances, madame. »

Les pommettes roses de la poupée ont amorcé un mouvement ascendant vers ses yeux, ce qui a déclenché le battement mécanique de ses paupières.

« Merci.

— Sophie Lebrun. Je suis la représentante du parquet.

— Le parquet ? »

Ses yeux se sont rabattus vers le sol revêtu de lames de chêne premier choix à la recherche d'un éventuel problème.

« La justice, madame, le procureur en charge du meurtre de votre époux. Je suis la substitute.

— Ah...

— Nous mettons tout en œuvre pour élucider ce terrible drame. Soyez assurée de notre total soutien. »

Comprenait-elle ce qu'elle lui disait ? Elle semblait complètement à l'ouest, comme si les pompes funèbres, en quête de nouveauté, l'avaient engagée à l'instar des potiches qui n'ont même pas le permis de conduire, mais qui posent à côté des bagnoles au Salon de l'auto.

Beaucoup dans la pièce, d'ailleurs, l'observaient du coin de l'œil. Son indifférence suscitait des apartés, indulgents pour les uns – « la pauvrette est anéantie » –, mais d'un goût très différent pour les autres, comme il allait apparaître par hasard à Sophie.

Elle avait accepté une coupe de champagne et s'était repliée dans l'encoignure d'une fenêtre, derrière le groupe composé de trois couples où Demaret allait la découvrir.

« La veuve ne semble pas au comble du désespoir, ironisait un des hommes.

— Tu parles, a enchéri la femme d'un autre, dis plutôt qu'elle est soulagée.

— Ah oui ?

— Elle attendait son divorce depuis presque deux ans.

— Deux ans ? Mais ils étaient à peine mariés, non ?

— Depuis quatre ans. Je suis une bonne cliente de sa boutique. On a causé bien souvent. Candice plaidait la “désunion irrémédiable”. Motif : abandon du domicile conjugal par son mari.

— Il était parti ?

— Oui, pour exercer au Luxembourg.

— Et alors ?

— Le problème, c’est qu’il faut une séparation d’au moins un an. C’était le cas, mais Éric a toujours été opposé à ce divorce. Il venait la voir de temps en temps pour infirmer l’abandon du domicile. De ce fait, la désunion n’a pas pu être établie.

— Il s’accrochait.

— Oui. Elle en avait tellement marre qu’une fois que je faisais un essayage elle m’a dit – ne le répétez à personne : “Il y a des jours où j’engagerais bien un tueur à gages pour m’en débarrasser.” »

7.

Quel dommage que Sophie Lebrun reprenne sa petite voiture coincée entre deux BMW et, au prix de multiples manœuvres entre les mastodontes, quitte le parc de la villa pour rejoindre le ring ! Elle va manquer le clou du spectacle de ce soir ! Et Demaret tout autant aurait dû rester au lieu de décamper dare-dare, trop content peut-être d'avoir rivé son clou à Sophie ou trop pressé de déballer le sandwich au poulet grillé qu'il a fourré dans sa poche. Une main sur le volant, il est déjà occupé de l'autre à enfourner de grosses bouchées, tandis que sur ses jambes les miettes s'abattent comme s'il en pleuvait.

Tant pis pour eux ! D'abord, ils n'assisteront pas au speech frelaté de Daniel Durieux. Puis surtout, ils rateront l'irruption d'un jeune homme pour ainsi dire tombé du ciel, qui va déclencher une belle pagaille. Ironie du sort, le garçon va trouver aisément à se garer à l'emplacement de l'allée laissé libre par Sophie. Si la place avait été prise, il aurait peut-être poussé l'insolence jusqu'à obstruer la même sortie de garage que le commissaire. Car, depuis qu'il a connaissance de la veillée funèbre orchestrée par Daniel Durieux, un élan invincible l'a incité à accourir sur les lieux et, si nécessaire, à mettre les pieds dans le plat. Personne ne sait mieux que lui à quelle comédie abjecte Durieux pourrait contraindre une nouvelle fois sa fille.

Mais, pour l'instant, il est toujours en chemin. Sans le savoir, il vient de croiser Demaret sur l'autoroute et il arrivera bientôt à la hauteur de Sophie encore sur le périphérique.

Au même moment, dans le salon, Durieux s'est placé devant le cercueil. Est-ce l'arrivée de l'ecclésiastique à l'écharpe blanche qui le pousse à prendre la parole sans plus tarder ? S'exprimer devant un professionnel de l'éloge funèbre doit l'aiguillonner. Les prêtres, en effet, depuis que les églises désertées ne font plus recette qu'aux enterrements, ont jeté leur dernier zèle dans l'homélie autrefois exclue de l'office des morts. Le pire mécréant entre quatre planches au pied de l'autel peut encore servir à rappeler les inconscients à leur terrible condition mortelle. Qui les sauvera de l'absurde sinon Dieu ?

Bien entendu, Durieux ne va pas trop s'aventurer sur les plates-bandes de la religion, mais il peut malgré tout apprêter Vanloo, le débarrasser des aspects les plus embarrassants de sa personnalité, en faire un sujet acceptable pour le sermon des funérailles de demain.

Près du cercueil, il a fait installer un marchepied. Il y monte. Un serveur, qu'il a prévenu, fait taire Pachelbel. Tout le monde se tourne vers lui. Les conversations s'étouffent, les verres s'immobilisent, on avale le petit-four saisi à l'arraché, tandis que l'orateur, pétri de gravité, s'éclaircit la voix. Il commence presque tout bas, afin de s'acquérir une attention parfaite.

« Mon révérend, monsieur le ministre (un vieux botoxé arborant un nœud papillon éclatant rétracte son sourire et lui oppose une paume modeste, les doigts en éventail), chères amies, chers amis, ce n'est pas sans une vive émotion, vous le pensez bien, que j'obéis au devoir qui m'incombe de rendre hommage devant vous à notre cher défunt. » Il a laissé chevaucher un léger trémolo sur les trois dernières syllabes. La main droite un instant sur les lèvres, il marque une pause, comme s'il avait besoin de convoquer tout son courage avant de poursuivre.

Puis il tend le bras vers la tête toute proche du cercueil et reprend : « Notre cher Éric, l'époux de Candice, ma fille adorée, mon bien-aimé gendre, est mort. “Mort”… Je sais combien ce mot presque obscène peut choquer. En toute autre circonstance, j'aurais préféré des euphémismes moins pénibles à entendre : “Éric s'est éteint”, “Éric nous a quittés”, “Éric n'est plus”. Mais, présentement, la terrible crudité de la formule “Il est mort” n'est pas encore assez crue, puisque, à la vérité, Éric a été assassiné.

« Assassiné… Qui aurait pu jamais imaginer une pareille ignominie ? Comment un homme à la fleur de l'âge, à qui l'avenir souriait, un bienfaiteur de l'humanité, peut-il se retrouver du jour au lendemain dans la pire rubrique des faits divers, celle des victimes de crimes crapuleux, entraînant dans le marasme deux familles honorables, la nôtre, qui est celle de son épouse, et celle de sa maman, devant laquelle je m'incline ? »

Il accorde un coup d'œil et une brève inclination de la tête à la femme endeuillée à la gauche de Candice, Mme Vanloo mère. Tous les regards convergent avec le sien, non sans remarquer que la mère de Candice, pour sa part, a déserté sa droite. Durieux fronce un sourcil. Son absence le contrarie. Il reprend, la voix d'autant plus assurée. Il réglera ça plus tard.

« La Société de financement Vanloo, que dirige de main de maître la mère de notre défunt depuis son veuvage, et – je le mentionne avec modestie – Durieux Constructions offrent deux exemples de réussites exemplaires, reposant non seulement sur la gestion bien ordonnée de nos propres intérêts, mais davantage encore sur une parfaite probité et un dévouement sans faille à nos clientèles respectives. L'un et l'autre, nous avons toujours été mus par le désir de servir, tout en assurant le bien-être de nos familles. Mais, sans aucun doute, doué de cette générosité pour ainsi dire héréditaire, notre cher disparu nous y surclassait l'un et l'autre.

« Éric était un garçon particulièrement intelligent. Il aurait pu briller dans n'importe quel domaine. Cependant il avait décidé de mettre ses talents à la disposition d'autrui au travers de la noble profession médicale. Ses capacités le conduisirent au sommet de l'art de guérir. Il devint chirurgien. Il ne vivait que pour soulager la souffrance, rétablir la santé des malheureux qui se confiaient à ses mains expertes, sauver des vies.

« Son idéal le poussait à tous les sacrifices. Depuis deux ans, il se dévouait aux malades du plus considérable complexe hospitalier de Luxembourg, qui manquait d'un spécialiste dans son domaine et l'avait pour ainsi dire supplié de le faire bénéficier de ses compétences. Son grand cœur n'avait pu résister à cet appel. Déchirante décision, qui le contraignait à quitter son foyer, sa jeune et tendre épouse, car il avait dû, la mort dans l'âme, s'installer à proximité de son travail, où une urgence pouvait le rappeler en hâte de jour comme de nuit. »

Ici, sans doute, un geste de sollicitude paternelle s'imposerait à l'intention de Candice, mais Durieux préfère s'abstenir. Il craint trop d'attirer l'attention sur l'ironie, voire l'exaspération, que sa canonisation de Vanloo inspire à coup sûr à sa « jeune et tendre épouse ».

Il se trompe pourtant. Candice n'écoutait même pas son baratin. En effet, tandis que Durieux pérorait, le jeune homme annoncé plus haut s'est introduit en douce dans le salon. Il vient de s'asseoir sur la chaise laissée libre par Mme Durieux et s'est aussitôt emparé des mains de Candice. Et elle, décontenancée, hésitant entre effroi et bonheur, ne cesse de répéter tout bas : « Nicolas, tu es fou ! Tu es fou ! »

Dans les parages immédiats, la scène provoque un certain remous. Durieux, cependant, l'attribue à quelques grimaces de Candice à la suite de son éloge de Vanloo. Il préfère détourner les yeux et s'empresse de continuer : « Que s'est-il passé dimanche au presbytère du paisible village de Fontenal, où Éric se reposait ? Oui, Éric habitait l'ancienne maison du prêtre. Cette demeure, il l'avait choisie par instinct sans doute, comme si elle devait entourer du respect révérenciel dû aux gens d'Église sa propre personne vouée à la charité. »

Petite œillade à l'ecclésiastique, qui opine du front et, de contentement, rectifie le drapé de l'écharpe autour de son col romain.

« Mais que demeure-t-il de sacré ici-bas ? Qui, quel insensé a pu s'en prendre à celui dont il aurait dû baiser les genoux ? Le Christ Lui-même, je le dis sous votre contrôle, mon révérend, n'a-t-Il pas été immolé précisément par ceux qu'Il était venu sauver ? Éternelle destinée des grandes âmes exposées à l'ingratitude humaine !

« Dieu merci, la justice n'est plus aux mains des Ponce Pilate. Le commissaire Demaret, avec qui je m'entretenais à l'instant, met tout en œuvre pour démasquer l'odieux coupable. Il faut qu'il soit condamné avec la plus extrême rigueur, même si, hélas, aucun châtiment ne peut nous rendre notre incomparable gendre.

« J'ai voulu, chers amis, que vous puissiez vous pencher une dernière fois sur son cher visage lors de votre visite. Il est apaisé, éclairé d'une esquisse de sourire, cela nous a tous émus. Ce sont les traits d'un homme qui rejoint l'éternité la conscience tranquille.

« À présent, il me reste à poser le geste qui demeurera sans aucun doute le plus pénible de ma vie : je vais clore le cercueil d'Éric en votre présence. Je vous demanderai une minute de recueillement avant de procéder à la fermeture en compagnie de celle pour qui les ténèbres de ce coffre seront les plus cruelles, ma fille Candice, la seule et unique femme de notre cher Éric, à qui elle enverra un dernier baiser. »

De l'index, il adresse un signal au serveur qui avait réduit Pachelbel au silence afin qu'il lui rende la voix en sourdine. Les têtes s'inclinent, les yeux s'abaissent vers le beau parquet en chêne, les esprits font le vide. Seul l'ecclésiastique joint les mains. Ses lèvres remuent une oraison silencieuse. Personne ne s'occupe plus de Candice. Elle tourne vers Nicolas un regard affolé. Elle chuchote : « Qu'est-ce qu'il dit ? Un baiser ? Il est fou, je ne veux pas ! Je ne veux pas !

— Chut, chut ! Ne bouge pas ! »

Le jeune homme a gardé ses mains entre les siennes. Il les serre plus fort.

La minute de silence, dont les secondes sont toujours si lentes, arrive à son terme. Durieux, descendu de son marchepied, vient de rabattre le bord de sa manche, sous laquelle il consultait en catimini sa montre-bracelet. Il relève la tête et cherche des yeux sa fille derrière les gens debout qui la lui dissimulent.

« Candice, dit-il, si tu veux bien me rejoindre… »

Nouveau ballet synchrone des têtes vers Candice. Les invités les plus proches s'étonnent : qui est cet inconnu à qui elle s'accroche désespérément ? Elle est fille unique. Un cousin ? Un ami proche ?

Durieux, pour sa part, ne s'est pas encore aperçu de la présence de Nicolas. Il insiste : « Candice, ma chérie, je sais que ce dernier adieu te transperce le cœur, sois courageuse, viens ! » Elle ne bouge pas. Les murmures enflent. Soudain, Nicolas se dresse.

« Candice n'ira pas, monsieur. Elle ne veut pas. »

D'un seul coup, le visage faussement compréhensif de Durieux se décompose. Ses traits se convulsent comme s'il venait de recevoir un coup de cravache. Il remonte sur le marchepied et marmonne en interrogeant le public : « Quoi ? Qu'est-ce qui se passe ? »

Alors seulement il découvre Nicolas. Immédiatement, il perd contenance.

« Qu'est-ce que tu fiches là, toi ?

— Je suis venu soutenir Candice.

— De quel droit ? Je ne t'ai pas invité !

— Vous savez bien de quel droit.

— Tu n'as pas honte de venir salir les adieux de Candice à son mari ?

— Éric Vanloo n'était pas son mari. Il n'a jamais été son mari.

— N'importe quoi !

— N'importe quoi ? La vérité plutôt, la seule et unique vérité. Et vous la connaissez aussi bien que moi. Le seul mari de Candice, c'est moi, moi qui vous parle !

— Veux-tu bien te taire, sale morveux ! Sors d'ici tout de suite !

— Je m'en vais, soyez tranquille. Je vous laisse avec votre ami Vanloo, un salaud qui n'a jamais pensé qu'à se remplir les poches, au Luxembourg ou ailleurs. Le fric, c'est tout ce qui vous intéresse, vous et tous ceux de votre espèce. J'aime mieux partir loin de votre mascarade. Et j'emmène Candice, si elle le veut. Tu viens, Candice ? »

Candice se lève. À côté d'elle, la mère de Vanloo reste complètement abasourdie. Elle cherche un regard compatissant. Quelqu'un pourrait-il lui expliquer ?

« Qu'est-ce que c'est ? Qu'est-ce qui se passe ? »

Personne pour lui répondre. Nicolas et Candice quittent la place main dans la main, Durieux trépigne. Un peu plus, le marchepied va basculer. Il se lancerait immédiatement à leurs trousses, mais il y a la fichue fermeture de la bière qu'il a promise. D'une seule enjambée, il va jusqu'au cercueil et fait tomber l'abattant sans un regard pour le « cher défunt », avec la rage d'un automobiliste qui referme le capot sans avoir trouvé la panne. Heureusement, le couvercle n'émet que le soupir feutré des carrosseries de limousine.

Sans se retourner, Durieux se précipite, il fend l'assistance en marmonnant : « Excusez-moi. » Dans le hall, personne. Le serveur censé recevoir les cartes de visite a disparu. Où sont-ils ? Il fonce à la cuisine. Devant le plan de travail, le traiteur décore tranquillement des biscuits à l'aide d'une poche à douille. À table, deux serveurs plus le déserteur du hall sirotent un café avec Mme Durieux. Aussi sec, il l'apostrophe : « Où sont-ils passés ?

— Qui ça ? demande-t-elle avec douceur.

— Candice et Nicolas.

— Nicolas ?

— Nicolas Douffet ! Ce crétin vient d'emmener Candice !

— Quoi ? Nicolas était ici ?

— Oui. Et même sur ta chaise, si tu veux le savoir ! C'est vous l'abruti qui l'avez laissé entrer ? »

Il s'est retourné vers le déserteur, qui cherche en vain un trou de souris où se réfugier.

« Je… C'était ouvert à tout le monde, je croyais. Il a déposé sa carte.

— À tout le monde sauf à cet énergumène ! Ce n'était pas difficile à deviner.

— Je ne savais pas, monsieur.

— Allez, dégagez, retournez à votre poste ! »

Le garçon passe à bonne distance.

« Et vous aussi (il fusille du regard le traiteur et les deux autres serveurs), laissez-nous ! Je dois dire deux mots à ma femme. »

La porte refermée, il se plante devant elle.

« Pourquoi t'es-tu défilée avant que je prononce mon discours ?

— Ton discours ne m'intéressait pas, Daniel.

— Ah, ça, c'est agréable, Annette ! La seule personne qui se défile quand je m'apprête à parler, qui est-ce ? Ma femme !

— Peut-être que les autres n'avaient pas le choix…

— Ben voyons ! Ironise ! Bien contente tout de même que je me charge de sauver les meubles pendant que toi, tu te tournes les pouces. C'est toi qui vas expliquer à nos invités pourquoi ta fille à peine veuve fiche le camp avec le premier venu ?

— Dis-leur qu'elle est allée se réfugier dans les bras de sa maman. Nous ne sommes plus à un mensonge près.

— Et Nicolas, qu'est-ce que j'en fais ? Il s'est vanté devant tout le monde d'être le mari de Candice.

— Il a dit ça ?

— Oui !

— Invoque un coup de folie d'un ami d'enfance, un garçon bouleversé par le chagrin de Candice.

— Facile à dire !

— Allez, vas-y ! Tu adores ça, quand ça se corse. Moi, je monte à ma chambre. J'ai mal à la tête. »

Dans le hall, le traiteur, sa poche à douille en main, chuchote avec le déserteur. Gentiment, elle lui fait signe de regagner la cuisine.

« Excusez-nous, Sam.

— Pas de problème, madame. »

Sa chambre a tout l'air d'un petit appartement. Depuis des années, elle ne dort plus avec son mari. Elle a sa propre salle de bains, un coin salon près de la fenêtre avec une télé et une petite bibliothèque garnie des derniers succès de librairie.

Elle ôte ses chaussures, s'étend sur le lit. Qu'est-ce qu'elle donnerait pour que le mensonge qu'elle a suggéré à Daniel soit la vérité ! Candice se blottirait contre elle sur la courtepointe. Elle la serrerait entre ses bras comme autrefois quand elle avait un gros chagrin. Mais Candice n'est pas là et, du chagrin, en a-t-elle seulement ?

Hier soir, lorsque Daniel est rentré, il a annoncé sans le moindre ménagement : « Tiens-toi bien, Annette : Éric est mort.

— Quel Éric ?

— Notre Éric, Éric Vanloo.

— Quoi ? C'est impossible !

— Assassiné. »

En deux minutes, il a récapitulé la situation, l'aller-retour en Ardenne, les explications du commissaire, l'identification du corps.

« Avec Candice ?

— Oui, avec Candice.

— Mon Dieu… »

Pas le temps de larmoyer, Candice l'avait chargé, ou plutôt elle s'était déchargée de tout sur lui, jusqu'aux funérailles. Il devait donner des coups de fil : pompes funèbres, nécrologie, invitations, un traiteur – il avait en tête d'organiser une sorte de cocktail funèbre. À elle de s'occuper de Candice à la première heure. Elles avaient la matinée pour se procurer une tenue de deuil en vue de la réception qu'il programmait ici à seize heures.

D'abord, elle a essayé de joindre Candice au téléphone. Ligne occupée puis sur répondeur. Elle s'est couchée, mais elle n'a pas pu fermer l'œil de la nuit. En fait, elle pensait moins à Candice qu'à Éric. La pitié elle-même impose ses priorités.

Éric lui avait toujours témoigné plus que du respect, de l'affection, comme s'il avait compris que, dans la famille Durieux, elle, autant que lui, n'était qu'une pièce rapportée. Daniel était en affaires avec Mme Vve Vanloo. Son mari avait été emporté à cinquante-deux ans par une crise cardiaque en pleine affaire, lui aussi, mais avec une escort-girl. Daniel s'était targué de son amitié pour le défunt et d'une promesse qu'il lui aurait faite de son vivant, afin que la société de Vanloo le renfloue de plusieurs millions. Durieux Constructions était au bord de la faillite. Mme Vanloo, très réticente, s'était résignée à honorer les prétendus engagements de son mari.

C'est aussi qu'Éric, frais émoulu de sa spécialité de chirurgie, l'y avait poussé. Daniel, en effet, lui avait fait rencontrer Candice, à qui il faisait jouer le rôle de la jeune fille de bonne famille. Éric s'était entiché d'elle, non comme d'une femme – elle l'était à peine –, comme d'un chaton ou d'un chiot plutôt, que l'on ne résiste pas à caresser. D'où un mariage qui avait tout l'air d'une rétrocommission pour le renflouement de Durieux Constructions.

Le problème avec les petits chats et les petits chiens, c'est qu'ils grandissent vite et qu'un beau jour on peut dire adieu à toute tentative de dressage. On se retrouve encombré d'un animal qui n'en fait qu'à sa tête. À peine deux ans plus tard, Candice exigeait le divorce. Éric ne voulait pas s'y résigner. Et maintenant, voilà qu'il était mort, percé de vrais coups de couteau, comme si ceux que Candice avait plantés dans son cœur ne suffisaient pas.

Au bout de la nuit, Annette s'était prise à espérer que Candice se repentirait de sa dureté à l'égard d'Éric. Sa fille allait se jeter contre sa poitrine, bouleversée par le terrible gâchis de sa jeune existence.

Elle a sauté dans sa voiture, a filé à Bruxelles. Candice lui a ouvert. Pas d'embrassade. Un baiser sec sur la joue. La mort d'Éric ? Sans commentaire. Un contretemps à régler au plus tôt.

Elles se sont rendues à la boutique Mourning Dress, spécialiste du prêt-à-porter de deuil. De là, retour à Waterloo, pratiquement sans desserrer les dents. Candice s'est enfermée dans sa chambre d'adolescente encore tapissée de posters de Sharon Stone, son idole. À quatre heures, son père l'a fait chercher.

Son cœur s'est-il desséché ? Petite, elle était si affectueuse. Ses mamours n'étaient-ils que la menue monnaie avec laquelle les enfants paient la tendresse des parents ? Est-ce qu'elle avait tout dépensé au point d'être incapable d'aimer Éric ? À moins qu'elle ait reporté tous ses sentiments sur ce Nicolas si brusquement réapparu ?

Annette tend la main vers le tiroir de la table de nuit. Elle en sort une photo encadrée qu'elle approche de ses yeux. Candice, en longue robe nuptiale, un bouquet à la main, sourit au marié qui s'apprête à l'embrasser. Il est si jeune, presque un enfant, un peu engoncé dans sa belle jaquette, un œillet à la boutonnière. Mais le marié, ce n'est pas Éric, c'est Nicolas.

8.

Le commissaire Demaret est resté debout. Lynn l'a introduit dans la salle à manger-salon, lui a désigné le canapé et les fauteuils devant la cheminée à cassette, mais il n'a pas pris place. Elle a demandé par politesse s'il accepterait un café. Il a acquiescé, elle est partie à la cuisine, elle en avait pour une minute. Demaret ne s'était pas encore assis.

En fait, il ne tient pas du tout au café. Il craint un de ces jus douteux qui sortent des machines à capsules. Pour lui, le seul café digne de ce nom, c'est celui qu'il a bu tout à l'heure au petit déjeuner en compagnie de Giuliana, préparé dans sa cafetière Bialetti. Elle a avalé une tasse en vitesse, puis elle est partie rejoindre la classe de ses bambins à la maternelle. Lui en a siroté au moins trois. La proposition de Lynn, il l'a acceptée uniquement pour se donner le temps de jeter un coup d'œil sur les lieux avant de l'interroger. Souvent le décor dans lequel il vit donne déjà une idée de ce qu'on trouvera dans la tête du témoin.

Par exemple, le canapé en cuir noir un peu tape-à-l'œil qu'il a devant lui, une personne vraiment de bon goût n'en voudrait jamais. Il devra bien finir par s'y asseoir mais, franchement, il aimerait mieux une chaise. Le contact avec cette matière morte qui pompe la chaleur des fesses plutôt que de la communiquer lui répugne. Prétentieux et inconfortable.

Même clinquant dans les autres meubles – bahut, buffet, dressoir : chêne massif, achetés le même jour chez le même marchand probablement, quand les Warland ont essuyé les plâtres. Pas de recherche, pas de délai, pas d'économie : tout, tout de suite. En tant que maîtresse de maison, c'est la jeune madame sans doute qui a décidé.

Demaret s'avance jusqu'à une des trois portes-fenêtres, à demi occultée par un grand ficus benjamina dont il palpe machinalement une feuille : plastique. La vue s'ouvre sur une terrasse avec un coin barbecue, table et chaises en ferronnerie, un énorme parasol en cloche suspendu à une espèce de pylône recourbé. Plus loin, un parc et, tout au bout, derrière une clôture en bois, style corral de western, deux chevaux sortis d'une antique grange retapée qui paissent tranquillement.

Conclusion : le décor parfait de campagnards désireux que nul n'ignore qu'ils ont le gousset bien garni. Quant à savoir si cet étalage a rendu les Warland plus heureux, là, c'est moins sûr d'après ce que Demaret a déjà appris de Lynn.

La voilà qui revient. Dans ses mains, un plateau avec deux tasses qui exhalent le breuvage appréhendé.

« Ne restez pas debout, monsieur. »

Derrière l'affabilité, Demaret sent poindre la petite vibration craintive des témoins angoissés. À regret, il se pose sur le canapé, sans quitter Lynn des yeux. Elle porte un jean et un tee-shirt sans inscription qui moule une poitrine digne d'une figure de proue. Serait-ce cet innocent cadeau de la nature qui a séduit Vanloo ? Le visage est joli mais commun. Bouche charnue, joues un peu pouponnes, yeux saillants : quelque chose de sain, d'appétissant, de bio – à consommer sur place.

Elle lui avance une tasse.

« Lait ? Sucre ?

— Non, rien, merci. »

Il la porte à ses lèvres, les humecte, puis la repose sur la soucoupe. Porcelaine de Limoges, évidemment.

De son côté, Lynn n'a pas touché à sa tasse. Elle attend qu'il engage ce qu'il a annoncé à son arrivée, quand il était sur le seuil : « Madame Warland ? Commissaire Demaret. J'enquête sur la mort du docteur Vanloo. Puis-je vous poser quelques questions ? »

Elle a bafouillé : « Oui, bien sûr » et l'a conduit au living. Ses jambes se dérobaient sous elle. Le café, c'était pour reprendre ses esprits. Devant la machine à expresso, elle s'est contrainte à la respiration ventrale qu'elle a apprise pour ses accouchements. Elle s'attendait à la visite de la police. Inévitable mais trop rapide. Elle aurait voulu se préparer. Tant pis. Heureusement, les enfants venaient de partir avec le bus scolaire. Mathias était en route depuis sept heures, il avait trois clients à visiter le matin. Rien à faire qu'à faire face.

À présent, assise vis-à-vis du commissaire, ce qui l'effraie le plus, c'est son air tranquille. On dirait qu'il sait déjà tout, qu'il n'est là que pour vérifier ses déductions. Il commence du ton résolu d'un examinateur qui a corrigé les épreuves écrites et passe à l'oral : « Madame Warland, je n'irai pas par quatre chemins. Éric Vanloo a été tué à coups de couteau dimanche après-midi au presbytère de Fontenal. Vous êtes au courant.

— Oui.

— Vous étiez sa maîtresse.

— Oui.

— Quand l'avez-vous vu pour la dernière fois ?

— Dimanche.

— À quelle heure ?

— Deux heures, à peu près. »

Cela, bien entendu, Demaret le sait déjà. Quand il entame un interrogatoire, il évite de poser des questions dont il ne connaîtrait pas la réponse. Il teste la sincérité du déposant avant de tailler dans le vif.

Ce matin, avant de venir chez Warland, il a fait le point avec son équipe. Jusque tard hier, alors que lui-même se trouvait à Waterloo, ses hommes ont interrogé les villageois. Deux ou trois personnes se sont fait un devoir, pour ne pas dire un plaisir, de leur confier qu'en passant devant l'allée du presbytère, elles avaient aperçu la Toyota grise de Lynn dimanche après-midi. Et d'ajouter que la femme du vétérinaire « venait aux vêpres » – expression plaisante d'une vieille paroissienne – tous les dimanches ou presque depuis des semaines. Elle n'était pas la première, il y en avait eu bien d'autres, mais celle-là avait été assidue à ses dévotions plus longtemps que la moyenne.

« Quand avez-vous quitté le docteur Vanloo ?

— Je ne sais pas. Une demi-heure plus tard…

— Pas davantage ?

— Non.

— Avant quinze heures ?

— Oui, certainement.

— Vous n'êtes restée qu'une demi-heure ?

— Oui.

— Excusez-moi, mais ça semble un peu expéditif.

— En effet…

— Comment était le docteur Vanloo ?

— Qu'est-ce que vous voulez dire ? S'il était vivant ?

— J'imagine qu'il l'était. Sinon vous auriez appelé la police, non ?

— Bien sûr.

— Je veux parler de son état d'esprit, son attitude. Quelle impression vous a-t-il faite ?

— Calme, triste.

— Inquiet ?

— Non, pas du tout.

— Pourquoi dites-vous "triste" ?

— Nous avions décidé de ne plus nous voir.

— Ah oui ? Il voulait rompre ?

— Moi aussi. Nous étions d'accord.

— Vous aviez déjà pris la décision auparavant ?

— Oui.

— À quoi bon revenir auprès de lui dans ce cas ?

— Je… je voulais qu'on se quitte en bons termes.

— Vous vous étiez disputés précédemment ?

— Non.

— Pourquoi dites-vous “en bons termes” alors ?

— Je ne me faisais pas à l’idée d’une fin si brutale, comme si on s’était fâchés justement. J’avais envie de conclure gentiment. »

Sans aller plus loin, le commissaire sent déjà qu’elle ment. De légères contractions agitent ses mains posées l’une sur l’autre sur son giron. Sa respiration s’est précipitée : le désavantage de sa belle poitrine, c’est qu’elle ne peut pas dissimuler ses mouvements. Que Vanloo l’ait froidement larguée, comme il en avait largué quelques autres, le commissaire en mettrait sa main au feu. Seulement cette version n’arrange pas Lynn.

Il reprend sans sourciller, comme s’il avait avalisé sa petite histoire : « Est-ce que je peux vous demander pourquoi vous aviez décidé de mettre un terme à cette relation ?

— J’ai compris que ça ne menait à rien. Je n’ai jamais envisagé de quitter mon mari, encore moins mes enfants. Éric et moi, nous n’avions aucune perspective. Entre nous, c’était seulement… sexuel.

— Le docteur Vanloo ne comptait pas se séparer de sa femme ?

— Je ne savais même pas qu’il était marié.

— Il ne vous l’avait pas dit ?

— Non. »

Elle baisse la tête, puis après un moment elle murmure : « J’ai honte. »

Demaret se fend d’un soupir assez bruyant pour qu’elle se dise qu’il compatit.

« Madame Warland, précise-t-il, je ne suis pas là pour vous faire la morale. Votre vie ne me regarde pas. Je cherche seulement à mieux cerner le docteur Vanloo dans le but de découvrir son meurtrier.

— Je sais. N'empêche, vous êtes un homme, pas uniquement un policier. Qu'est-ce que vous penseriez si votre femme avait agi comme moi ? Vous êtes marié ?

— Oui.

— Eh bien, dites-moi quel effet ça vous ferait si votre épouse vous quittait du jour au lendemain, sur un coup de tête ? »

Demaret pourrait lui rétorquer que jamais Giuliana ne lui jouerait un pareil tour, mais c'est Lynn qui est censée répondre à ses questions et non l'inverse. Il aurait dû l'éconduire comme il a remballé Durieux hier quand il lui a demandé s'il avait des enfants.

Tout de même, un instant, ses pensées sont allées à sa femme. Vingt-neuf ans de vie commune. Des hauts et des bas, ils en ont connu comme tout le monde, mais renier le serment qu'ils ont prononcé à la Chiesa di San Lorenzo dans son village natal, où elle avait voulu qu'ils se marient, ça, pas question. Giuliana est restée sa *cornacchia*, sa « petite corneille », le surnom que sa grand-mère lui avait donné, tellement ses cheveux et ses sourcils étaient noirs. Les corneilles, il l'a appris par la suite, et l'a même observé une année dans son jardin, forment un couple unique pour la vie, se lissent les plumes mutuellement et, tandis que l'une se nourrit au sol, l'autre veille sur elle depuis une branche à proximité. C'est ainsi que Giuliana et lui vivent tous les deux. Une chance si précieuse qu'une forme de superstition le retient d'en faire jamais état devant les autres, de peur de la compromettre.

« Peu importent mes sentiments, madame Warland. En revanche, ceux de votre mari m'intéressent davantage. Comment prenait-il la situation, si je puis me permettre ? Il était au courant, je présume.

— Oui.

— Depuis longtemps ?

— Depuis le début.

— C'est-à-dire ?

— Trois mois.

— Et qu'est-ce qu'il en disait ?

— Rien.

— Rien ?

— Il souffrait, c'est tout.

— Il était en colère ?

— Il ne s'est jamais fâché contre moi.

— Contre Vanloo ?

— Non plus.

— Il n'est jamais allé lui parler ?

— Non.

— Sans vous le dire, peut-être ?

— Il me l'aurait dit.

— D'après ce que je comprends, votre mari est plutôt un homme renfermé.

— Oui.

— Capable d'attendre son heure.

— Qu'est-ce que vous insinuez ? Que Mathias s'en serait pris à Éric ?

— Je n'insinue rien, j'essaie de me représenter la situation. Je ne m'attends pas à ce que vous accabliez votre mari, naturellement.

— Mathias est resté ici dimanche après-midi. Il gardait les enfants, vu que j'étais partie là-bas. L'aîné n'a que onze ans, vous savez. Mathias n'a pas bougé, j'en suis sûre. Demandez aux enfants si vous voulez.

— Très bien, madame Warland. »

Interroger les gosses, il ne veut même pas y songer. Même si Warland a pris la tangente l'après-midi, il aimerait encore mieux n'en avoir aucune preuve plutôt que d'en extorquer une à la bouche innocente d'un enfant. Le jour où ce petit se rendrait compte qu'il a dénoncé son père – fût-il coupable –, comment supporter cette trahison le reste de sa vie ?

« Vous êtes rentrée à quelle heure dimanche ?

— À quelle heure ?

— Après votre rupture.

— Eh bien, à quinze heures environ, un peu avant, je vous l'ai dit, non ?

— Votre mari était ici ?

— Oui, oui ! Je dois le répéter ? »

De nouveau, ses mains nouées s'agitent sur son jean, sa poitrine va et vient. Demaret lève la main en signe d'apaisement. Inutile d'insister, il n'accorde plus aucun crédit à ses affirmations. Il faudra tout vérifier. La maison est isolée, pas de voisins immédiats. Néanmoins, si Warland s'est absenté, d'ici à Fontenal, quelqu'un a pu le voir passer.

Bien entendu, il a l'intention de cuisiner le vétérinaire à son tour même s'il a pu déjà se mettre d'accord avec sa femme. En effet, comment n'aurait-il pas prévu qu'en tant que mari cocufié il allait se retrouver au premier rang des suspects ?

Objection prévisible de la juge d'instruction, qu'il rencontrera ce soir : pourquoi Warland aurait-il dézingué Vanloo alors que tout était fini entre son rival et sa femme ? A priori, on s'attendrait que l'époux bafoué batte le fer pendant qu'il est chaud. Certes, madame Vandewalle, mais ç'aurait été s'attirer les foudres de l'infidèle encore envoûtée par son casanova. Tandis qu'en profitant de la rupture, il s'assurait la discrétion de la pauvre créature plaquée par un salaud auquel, par la même occasion, il administrait la preuve qu'il n'était pas le dégonflé qu'il avait imaginé. La vengeance est un plat qui se mange sinon froid, du moins en train de refroidir.

Le commissaire dégage ses reins du canapé qui s'est enfin réchauffé. Il fait mine de prendre congé. Une dernière hésitation devant la tasse de café toujours intacte sur la table basse. Il lève un œil sur Lynn. Est-ce qu'elle l'a remarqué ? Manifestement, elle a d'autres soucis à se faire. Il se redresse avec un sourire réconfortant.

« Eh bien, je crois que tout est clair en ce qui vous concerne. Je verrai votre mari – pour la forme. Est-ce qu'il pourrait se déplacer jusqu'à l'hôtel de police ? »

Il lui tend une carte de visite avec l'adresse et même un schéma d'itinéraire d'avant le GPS.

« Oui, certainement.

— Ce soir ? Disons à dix-sept heures trente ?

— Je le lui dirai. »

Demaret fait un pas de côté, puis comme si un détail lui revenait : « À propos, j'ai appris que vous aviez une clé de la porte d'entrée du presbytère.

Vous n'en aurez plus besoin. Est-ce que je pourrais la récupérer ? »

En fait, il n'a rien appris du tout. Simple coup de bluff. Il faut absolument qu'il s'explique comment la porte était fermée après le meurtre de Vanloo. Si Lynn s'étonne : « La clé ? Quelle clé ? » il en sera pour ses frais, quand bien même cela ne prouverait nullement qu'elle n'en possède pas une.

Cependant, Lynn, qui vient elle aussi de quitter son fauteuil, sans doute n'a plus le courage d'ajouter un mensonge à la collection de ceux qu'elle lui a déjà servis. Peut-être même espère-t-elle qu'un rattrapage en sincérité les blanchisse en quelque sorte, comme un don à une bonne œuvre blanchit l'argent sale.

« Oui, bien sûr, la clé, murmure-t-elle. Je… Vous la voulez ?

— S'il vous plaît.

— Je vais la chercher. »

Gagné ! Elle quitte la pièce. Séance tenante, Demaret s'empare de son café et file arroser le ficus en plastique devant la porte-fenêtre. Il revient près du canapé, repose la tasse sur sa soucoupe.

Finalement, rien ne pressait, Lynn ne réapparaît que cinq minutes plus tard, l'air confus.

« Excusez-moi, je ne parvenais pas à remettre la main dessus. »

Elle lui tend un double de clé Yale.

« Très bien… Je ne vous demande pas pourquoi vous aviez besoin de cette clé.

— Je peux vous le dire si vous voulez. C'est Éric qui me l'avait donnée parce que parfois il était retenu à l'hôpital et ça le mettait en retard à nos rendez-vous. Il ne voulait pas que je patiente dans la voiture… À cause des gens… »

Si le commissaire savait comme elle se fiche des gens ! Mais elle ne peut pas lui raconter qu'Éric lui avait suggéré, quand l'occasion se présentait, d'arriver avant lui, retard ou non. Elle montait à la chambre, se déshabillait et l'attendait nue sous la couette. Lui-même, dès qu'il rentrait, se débarrassait de ses vêtements à la salle de bains et surgissait devant elle comme un satyre. Un jeu qui leur épargnait les inutiles préambules au salon. C'était plus clair. Après tout, ils ne se rencontraient pas pour causer de la pluie et du beau temps.

Lynn raccompagne Demaret sur le seuil. Elle le regarde remonter dans sa voiture. Il lui adresse même un petit signe de la main en démarrant. Adieu ? À bientôt ?

Elle referme, se retourne, s'appuie du dos contre la porte, les mains plaquées sur le panneau. Un peu plus, elle se laisserait glisser par terre comme au Mardasson. Elle ne pense plus du tout à leur conversation. Une seule question l'étreint tout entière : combien de temps faudra-t-il au commissaire pour constater que la clé qu'elle vient de lui remettre, ce n'est pas la clé du presbytère ?

9.

Mathias Warland est assis sur un banc dans le hall de l'hôtel de police. Il attend qu'on l'introduise chez le commissaire Demaret. Sur le mur latéral est apposée une grande affiche publicitaire protégée par un verre. On y voit une femme flic assez jolie, en uniforme bleu, quelques mèches de cheveux échappées à son bonnet flottant au grand air. Un bandeau surimprimé sur le canon de l'arme qu'elle porte en bandoulière affirme : « Un job à la police, ça donne un sens à la vie professionnelle. » Les yeux de la policière semblent mettre les sans-travail au défi. Mathias aurait envie de lui répliquer : « Et un sens à la vie tout court, est-ce que la police l'offrirait par-dessus le marché ?... Si c'est le cas je m'engage tout de suite. »

Le sens de la vie, jusqu'à ces derniers mois, ne l'avait jamais empêché de dormir. Il vivait, point à la ligne. Enfance insouciante, au cul des vaches ; scolarité facile, à saute-mouton d'une année à l'autre, sans beaucoup d'intelligence, grâce à une mémoire comme une éponge ; vétérinaire, obligatoirement pour ainsi dire, parce qu'il aime la campagne, les cultos dans leur salopette verte, qui s'accrochent encore, qui mâchouillent le français local entre leurs dents pour se plaindre, puis les bêtes – pas les canaris aux soins des petites vétos des villes –, le bétail qui rumine, qui bêle, qui piaffe.

S'occuper des animaux ne donne pas un sens à la vie, une teinture seulement. Pour le sens, il faut quelque chose de plus consistant. Il a cru le trouver en fondant une famille, avec les enfants surtout. Les enfants, c'est la vie qui va de l'avant. A-t-elle besoin d'une autre justification ? Elle se répand, c'est tout et c'est assez, comme une rivière dont la raison suffisante est de couler.

Pas de vraie famille sans une mère heureuse cependant. C'est là que le bât a blessé.

Il avait aimé Lynn au premier regard. La sensualité irradiait par tous les pores de sa jeune personne. Une fleur, la corolle déployée, le pistil aux aguets. Une déesse de la fécondité. Mariés en deux coups de cuiller à pot. Pas de contraception, elle voulait un enfant sur-le-champ, puis deux, puis trois, puis quatre. Elle admirait son ventre dans le miroir de la salle de bains quand, en s'arrondissant, il débordait de son alvéole, elle le caressait, elle le cajolait ; elle avait refusé la péridurale, elle voulait tout sentir, allaiter, dorloter, porter son bébé en écharpe à longueur de journée, peau contre peau. Jusqu'au jour où, le dernier trottant sur le carreau, elle avait dit stop. « Quatre, ça suffit, non ? »

Elle s'était fait poser un stérilet, car elle n'était pas fatiguée du sexe, au contraire, elle en voulait toujours, même davantage, mais pour du beurre. Lui, les acrobaties qu'elle s'était mise à inventer lui semblaient par trop ridicules, elles lui coupaient tous ses moyens. En revanche, c'était dans les cordes de Vanloo sans doute, un dégénéré qui changeait de femme comme de chemise de peur d'en perdre l'appétit, étant donné que les pratiques, forcément, restent toujours plus ou moins les mêmes. Lynn s'était jetée dans les bras de ce cochon et, du même coup, à lui, son mari, elle avait cochonné le sens de la vie. Est-ce qu'ils vont pouvoir le retaper ? C'est la question en suspens désormais.

« Monsieur Warland ? Si vous voulez me suivre. »

Demaret vient de surgir du couloir perpendiculaire au mur où Mathias ruminait ces pensées. Il s'est débarrassé de son blouson. Sa belle chemise bleue, achetée par Giuliana, un peu trop cintrée, trahit une légère brioche. En fin de journée, il lui arrive souvent d'oublier de rentrer le ventre. D'autant qu'une autre partie de sa personne mobilise son attention. L'après-midi, il est allé chez son dentiste, qui lui a replâtré une dent qui avait perdu son plombage. Depuis, il passe sa langue avec délice sur la résine encore fraîche. Il précède Mathias jusqu'à la pièce austère où il a reçu Candice et son père l'avant-veille, presque à la même heure.

« Un café ?

— Non, merci.

— Asseyez-vous. »

Tandis que Mathias prend place, lui-même reste un moment debout, les yeux à la verticale, un demi-sourire aux lèvres. Pose qu'il adopte toujours avant d'interroger un témoin, particulièrement indiquée si son interlocuteur est plus grand que lui, ce qui est le cas précisément. Il vaut mieux lui faire sentir d'emblée que, si bienveillant qu'il soit décidé à se montrer, il ne s'agit pas d'une rencontre d'égal à égal. C'est lui, le commissaire qui a les cartes en main. Mathias, d'ailleurs, semble avoir déjà compris. Il se cale le plus loin possible contre le dossier de sa chaise. Mal à l'aise. Il ne sait trop que faire de ses grosses pattes rouges, qu'il finit par cramponner à ses genoux.

Demaret commence : « Monsieur Warland, comme vous le savez, j'ai interrogé votre épouse ce matin. Le but de notre conversation se résume donc à confirmer ses dires. Simple routine. Je suppose qu'elle vous a mis au courant de notre entrevue.

— Oui, nous en avons parlé.

— Parfait. Dans l'état actuel de nos investigations, votre femme serait la dernière personne à avoir rencontré le docteur Vanloo vivant, dimanche après-midi. Vous comprenez que son témoignage est particulièrement important.

— Oui.

— Selon votre épouse, son rendez-vous n'avait d'autre objet que de mettre un terme définitif à la relation qu'elle entretenait avec la victime. Exact ?

— Tout à fait.

— Votre épouse vous l'avait annoncé ?

— Non, elle m'a tout expliqué dimanche à son retour.

— D'accord. Vous l'attendiez chez vous, à la maison ?

— C'est bien ça.

— Vous n'avez pas quitté votre domicile au cours de l'après-midi ?

— Si. Je me suis absenté un moment, un peu après son départ.

— Ah bon ? Excusez-moi, mais votre femme m'a assuré que vous étiez resté sur place.

— Un client m'a téléphoné, j'y suis allé.

— Vous ne deviez pas garder vos enfants ?

— J'ai appelé la cousine de Lynn. Elle nous dépanne souvent pour quelques heures de baby-sitting. Elle est venue tout de suite.

— Attendez que je comprenne. Pourquoi votre épouse m'a-t-elle certifié que vous n'aviez pas bougé jusqu'à ce qu'elle revienne ?

— Elle le croyait. Quand elle est rentrée de Fontenal, elle ne m'a pas demandé à quoi j'avais passé mon temps, vous l'imaginez bien. Nous avions autre chose en tête, tous les deux. C'est seulement aujourd'hui, tout à l'heure, quand elle m'a rapporté votre discussion du matin, que je lui ai appris que j'avais dû partir. D'ailleurs, elle m'a chargé de vous demander de l'excuser. Elle n'a pas voulu mentir.

— Évidemment, si elle n'en savait rien… Cette absence, plus précisément, c'était entre quatorze et quinze heures ?

— Pas tout à fait. Je suis parti vers quatorze heures trente, j'étais de retour à quatre heures et demie à peu près.

— Pourtant, votre femme m'a dit qu'elle vous avait trouvé chez vous à quinze heures lorsqu'elle est revenue.

— Elle se trompe. Quand elle est rentrée, il n'était pas loin de cinq heures. Elle est arrivée quand moi-même je venais de regagner la maison.

— Comment a-t-elle pu s'embrouiller de cette façon ? Deux heures d'écart presque !

— Je ne sais pas... Tout ce que je peux vous dire, c'est qu'elle était très perturbée après sa rupture avec ce type. Est-ce qu'on surveille sa montre dans ce genre de situation ? La confrontation a sans doute duré plus longtemps qu'elle ne le pensait. Quand elle a repris sa voiture, elle a dû s'apercevoir qu'elle n'était pas vraiment en état de conduire. Si vous l'aviez vue à l'arrivée ! Elle pleurait comme une Madeleine. Elle s'est arrêtée quelque part probablement, pour reprendre son calme. Maintenant elle veut oublier. Par conséquent, elle s'imagine que l'affaire a été réglée plus vite que cela n'a été le cas.

— Monsieur Warland ! Non seulement vous êtes un excellent vétérinaire, à ce que j'ai appris, mais vous êtes aussi un psychologue remarquable ! »

Mathias baisse la tête, comme s'il venait de recevoir une gifle, qu'il doit encaisser sans broncher, si costaud qu'il soit. Il soupire, puis lentement lève les yeux vers Demaret, qui continue à le toiser d'un air ironique.

« Je suis un homme humilié, monsieur le commissaire, un homme bafoué par sa femme. Vous n'avez pas idée comme ça fait mal, j'en suis sûr. Je suis déjà plus bas que terre, vous savez, ce n'est pas la peine de m'enfoncer davantage. »

La gaffe ! se dit Demaret. Toujours éviter que le témoin vous fasse des reproches ! Après on se sent coupable de le cuisiner, on serait tenté de lâcher prise. Il faut immédiatement reprendre le dessus, quitter le terrain des sentiments.

« Vous avez raison, monsieur Warland, ce n'était pas mon intention, passons... Dites-moi où vous êtes allé au juste dimanche après-midi. Vous aviez un client à voir, où ça ?

— À Fontenal.

— À Fontenal ?

— Oui.

— Qui était-ce, ce client ?

— Brasseur. Jacques Brasseur.

— Le fermier dont la femme a découvert le corps du docteur Vanloo ?

— Oui.

— Décidément, le monde est petit... Mais alors, vous êtes passé devant le presbytère quand votre femme s'y trouvait ?

— Non. Je suis allé chez Brasseur par l'autre bout du village, je venais de l'autoroute... Justement... vous comprenez... je n'avais pas envie...

— Oui, bien sûr. »

Depuis sa visite à Lynn le matin, Demaret a envoyé à nouveau deux inspecteurs auprès des villageois au cas où dimanche quelqu'un aurait aperçu la voiture du vétérinaire. Heureusement que Warland crache le morceau de lui-même, parce que personne ne l'a remarquée. Il ne restera plus qu'à vérifier si son emploi du temps colle avec ce que diront les Brasseur, puis la fille qui a pris la relève pour les gosses.

« La cousine de votre épouse dont vous me parliez, comment s'appelle-t-elle ?

— Maureen Fox. Elle habite à Ramiville, à deux minutes de chez nous à vélo.

— Bien, bien... Ne vous étonnez pas si nous l'interrogeons. De même que M. Brasseur. Ce n'est pas que je ne vous fasse pas confiance, mais nous sommes tenus de procéder à des recoupements. La routine, comme je vous disais. Sinon, je me ferais taper sur les doigts par la juge d'instruction ! »

Demaret retire ses coudes de la table d'un air satisfait.

« Eh bien, voilà ! Rien à ajouter, monsieur Warland ? »

Le commissaire sourit avec tant d'application qu'il sent ses joues soulever les grosses valises qu'il a sous les yeux. Il sait parfaitement qu'il y a quelque chose à ajouter. S'il voulait, il pourrait y venir lui-même, mais il est curieux de voir si Warland ne s'en chargera pas. Il s'agit de la clé que Lynn lui a remise le matin. Ce n'est pas la clé du presbytère. En revenant de chez elle, il s'y est arrêté. De toute façon, il avait l'intention de jeter un coup d'œil au travail de ses hommes qui terminent de passer l'étage au peigne fin. La Yale en sa possession n'entrait pas dans la serrure.

Lynn s'est-elle vraiment méprise ? Il résiste à croire qu'elle ait commis une erreur à propos d'un objet qui, pour elle, était le sésame du paradis. Si elle n'a pu dénicher la bonne clé, c'est peut-être que son mari la lui avait subtilisée, pour le cas où il aurait dû entrer en douce chez Vanloo.

Demaret attend. Mathias hoche la tête, comme s'il cherchait ce qu'il pourrait bien ajouter. Va-t-il lui remettre la clé de lui-même ? Ce serait un sérieux indice que sa femme s'est livrée à un petit tour de passe-passe, puis qu'elle s'est entendue avec lui tout à l'heure afin qu'il répare sa soi-disant bévue quand il se trouverait à l'hôtel de police.

Demaret rehausse un peu son sourire engageant qui commençait à fléchir. Il cherche le regard de Mathias et, quand il le tient, il soulève ses gros sourcils en points d'interrogation.

« Vraiment rien ?

— ... Si, au fait, j'allais l'oublier... »

Soudain, d'une poche de son jean, Mathias extrait une clé en tout point semblable à celle que Lynn a fait passer pour celle du presbytère.

« Ma femme s'est trompée tout à l'heure. La clé qu'elle vous a donnée, c'est celle de notre porte d'entrée. Celle du presbytère, la voici.

— Ah ? Vous êtes sûr ?

— Oui. Elles étaient toutes les deux dans son sac à main. Les Yale, si on ne leur attache pas une étiquette, c'est difficile de les distinguer. À midi, Lynn a voulu quitter la maison – notre aîné avait oublié son casse-croûte pour l'école –, elle s'est aperçue de sa confusion.

— Ce n'est pas grave. Nous allons les échanger. La vôtre est dans mon bureau. »

Ils sortent. Le commissaire laisse Mathias dans le couloir pendant qu'il va chercher la clé.

« Dites donc, plaisante-t-il en la lui tendant, heureusement que votre épouse s'en est rendu compte, j'aurais eu beau essayer d'ouvrir le presbytère !

— En effet.

— Je vois que c'est une copie. Vous avez fait faire une copie de la clé de votre propre porte ?

— C'est-à-dire... c'est Lynn qui en a fait réaliser une, vu que, depuis quelque temps, nous ne sortions plus ensemble.

— Ah, je comprends. »

De nouveau, Mathias lui offre sa mine de chien battu. Malgré tout, le commissaire sent la pitié l'envahir. Brusquement, il lui serre la main et, bien qu'il n'y croie plus vraiment, sans la lâcher, il lui dit : « Ça va s'arranger maintenant, monsieur Warland. Courage ! »

Il l'accompagne jusqu'à la sortie, le temps de regretter ce mouvement de compassion, si bien que, sur le seuil, il se croit obligé de tempérer ses apaisements : « Nous nous reverrons sans doute encore pour quelques détails. Restez disponible. Je suppose que vous n'avez pas de projet de vacances, hein ? Je vous tiens au courant. » Une lueur d'inquiétude traverse les yeux du vétérinaire. Demaret la remarque, il est satisfait.

Quand la voiture de Mathias se range devant la maison, Lynn l'aperçoit par la fenêtre de la cuisine, où elle fait souper les enfants. Elle se précipite dehors, sans attendre que son mari rentre par le garage comme d'habitude. Lui s'est extirpé de son siège grincheux, il la voit au moment où il va refermer sa portière. Elle pourrait faire le tour de la voiture, mais elle s'arrête sur l'autre flanc et demande tout de suite : « Et alors ? »

Il claque la portière et répond : « Tout est arrangé. » Lynn souffle, la main sur la poitrine, puis passe de son côté et l'enlace de toutes ses forces.

« Quel soulagement, Mathias ! Mon Dieu, quel soulagement ! Si tu savais comme je m'en veux !

— Tout va bien, Lynn, sois tranquille. »

De la fenêtre de la cuisine, les deux petites filles les regardent bouche bée.

« Rentrons, Lynn. »

Il détache doucement ses bras et ils regagnent la maison, dont la porte est restée ouverte. Sur la table du souper, la cruche de cacao est renversée.

« C'est Julien ! s'écrie Olga.

— Oui, mais elle m'a bousculé, rétorque le coupable.

— Arrêtez ! Taisez-vous ! Papa est très fatigué. Mathias, va t'asseoir au salon. Je m'occupe de tout. »

Ce gâchis minuscule, au moins, elle peut le réparer elle-même. L'autre, celui qui a conduit leur vie au bord du précipice, heureusement que Mathias l'a pris en charge.

Tout à l'heure, quand il est rentré à midi, elle s'est empressée de lui rapporter la visite du commissaire. Elle a commencé par la fin, par le plus terrible : la clé du presbytère. Lorsque Demaret la lui a réclamée, elle était persuadée de mettre la main dessus immédiatement. Elle la gardait dans la pochette intérieure de son sac à main. Mais, d'abord, elle n'avait pas trouvé son sac à sa place habituelle sur le guéridon du hall. Elle avait réfléchi qu'elle l'avait peut-être laissé dans sa voiture à son retour dimanche après-midi, complètement hors d'elle-même. En effet, le sac était bien là. Toutefois, elle avait eu beau renverser le contenu sur le siège, pas de clé ! Une seule explication : quelqu'un l'avait dérobée. Qui ? Mathias… qui d'autre ? Pour quoi faire ?

Elle n'avait pas le temps d'y penser. Elle était revenue près du commissaire, toujours assis devant sa tasse de café qu'il avait achevée, et lui avait remis le double de la clé de leur porte d'entrée, qui, lui, se trouvait bien dans son sac. Elle avait son plan : quand il s'apercevrait de la supercherie, elle prétexterait une petite confusion et lui remettrait la bonne clé, qu'elle aurait récupérée d'ici là.

À midi, donc, elle a prudemment posé la question à Mathias : « La clé, est-ce que c'est toi qui l'aurais ?

— Oui.

— Ah… comment ? »

Elle était plutôt mal placée pour jouer la dame offusquée qu'on ait tripoté dans ses affaires. N'empêche, elle voulait savoir.

« Tu l'avais laissée dans la chambre, dimanche, sur ta coiffeuse.

— Sur la coiffeuse ?

— Oui. Tu as changé de sac. L'autre, le brun, était là. Je l'ai soulevé, comme ça, la clé était en dessous. »

Exact. Elle avait choisi un autre sac à cause de la nouvelle robe qu'elle étrennait. Bleue. Dans le dressing, elle avait déniché un petit Longchamp qui s'assortissait mieux et elle avait transféré le contenu.

« Pourquoi l'as-tu prise ? Qu'est-ce que tu voulais en faire ?

— Rien… Je ne sais pas… Je l'ai fourrée en poche machinalement. »

Il ne mentait pas. Il était monté à l'étage pour chercher la Barbie que Camille réclamait. La chambre était ouverte, le lit refait. Il était entré un instant, la gorge serrée, dans cette pièce transformée en glacière depuis trois mois. Et il était tombé sur la clé ornée d'une pastille ridicule en forme de cœur, qu'il s'était empressé de décoller.

Ensuite, alors qu'il observait Camille en train d'habiller sa poupée, une idée cruelle lui était venue. Il allait filer jusqu'à Fontenal, retrouver Lynn dans sa minirobe bleue, en carafe devant la porte du presbytère. Il lui apporterait la clé, pour le plaisir de l'embarrasser, comme un bon vieux chien fidèle qui rapporte son joujou à sa maîtresse malgré qu'elle n'aime pas ses sales pattes.

Sur le moment, tandis que Mathias prenait place à table, Lynn n'a pas insisté. Elle a servi le potage, morte d'inquiétude. À ce qu'elle savait déjà par Maureen – qu'il avait quitté la maison dimanche pendant qu'elle battait la campagne – s'ajoutait désormais qu'il avait emporté la clé du presbytère. Dans quelle intention ?

Elle s'est assise à son tour et, voyant qu'il n'avait même pas touché sa cuiller, elle a cru le rassurer en disant : « Ne te fais pas de souci. J'ai précisé au commissaire que j'étais rentrée à quinze heures et que tu n'avais pas bougé d'ici. »

Il a balancé la tête, contrarié. Puis il a prononcé assez sèchement : « Tu n'aurais pas dû mentir, Lynn. Tu comprends bien que les flics ne vont pas en rester là. S'ils interrogent Maureen par exemple, et ils finiront par le faire, ils sauront que je suis sorti dimanche et que toi, tu es rentrée bien après trois heures. Il vaut mieux que je rectifie tout ça puisque le commissaire veut me voir. J'expliquerai que tu t'es emmêlé les pinceaux. C'est plausible, avec toutes tes émotions.

— Parce que tu es parti dimanche après-midi ?
— Oui.
— Où ça ?
— Eh bien... disons chez un client. »

10.

En hiver, les Brasseur soupent à sept heures, après la traite du soir. Mais, lorsque les bêtes sont aux champs, ils ne s'attablent qu'à huit heures, et même souvent plus tard. Une fois toutes les vaches passées à la trayeuse, Jacques les reconduit à leur pâture. Par chance, les prés qui lui sont restés au bout de l'héritage se trouvent derrière la ferme, de part et d'autre d'un chemin de campagne interdit aux voitures. De cette façon, le retour du troupeau lui procure une promenade tranquille à la vesprée. Tom, son malinois, s'occupe de tout. Il talonne les bêtes gentiment et ne recourt à un modéré mordillement dans les jarrets qu'en cas de force majeure.

Arrivées à bon port, les vaches se mettent à happer l'herbe en clappant bruyamment de leurs grosses lèvres, comme si elles étaient pressées de regonfler les outres décompressées de leurs pis. S'il lui semble qu'elles n'auront pas assez, Jacques recule de quelques mètres la clôture électrique mobile avec laquelle il compartimente les parcelles.

Ensuite, il peut encore descendre au bord de la rivière qui longe sa propriété. Parfois, il emporte sa canne à pêche, il taquine la truite. S'il en attrape une, son souper est tout trouvé.

Ce soir, ce ne sera pas le cas. Même s'il avait pêché, même s'il avait ferré une belle arc-en-ciel, elle aurait fini au frigo jusqu'à demain midi. Alice lui a préparé un menu incompatible avec le poisson : des gaufres au sucre à la liégeoise !

Jacques en raffole. Si cela ne tenait qu'à lui, Alice lui en servirait plus souvent. Malheureusement, elle n'y pense que certains dimanches, et encore, la plupart du temps il faut qu'il lui glisse l'idée au creux de l'oreille.

À peine un pied sur le seuil, il hume leur parfum délicieux. Dans la salle de bains, il se débarbouille rapidement, balance sa salopette verte dans la corbeille à linge, passe un jean propre et se précipite à la cuisine. Devant le plan de travail, Alice verse les dernières louches de pâte sur le fer fumant. Il s'approche par-derrière, plaque ses mains sur ses hanches et lui colle un baiser dans les frisettes de son cou.

« Arrête, tu me chatouilles !

— Quelle surprise, ma petite femme !

— Assieds-toi avant qu'elles ne refroidissent ! »

Il se pose à table devant la pile de gaufres accolées deux par deux comme des siamoises. Sans plus attendre il en détache une, la saupoudre de sucre et s'ouvre l'estomac en l'avalant, tandis que déjà sa main gauche s'empare de sa sœur. Alice prend place, débouche la grande bouteille de Piedbœuf, remplit les verres et se sert à son tour, sans sucre toutefois.

Jacques s'en enfile une dizaine aussi goulûment que ses vaches, à croire que lui comme elles pourra les ruminer à loisir pendant la soirée. Tout à sa gourmandise, il ne s'est pas encore demandé en quel honneur Alice lui a réservé cette surprise. Quand même à la onzième, puis surtout à la douzième, son cerveau reprend le pas sur son estomac. Un mercredi, à l'improviste, son mets préféré : qu'est-ce qui se passe ?

« Rien, rien, explique Alice. Je voulais te faire plaisir, c'est tout.

— Eh bien, tu as réussi !

— Tantôt, en repassant le linge, je me suis dit que je n'étais pas assez gentille avec toi.

— Alice ! Qu'est-ce que tu vas chercher là ? Tu es parfaite.

— Je ne mesure pas suffisamment notre chance.

— De quelle chance tu parles ?

— Un couple uni, bienveillant, paisible. Deux grandes filles sérieuses qui nous aiment.

— Normal, non ?

— Pas tant que ça. Songe un peu à Mathias et Lynn. Quel enfer !

— Ça, tu l'as dit. »

Elle hésite un peu, boit une gorgée de bière, comme pour se donner du courage. Puis, presque timidement : « Mathias est passé tout à l'heure.

— Ah oui ? Qu'est-ce qu'il voulait ?

— Il aurait voulu te parler. Je lui ai dit que tu étais en train de faucher aux Essarts, qu'il revienne à six heures quand tu serais rentré pour la traite. Ça ne l'arrangeait pas. À cette heure-là, il était convoqué chez le commissaire qui nous a interrogés au presbytère lundi matin.

— Il fallait s'y attendre, je te l'avais bien dit. Les flics ont évidemment appris que sa connasse de femme s'envoyait en l'air avec Vanloo. Le mari encorné, c'est le premier suspect. Logique.

— Oui, oui, d'accord. Lui aussi se doutait qu'il serait soupçonné. Il est très embêté.

— On le serait à moins. Maintenant, dès qu'ils auront établi que ce n'est pas lui qui a fait le coup, ils lui ficheront la paix. Nous, qu'est-ce que tu veux qu'on y fasse ? On n'a rien à voir avec cette histoire.

— Non, c'est sûr, mais Mathias avait tout de même quelque chose à te demander.

— Quoi ?

— Ben voilà : il voudrait, si tu es d'accord, que tu dises aux enquêteurs, s'ils te posent la question, qu'il est passé chez nous dimanche après-midi.

— Qui est passé chez nous ?

— Lui ! Mathias !

— Il n'est pas passé.

— Bien entendu, mais il aurait pu. Si tu l'avais appelé pour la blanche qui a vêlé lundi. À un jour près…

— Je l'ai appelé lundi, pas dimanche, un point c'est tout.

— Essaie de comprendre, Jacques ! Mathias a besoin d'un alibi.

— Un alibi ? Ne me dis pas que c'est lui qui a fait la peau à Vanloo !

— Non, bien sûr ! Tu n'y penses pas ! Le problème, *son* problème, c'est qu'il s'est absenté l'après-midi de dimanche. Les policiers vont l'apprendre d'une façon ou d'une autre, si ce n'est déjà fait. Il devra expliquer son absence.

— Qu'il dise où il est allé, c'est simple !

— Il ne peut pas. C'est impossible.

— Pourquoi ?

— Il est allé parler à Vanloo.

— Quoi ! Quand sa femme était au presbytère ?

— Non, il a attendu qu'elle parte. Il la guettait dans l'ancien cimetière, derrière l'église. Il m'a juré qu'il n'avait pas tué le docteur. Ce n'est pas lui. Ils ont eu des mots, c'est vrai, mais rien de plus. Mathias ne l'a pas touché. Seulement, que veux-tu que le commissaire pense d'une pareille visite à ce moment-là ? Il va lui tomber dessus. Mathias te demande donc de dire qu'il est venu chez nous.

— Elle est bien bonne ! Pourquoi moi ?

— Il a peur qu'un témoin ne l'ait remarqué dans le village et ici, à Fontenal, tu es son seul client.

— Et toi, si je comprends bien, tu es toute disposée à entrer dans sa combine. Tu ajouteras que tu lui as offert une tasse de café, c'est ça ?

— Non, évidemment. Tu sais bien que dimanche j'étais à la plonge au Vieux Moulin.

— D'accord... C'est moi seul qui suis invité à mentir, à faire un faux témoignage... Tu t'es engagée pour moi ?

— J'ai promis à Mathias que je te le demanderais. Je sais que tu as bon cœur, Jacques. »

Jacques attrape la bouteille de Piedbœuf et se verse un plein verre, qu'il avale d'une traite. Sur le ravier, il reste deux malheureuses gaufres. En toute autre circonstance, il les aurait liquidées, quitte à se bourrer jusqu'à la garde. Mais Alice voit bien qu'il s'est renfrogné. Il n'est pas content du tout. Il baisse la tête, il souffle comme un taureau devant la barrière qu'un intrus veut franchir. Tout à coup, il la dévisage d'un œil suspicieux et il gronde : « Alors, c'était pour ça, les gaufres...

— Pour quoi ?

— Pour me blouser, hein, pour me faire avaler du même coup la pilule de ce crétin de vétérinaire.

— Je t'assure...

— Suffit, Alice ! Assez, assez ! Si tu crois que je n'ai pas remarqué ton manège avec Warland depuis quelque temps. Tu l'invites à se mettre à poil, tu le mates, tu tripotes son tricot de corps, tu lui passerais l'éponge dans le dos si je n'étais pas là, vu qu'il est en nage dès qu'il t'aperçoit. Et tu voudrais que je lui serve un alibi sur un plateau d'argent ? Il t'a promis quelque chose pour ça ? Hein ? Le rinçage complet, tous les deux, dans la salle de bains ? Le cocu, c'est lui, Alice, ce n'est pas moi ! Je te garantis que je ne suis pas prêt à prendre ses cornes. »

Là-dessus, il se redresse, s'empare des deux dernières gaufres, repousse sa chaise et sort en claquant la porte. Alice l'entend qui gueule : « Tom, ici, mon chien, viens manger ! » Puis il s'éloigne vers les étables.

Alice reste à table, abasourdie. En vingt-quatre ans, pas une fois Jacques ne lui a parlé sur ce ton. Les larmes accourent à ses yeux, elle a envie de s'y abandonner. Elle a toujours été persuadée que Jacques ne pouvait rien lui refuser. À cause, croyait-elle deviner, de la différence d'âge entre eux. Il se sent coupable d'être trop vieux pour elle et, en plus, de n'avoir mis dans la corbeille de mariage qu'une exploitation agricole en pleine déglingue, qui l'oblige à faire des ménages.

De ce fait, pour ne pas l'embarrasser, elle ne lui demande jamais grand-chose. Puis là, brusquement, elle vient à lui avec une requête exorbitante : un faux témoignage, rien que ça ! en faveur d'un homme qu'il méprise au fond de lui-même !

Forcément, il rechigne, il s'interroge : comment peut-elle lui suggérer une énormité pareille ? Ce type la tient par quelque part, il en est sûr. Il ne va tout de même pas tendre la main à son rival !

Bien sûr, elle le comprend. C'est pourquoi elle ravale ses larmes. Pleurer, ce serait reconnaître qu'elle a eu tort. Or son cœur envers et contre tout lui assure qu'elle a raison.

D'abord, pourquoi ne pourrait-on pas mentir ? Dans certains cas du moins. Pendant la guerre, ses grands-parents ont fait passer un enfant juif pour un neveu que sa famille avait mis à l'abri à la campagne. Un sacré mensonge n'est-il pas un mensonge sacré quand il s'agit de sauver un malheureux ?

Mathias est malheureux. Elle a toujours éprouvé de l'affection pour lui. De l'affection et rien d'autre. Mais profonde, qui la chavire chaque fois qu'il vient à la ferme. Tellement il se montre calme, doux avec les animaux, timide avec les humains. Qu'il soit si beau en plus, ça ne compte pas vraiment. Pas beaucoup en tout cas.

Lorsqu'elle a appris que Lynn le trompait avec le docteur, ça lui a fichu un terrible coup. Comme si Lynn l'avait trompée elle aussi. C'est pourquoi, quand il est venu tantôt pour rencontrer Jacques, et que pour la première fois il n'a plus fait mystère de son infortune, elle lui a bien fait comprendre qu'elle était prête à tout pour le sortir de l'ornière.

Elle était occupée à repasser. Brusquement, Mathias s'est trouvé devant elle. Quand il fait soleil, la porte d'entrée est rarement fermée et celle de la cuisine, où elle s'affairait, béait sur le corridor pour évacuer la vapeur. Il s'est excusé : « Oh, pardon, Alice ! Je pensais que vous étiez à table. »

Il était une heure et quart.

« On a dîné plus tôt. Jacques est parti faucher aux Essarts. Il en a jusqu'à ce soir.

— Ah... J'aurais voulu lui dire un mot... Tant pis !

— Ne t'en va pas comme ça, Mathias. »

Il était prêt à tourner les talons. Ses yeux venaient de se poser sur le linge encore froissé dans la manne à côté d'elle, puis sur celui qui était déjà soigneusement plié sur la table. Des dessous féminins notamment, non pas à elle, comme il se l'était sans doute figuré, mais à ses filles, qui lui confient leur lessive quand elles passent à la maison.

Elle a perçu sa gêne et aussitôt elle a déplacé les effets rangés sur la table dans la corbeille, puis les a couverts d'une serviette-éponge. Elle a insisté : « Assieds-toi une minute. Dis-moi ce que tu voulais à Jacques, je lui ferai la commission quand il rentrera pour traire. »

Il a hésité. Peut-être a-t-il réfléchi que ce qu'il voulait demander à Jacques, il l'obtiendrait plus facilement si elle se faisait son intermédiaire. Il s'est assis. Elle lui a versé une tasse de café. Elle en conserve toute la journée dans un Thermos, vu que Jacques ne peut pas mettre les pieds à la cuisine sans en prendre une gorgée.

Elle s'est assise à son tour. Ça lui faisait bizarre de se trouver en face de Mathias à la place de son mari. Elle lui a souri, il a commencé : « Tu sais ce qui nous arrive à Lynn et à moi, Alice.

— Oui… Quelle histoire !

— Tu l'as dit.

— Comment Lynn a-t-elle pris la mort du docteur ?

— En fait, c'était fini entre eux.

— Ah, tant mieux !

— Ça, ce n'est rien, mais maintenant il y a l'enquête. On est dans de beaux draps. Tu me diras qu'on l'a bien cherché. »

Bien entendu, elle a protesté, puis elle l'a laissé continuer. Très vite, il en est arrivé à son problème : le dimanche après-midi, il est venu à Fontenal. Lynn était partie rejoindre Vanloo quand il s'est aperçu qu'elle avait oublié la clé du presbytère. Il s'était fourré en tête de la lui apporter.

« La lui apporter ? Mais enfin, Mathias, tu es trop bon !

— Bon ? Pas du tout. Je voulais lui faire honte. »

Sur place, toutefois, il avait constaté que Lynn était déjà entrée. Alors, il était resté là, cloué par le dépit de voir échouer sa combine. Il avait garé sa voiture sur le parking aménagé à l'endroit du cimetière désaffecté, derrière l'église. Dissimulé par la haie de buis, il a décidé de guetter sa sortie. Il voulait se montrer, comme un reproche vivant, quand elle apparaîtrait.

Cependant, lorsqu'elle était ressortie, elle était en larmes, défaite, effondrée. Elle avait regagné sa voiture en sanglotant. Si bien qu'il n'avait pas bronché. D'abord le soulagement l'avait submergé comme une vague. Quand elle avait reflué, soudain elle avait fait place à une colère noire contre ce salaud qui, non content d'avoir saccagé leur couple, venait de mettre Lynn dans cet état. Cette fois, c'en était trop.

Pas besoin de la clé, la porte du presbytère n'était pas fermée. Il avait fait irruption sans frapper. Vanloo était affalé dans un fauteuil du séjour, un verre à la main…

Mathias s'est interrompu, il a repris une gorgée de café, le regard dans le lointain, comme s'il recherchait la scène en lui. Ensuite, il a poursuivi avec un éclair féroce brusquement dans les yeux : « Je te jure, Alice, qu'il a fait un fameux bond en me voyant ! Il a reculé jusqu'à l'autre bout de la pièce. Il croyait que sa dernière heure avait sonné. Si j'avais voulu… Mais je ne l'ai pas touché. Je me suis contenté de lui sortir ses quatre vérités. Je lui ai dit qu'il avait fichu notre vie en l'air rien que pour se payer du bon temps. Ce n'est pas lui qui allait réparer les dégâts. Sûrement il a dû me trouver plus pitoyable que dangereux. Il a retrouvé son arrogance. Il m'a rétorqué qu'il n'avait pas forcé Lynn, même que c'était elle qui ne voulait pas le lâcher, mais que maintenant tout était fini, complètement fini. Il venait de la renvoyer à ses casseroles. Cette histoire allait tourner au drame. Très peu pour lui.

— Au drame ? Il a dit ça ? Il le pressentait ?

— Je ne sais pas. Il m'a demandé : "La lettre anonyme, c'est vous ?"

— La lettre anonyme ?

— Oui, c'est ce qu'il a dit. Une lettre anonyme qui le menaçait de mort s'il ne rendait pas Lynn à son mari. Forcément il pensait qu'elle était de moi. Jamais je n'aurais écrit ce genre de truc, tu penses bien.

— Ça n'empêche qu'elle a fait son effet puisqu'il a rompu avec Lynn.

— Oui, c'est vrai.

— Il te l'a montrée ?

— Non. Il l'avait détruite, je suppose. Sinon il se serait fait un plaisir de me la mettre sous le nez. Franchement j'espère qu'il s'en est vraiment débarrassé. Imagine la catastrophe si elle tombait entre les mains des flics. »

Évidemment il n'avait pas besoin de cette embrouille supplémentaire, il avait déjà bien assez de faire passer à la trappe son altercation avec Vanloo. En ripostant que c'était Lynn qui s'accrochait à ses basques, Vanloo lui avait ôté tous ses moyens. Il a lâché pied. Finalement, il est reparti avec son dépit en travers de la gorge. Le problème, c'est que personne ne croirait qu'il s'en soit tenu à quelques reproches. Elle a insisté : « Moi, je te crois, Mathias. »

Cela le touchait. Il s'est efforcé de sourire, malgré tout.

« Même à Lynn je n'ai pas osé l'expliquer.

— Qu'est-ce que tu lui as raconté quand tu es rentré chez vous ?

— Rien. Je pensais la trouver à la maison, mais elle n'est revenue que plus tard, à cinq heures. J'imagine qu'elle s'est arrêtée quelque part en chemin pour pleurer loin de moi et des enfants. De ce fait, sur le moment, elle ne s'est pas aperçue que je m'étais absenté l'après-midi. Je le lui ai seulement appris tout à l'heure, parce que, si quelqu'un m'a remarqué dimanche, les flics le sauront. Il vaut mieux qu'elle soit au courant mais, bien sûr, je ne lui ai pas rapporté ma visite à Vanloo.

— Qu'est-ce que tu lui as dit alors ?

— Que j'avais été appelé chez un client. »

Derrière l'église, personne n'avait pu le voir étant donné la hauteur des buis, mais quelqu'un avait peut-être remarqué sa voiture pendant qu'il se déplaçait dans le village. Il dirait qu'il venait chez eux.

« Est-ce que Jacques pourrait... ? »

Elle a promis. Jacques serait d'accord, elle saurait le convaincre. Il n'a pas demandé comment elle comptait s'y prendre. Ses yeux se sont posés un moment sur elle, comme s'il n'avait pas pris conscience de la femme qui se trouvait devant lui. Jeune encore, fraîche comme la rosée dans le tee-shirt léger qu'elle portait par cette belle journée. Est-ce qu'il s'est représenté le genre d'argument dont elle disposait pour amadouer Jacques ?

Tout à coup, elle a vu réapparaître sur son visage la gêne qu'il avait montrée en découvrant le linge qu'elle repassait. Il s'est levé. Il l'a remerciée, il s'est excusé de devoir demander une chose pareille. Voulait-il dire l'alibi ou le moyen de l'obtenir ?

De toute façon, peu importe désormais puisque Jacques a refusé. Maintenant, quand les enquêteurs vont vérifier s'il est effectivement venu voir son client de Fontenal, Mathias va se trouver dans une drôle de panade. Trop tard pour rattraper la sauce ! Il est neuf heures, il devait rencontrer le commissaire à cinq et demie. Le mal est fait.

Il faut qu'elle l'avertisse. Elle va lui téléphoner. Elle risque de tomber sur Lynn, qui gère ses rendez-vous. Il possède un portable bien sûr, mais il n'y a que Lynn qui connaisse le numéro. Tant pis ! Elle demandera à parler à Mathias ou, s'il est en déplacement, qu'il la rappelle.

Il y a peut-être encore un moyen de convaincre Jacques, plus efficace même que ce que Mathias a pu fantasmer. Jacques lui doit pas mal d'argent. La dernière césarienne, par exemple, il n'avait pas de quoi la payer. Sans compter le reste depuis des mois. Si Mathias acceptait d'effacer l'ardoise…

Elle range le gaufrier, expédie la vaisselle à l'eau chaude de l'évier, puis va jusqu'au téléphone installé dans le corridor sur une demi-lune flanquée d'un fauteuil. Elle s'apprête à soulever le combiné, elle connaît le numéro par cœur, quand tout à coup Jacques surgit à l'entrée.

« Qui appelles-tu ?

— Mathias, tiens ! Il faut bien qu'il sache que tu ne veux pas l'aider.

— Arrête ça, Alice ! »

Il s'approche, pose ses grosses mains sur ses bras nus. Il n'a plus l'air fâché. Contrit plutôt.

« Excuse-moi pour ce que j'ai dit à propos de toi et Warland. Tu sais bien que je n'en pense pas un mot.

— Ce n'est pas grave, Jacques.

— J'ai réfléchi. Au fond, pourquoi refuser ce qu'il demande puisqu'on sait bien que ce n'est pas lui qui a zigouillé le docteur ?

— Sûrement que ce n'est pas lui !

— J'ai dit aux flics que je faisais la sieste… pas tout l'après-midi tout de même.

— Évidemment.

— Un service en vaut un autre. Je pourrais peut-être m'arranger avec Warland.

— Mais oui… »

Est-ce qu'il aurait eu la même idée qu'elle ? Dans les couples de longue date, parfois les idées passent de l'un à l'autre, secrètement, sans qu'ils aient besoin de s'en ouvrir davantage.

11.

Avant toute chose, dès qu'elle a refermé la porte de son appartement, Candice s'est déshabillée. Le petit ensemble noir de chez Mourning Dress qu'elle a sur elle depuis la veille est tombé en bouchon sur le carrelage de la salle de bains. Elle a sorti un sac poubelle du placard et l'a fourré dedans. À côté de sa boutique, il y a une donnerie, près de la bouche de métro : demain, elle l'y déposera. Assez joué les épouvantails ! Éric a été enterré cet après-midi, à Waterloo. Elle n'y était pas, ce n'est pas pour honorer sa mémoire qu'elle est restée en deuil jusqu'à ce soir. C'est seulement qu'elle n'est pas rentrée ici, chez elle, depuis le coup d'éclat de Nicolas la veille au cocktail funéraire.

Quand ils ont quitté la réception sous les invectives de son père, Nicolas l'a embarquée dans sa voiture, direction Bruxelles. Pendant le trajet, ils n'ont pas échangé trois mots. Lui, trop énervé ; elle, trop chamboulée. La tête versée sur son épaule, elle étreignait son bras. Elle pensait qu'il allait la déposer chez elle à Boitsfort, mais il a poussé jusqu'au centre. Il l'a emmenée au Metropole pour causer tranquillement.

La terrasse était remplie de gens qui profitaient de la douceur de la fin du jour. Nicolas a préféré les salons. Personne, à part un couple de vieux dans un coin, incolores, ennemis du soleil, plongés dans le *New York Times.* Dès que le garçon s'est éloigné après les avoir servis, Nicolas lui a ressaisi les mains, comme pendant l'affreux discours de son père.

« Tout est fini, Candice, bien fini !

— Oui…

— Tu es débarrassée d'Éric.

— Ça, tu l'as dit ! Quelle histoire ! Quand je pense que j'ai souhaité sa mort !

— C'était bien normal.

— Peut-être, mais je ne la voulais pas pour de vrai évidemment. Tout ce que je demandais, c'était qu'on divorce. C'était presque fait.

— Ça pouvait encore durer longtemps. Éric n'a pas cessé de se mettre en travers de la procédure, il aurait continué d'une façon ou d'une autre, j'en suis sûr. Nous en sommes quittes maintenant. On n'est plus que nous deux, enfin ! Ne te tourmente pas pour Éric. Ton père s'occupe de lui à sa façon. Il en a déjà fait un héros ! Viens là, mon amour ! »

Elle s'est blottie dans ses bras sur le canapé de velours grenat. Les vieux décolorés les lorgnaient par-dessus leurs lunettes. Il lui embrassait le front, lui caressait les cheveux. Elle a demandé : « Tu ne devais pas rentrer demain seulement ?

— J'ai abrégé. Je ne pouvais pas te laisser toute seule dans cette mélasse. J'ai bien pensé que je te trouverais chez tes parents. Tu vois : Zorro est arrivé ! »

Il n'a pas voulu qu'elle rentre à son appartement. Son père était bien capable d'aller l'y rechercher. Il l'a emmenée dans son petit studio à lui, à Molenbeek. C'était la première fois qu'elle y passait la nuit. Ils étaient éreintés. Ils ont plongé aussitôt dans le sommeil, face à face, mêlant leurs souffles, comme des enfants.

Ce matin, à onze heures, il est parti. Un ami venait de lui refiler un tuyau pour un reportage à la Commission européenne. Il est photographe de presse free-lance. Dès qu'un événement à couvrir se présente, il y court, il ne peut pas le rater. En fait, il tire le diable par la queue. Depuis des années, il attend le cliché miracle qui l'imposera enfin.

Le week-end, il faisait le planton à Strasbourg, au Parlement. Quand elle lui a téléphoné lundi soir au retour de l'identification du corps d'Éric et qu'elle lui a demandé, la gorge serrée, où il se trouvait le dimanche après-midi, il lui a confirmé posément qu'il n'avait pas quitté Strasbourg. Elle lui avait fait jurer que c'était bien vrai avant de pousser un soupir de soulagement. Ensuite seulement elle lui avait annoncé qu'Éric avait été assassiné.

Elle avait raccroché, s'était couchée et, contre toute attente, avait sombré aussitôt comme une pierre dans le sommeil. Vers trois heures, cependant, une angoisse subite l'avait réveillée. Son cœur toquait, le sang battait à ses oreilles. Une sorte d'écho de leur conversation lui était revenu : elle venait de s'aviser que Nicolas n'avait pas semblé surpris par la mort d'Éric. Juste une exclamation, un peu forcée, affectée même.

Est-ce qu'il lui avait dit la vérité ? Combien de temps pour aller de Strasbourg à ce bled où Éric se logeait ? Deux heures, trois tout au plus. Départ dimanche midi ; à dix-huit heures, retour à son hôtel, où tout le monde s'imaginait qu'il se reposait. Ni vu ni connu.

Nicolas haïssait Éric. Il le haïssait à mort... À ses yeux, elle ne pouvait pas être la femme d'Éric, il ne l'avait jamais admis : elle était déjà sa femme à lui et à personne d'autre. Il était résolu à reprendre ses droits coûte que coûte. Il le lui avait promis bien des fois.

Nicolas serait-il allé jusqu'à tuer Éric ? Elle ne pouvait y penser sans frissonner. D'horreur sans doute, mais aussi d'un orgueil inavouable, si vraiment Nicolas avait commis l'irréparable pour elle. Comme au cinéma, avec sa petite personne tout à coup en femme fatale, genre Sharon Stone, son actrice préférée.

Au Metropole, elle n'a pas osé lui reposer la question. Elle était encore sous l'emprise de la scène qu'ils venaient de fuir : Nicolas défiant son père, en présence des invités presque aussi pétrifiés et muets qu'Éric dans son cercueil. Ensuite, la nuit, dans son studio, c'était comme s'ils s'étaient évadés, loin des autres, dans un autre monde rien qu'à eux.

Ses appréhensions n'ont refait surface que lorsque Nicolas est parti dans la matinée. Elle a quitté le studio, a erré dans les rues. Les regards s'attardaient sur elle. Ses vêtements de deuil détonnaient parmi les tenues estivales des filles de son âge. Elle est entrée dans un cinéma. Dans la salle, quelques enfants accompagnés de leur nounou ou de leur mère. Elle s'est rappelé qu'on était mercredi après-midi, le dernier même de l'année scolaire. Tandis qu'on enterrait son mari à Waterloo, elle regardait *La Princesse des glaces* en picorant du pop-corn.

Maintenant qu'elle est de retour chez elle, en chemise de nuit, elle voudrait que Nicolas l'appelle. Elle rallume son portable qu'elle a coupé depuis la veille. Il lui semble qu'à distance, elle aurait le courage de lui demander une dernière fois si c'est lui qui a fait passer Éric de vie à trépas.

Une dizaine d'appels en absence s'affichent : son père. De Nicolas, rien. Elle pose le téléphone au creux de sa poitrine, comme si c'était un peu lui qu'elle serrait contre son cœur. Jamais elle ne l'a aimé autant qu'à ce moment. Il a raison : elle lui appartient. Son père a beau le traiter de « sale morveux », il n'a jamais pu le ravaler à ses yeux. Si saugrenue que soit la manière dont ils se sont unis publiquement, c'est la seule qui compte. Avec Éric, elle s'est fourvoyée. Maintenant, elle ne souhaiterait rien plus ardemment que de redevenir la jeune fille d'avant cette union lamentable.

Comme elle était jolie, la petite Candice, avec ses longs cheveux blonds sur les épaules et son corps de seize ans tout fraîchement sorti d'un moule parfait ! Son père était encore son papa chéri, sa mère sa maman adorée. Son bonheur était complet ou presque. Il y avait juste un petit vide qui se creusait dans son cœur quand elle regardait *Friends* à la télé. Rachel, Monica, toutes les filles avaient un ami. Pourquoi pas elle ?

C'est alors qu'était arrivée à point nommé l'année où les jésuites de Saint-François-Xavier avaient dû se résoudre à la mixité désormais obligatoire dans les collèges catholiques. Aussitôt, avec la bénédiction de papa, que l'aventure excitait presque autant qu'elle, elle avait quitté l'institut Sainte-Véronique et s'était retrouvée avec deux autres postulantes dans une classe de trente potaches pubescents. Le professeur titulaire, une vieille moustache, les avait introduites du haut de son estrade en ironisant : « Messieurs : les trois Grâces ! »

En fait de « grâce », cependant, ses comparses faisaient pâle figure à côté d'elle. L'une et l'autre n'aspiraient qu'à la réputée formation du collège et elles étaient disposées à pâlir plus encore sur les arides manuels des bons pères. Les études figuraient bien au nombre de ses soucis à elle aussi, mais tout au bas de la liste. Ce qu'elle brûlait d'étudier d'abord, c'était l'effet qu'elle produirait sur le troupeau des jeunes mâles qu'elle observait depuis le parc de Sainte-Véronique de l'autre côté de la rue, lorsqu'ils franchissaient en masse le portique du collège à midi ou à quatre heures.

En classe chez les garçons, elle s'asseyait au premier rang, l'air faussement intéressée par les cours. Dans son dos, elle percevait la sensation quasi tactile des regards qui dérapaient du tableau vers ses épaules. Elle portait des chemisiers aériens au travers desquels, parallèles de sa géométrie intime, transparaissaient les bretelles de son Wonderbra. Par-devant, elle avait réussi plus d'une fois en suçant son stylo à faire rougir jusqu'au blanc des yeux le jeune professeur de mathématiques.

La plupart des garçons, pourtant, lui battaient froid. Trop poupée de luxe. Ils préféraient les deux fayottes, autour desquelles ils bourdonnaient comme des mouches après la confiture. Seul Nicolas avait pris attention à elle sans le moindre embarras. À croire qu'il ne s'était pas avisé de son sexe. Il avait trois sœurs, pas de frère ; de ce fait, sans doute, les filles lui étaient plus familières que les garçons.

Élève des plus moyens, plutôt beau gosse. À ses côtés, dans la rue, quand il s'était mis à la raccompagner – elle habitait sur son chemin –, elle se sentait bizarre. Non pas heureuse, électrisée disons. Comme l'idée ne semblait pas lui venir à l'esprit, un jour elle lui avait demandé s'il n'avait pas envie de l'embrasser. Sans lui accorder de délai de réflexion, elle l'avait entraîné dans une ruelle déserte.

Bien souvent, papa lui posait un baiser sur les lèvres, ce qui lui procurait un léger frisson. Avec Nicolas, elle avait poussé l'expérience plus loin, en forçant la barrière de ses dents. Instantanément, elle était devenue accro. Elle en redemandait chaque jour. Dès lors, les baisers de papa lui avaient paru non seulement superflus mais déplaisants. S'il faisait mine de se pencher sur elle, elle se détournait. Il en riait.

« Alors, on n'embrasse plus son vieux papounet ? Tu as trouvé mieux déjà ? »

D'abord, elle n'avait pas répliqué puis, à force d'agaceries, il avait fini par la pousser hors de ses gonds.

« Eh bien oui, si tu veux le savoir : j'ai quelqu'un !

— Non, pas possible ! Un petit ami ! Ça n'a pas traîné, dis donc ! Il faut nous le présenter. »

Il avait l'air ravi. Il s'était empressé d'annoncer la bonne nouvelle à maman : « Annette ! Annette ! Tu ne devineras jamais ! Candice a un amoureux. »

Le scoop ne l'avait pas plus émue que s'il l'avait informée que leur petite chérie avait chopé un rhume. Une maladie bénigne, inévitable dans le milieu contagieux où papa l'avait fourrée sans lui demander son avis. Ça lui passerait aussi vite qu'elle l'avait attrapé.

Papa, cependant, voulait à tout prix qu'elle invite Nicolas à la maison. Ce serait tellement drôle. Nicolas avait accepté en traînant les pieds. Il tombait comme un cheveu sur la soupe, étant le fils d'un manœuvre qui aurait pu être ouvrier chez Durieux Constructions. Tout le gênait dans les pièces trop grandes de la villa, meublées et décorées en sorte que les visiteurs ne conçoivent aucun doute sur la réussite du propriétaire.

Elle l'emmenait dans sa chambre, ils écoutaient de la musique, surfaient sur Internet, s'embrassaient bien sûr, assis au bord de son lit virginal, mais pas plus. Maman pouvait survenir à l'improviste d'un instant à l'autre : elle aurait préparé du café, une tarte, un cake.

Quand il était présent, papa n'appelait plus Nicolas que « le petit fiancé ». Une plaisanterie frelatée : l'ironie paternelle crevait les yeux. Le fiancé n'était qu'un jouet supplémentaire qu'il offrait à sa fille adorée. Il ne lui avait jamais rien refusé. Le jour où elle s'en lasserait, elle pourrait s'en débarrasser, comme du caniche qu'elle avait absolument voulu pour ses quatorze ans. Ils l'avaient ramené quelques semaines plus tard au refuge de la SPA, malgré ses jappements désespérés, parce qu'il ne sentait pas bon quand il était mouillé.

Nicolas, heureusement, sentait très bon. Il s'aspergeait de lotion après rasage, trop fier de montrer qu'il avait des poils au menton. Leur camaraderie s'était poursuivie ainsi jusqu'au jour fatidique de ses dix-sept ans, quand papa avait eu l'idée d'une fête exceptionnelle pour son anniversaire. Un jeu de rôle ! On allait jouer au mariage de sa fille !

En principe, on ne se marie qu'une fois dans la vie. C'est trop bête. Pourquoi ne pas s'amuser à s'épouser plus souvent ? Pour de rire, bien entendu, mais avec tout ce que le beau sexe convoite tellement dans la grande et unique affaire de sa vie : la robe blanche, les consentements, la réception et le reste.

Papa avait lancé les invitations pour un dîner et une surprise-partie. Tenue de soirée souhaitée. Le mariage lui-même était un secret. Ce n'est qu'en l'introduisant à son bras dans le living, vêtue de sa splendide robe de mariée, qu'il avait dévoilé aux invités bouche bée le divertissement qu'il avait imaginé.

Ensuite, Nicolas était apparu à son tour, déguisé en prétendant, pantalon rayé, redingote, œillet à la boutonnière, escorté par maman un peu réticente car, bien entendu, de son côté, ses parents n'étaient pas conviés. Lui-même, d'ailleurs, n'était pas plus au fait de ce qui l'attendait que les gens qui lui faisaient une haie d'honneur. Quand il était arrivé à la villa au début de l'après-midi, elle l'avait entraîné dans une des chambres d'amis où l'attendaient des habits de location. Sur le coup, il avait refusé de se livrer à une pareille pantalonnade, mais elle l'avait supplié de jouer le jeu. Elle ne pouvait renoncer à la robe, non pas louée, achetée par papa pour la circonstance. Il avait cédé pour la robe et pour elle.

Les invités étaient ravis. Ils s'étaient jetés sans réserve dans la connivence. Un plus échauffé que les autres se mit à crier : « Vive la mariée ! » Ils avaient repris tous en chœur.

Au fond de la pièce, là où quelques années plus tard serait exposé le cercueil d'Éric, une sorte d'autel fleuri avait été dressé, derrière lequel les attendait un personnage accoutré en évêque, mitre et crosse comprises. C'était Baltot, le comptable de Durieux Constructions, que papa affectionnait particulièrement, vu que, depuis des années, il lui bidouillait avec adresse les chiffres destinés au fisc. Il tenait le rôle de célébrant. Pour la charge comique, en effet, un mariage religieux était bien plus adapté qu'un terne mariage civil.

Comme il s'était révélé impossible de louer des vêtements sacerdotaux – il y avait bien un magasin à Bruxelles à l'enseigne des Noces de Cana, mais évidemment il ne pratiquait pas la location –, Baltot avait revêtu une tenue de saint Nicolas. Il s'était même affublé de la traditionnelle barbe blanche et des lunettes de soleil.

D'une voix chevrotante, il prononça : « Approchez, approchez, mes enfants ! » à la façon dont le patron des écoliers les invite à venir baiser son anneau avant qu'ils reçoivent un sachet de nicnacs avec une couque à son effigie.

Sa présence aurait dû confirmer que ce qui se passait relevait de la même supercherie anodine par laquelle les parents font croire aux petits enfants que le grand saint descend du ciel chaque décembre pour les choyer. Mais quelque chose d'inattendu s'était produit lorsque les fiancés se trouvèrent devant lui.

Le silence tout à coup succéda aux rires étouffés. Se piquant au jeu, Baltot se mit à exhorter les deux promis avec le sérieux d'un véritable prêtre. Peut-être pour la première fois de sa vie retorse éprouvait-il la volupté de la bienveillance, même simulée. La bonté est capable d'enivrer soudain un cœur qui n'y a jamais goûté.

« Mes enfants, dit-il avec des accents onctueux, vous venez à moi pour vous engager sur la voie la plus sacrée de votre existence. Vous allez lier vos vies pour l'éternité. Selon les mots de l'Écriture, vous ne serez plus qu'une seule chair. Nul désormais ne pourra plus désunir ce que Dieu va unir. »

Et, sur ces paroles sacrilèges, il se tourna vers Nicolas : « Nicolas, veux-tu prendre Candice ici présente pour ta légitime épouse ? » Elle avait tourné vers lui ses yeux soudain implorants, redoutant qu'il ne se rebelle, qu'il réponde par une boutade qui flanquerait le spectacle par terre. Mais, brusquement le visage de Nicolas s'était empreint d'une intense émotion, comme s'il ne s'agissait plus d'une farce dont il aurait été le dindon. Au contraire, par un retournement complet de la situation, c'étaient les autres qui s'étaient illusionnés. Ils n'avaient pas mesuré qu'en mettant en scène leur simple flirt pour s'en amuser, ils avaient permis qu'il revête soudain la forme la plus sacrée de l'amour.

« Oui, je le veux, dit Nicolas avec ferveur.

— Et toi, Candice, veux-tu prendre Nicolas ici présent pour ton légitime époux ?

— Oui, je le veux.

— Je vous déclare mari et femme pour l'éternité. »

Sous un tonnerre d'applaudissements, ils s'étaient embrassés tendrement. Ensuite tout s'était déroulé dans un tourbillon dont elle n'avait conservé que des éclats de souvenirs. L'étrange échange de leurs consentements l'avait laissée aussi étourdie que si elle avait absorbé une drogue par inadvertance. Ils avaient découpé la pièce montée, posé pour les photos, dansé maladroitement jusqu'au moment où papa avait déclaré : « Et, maintenant, chers amis, les jeunes mariés vont se retirer ! Souhaitons-leur toute la félicité qu'ils méritent ! »

Nouvelles ovations mêlées de gloussements grivois. Ils étaient sortis, accompagnés de maman. Depuis le début, elle assistait au déroulement des événements comme une figurante engagée en dernière minute sur une scène de théâtre sans connaître la pièce. Papa leur avait soufflé les ultimes consignes : « Allez ôter vos habits, puis revenez saluer les invités pour terminer la soirée. Vous avez été magnifiques ! Plus vrais que nature ! »

Elle s'était changée dans sa chambre avec l'aide de maman, lui dans la chambre d'amis. Puis il était venu frapper à sa porte. Elle était déjà en jean et en tee-shirt. Maman les avait abandonnés en marmonnant : « Quelle pitrerie ! Je m'en vais. C'est honteux, honteux ! »

Nicolas s'était approché, très grave. Il l'avait prise dans ses bras et avait murmuré : « Tu es ma femme maintenant, Candice.

— Oui ! »

Devait-elle rire ou fondre en larmes ? Ils s'étaient étreints si passionnément qu'ils étaient tombés sur le lit. Alors, subitement, sans crier gare, papa était entré. Il avait saisi Nicolas au collet, l'avait arraché à ses lèvres en vociférant : « Qu'est-ce qui te prend, sale morveux ? C'est fini ! Tu n'as pas compris ? Allez, ouste, fiche le camp, on n'a plus besoin de toi !

— Papa, papa, arrête, laisse-le, criait-elle.

— Tais-toi, Candice ! Qu'est-ce que tu t'imagines ? Que tu es à ce crétin ? Tu es à moi, à moi seul, tu entends ? Et toi, du balai ! Que je ne te revoie jamais plus ! »

Sonnerie… Candice ouvre les yeux. En se remémorant le passé, elle s'est assoupie. Son portable a glissé à côté d'elle sur l'édredon. Ce n'est pas sa sonnerie, c'est celle de l'interphone. Elle s'y précipite, le cœur battant. Elle est certaine que Nicolas vient la retrouver. Elle décroche et, avant même d'entendre sa voix, elle le presse : « Monte, monte, Nicolas, je t'attendais. »

Un petit coup d'œil dans la glace de la salle de bains, et elle accourt sur le seuil. Le vieil ascenseur arrive avec ses grincements habituels. La porte et la grille s'ouvrent. Ce n'est pas Nicolas. C'est seulement son père, l'homme qui depuis longtemps a cessé d'être son petit papa chéri.

12.

« Va t'habiller, Candice, tu es indécente.

— Je suis chez moi, je te signale.

— Tu veux dire que tu es dans l'appartement dont je paie le loyer. »

Durieux referme la porte. Candice s'est reculée jusqu'au milieu de la pièce. Sous les spots du plafond, Durieux ne peut s'empêcher de penser à Carroll Baker dans *Baby Doll*, un de ses films fétiches, qu'il revisite régulièrement sur sa tablette. Elle passe dans la salle de bains et revient en nouant la ceinture de sa robe de chambre. Son père a pris place sur le canapé du salon. Il porte le complet anthracite de la veille, il a seulement abandonné sa cravate noire et sa pochette blanche. Dans sa voix, il y a de la colère, de la lassitude aussi : « J'ai essayé de t'appeler au moins dix fois depuis hier.

— J'avais coupé mon téléphone.

— Je l'ai remarqué, en effet. Je suis même venu jusqu'ici ce matin. À quoi joues-tu au juste, Candice ?

— À rien. Je voulais que tu me fiches la paix, c'est tout.

— Te fiche la paix ! Est-ce que tu te rends compte de la situation ? Ton mari vient de mourir dans des circonstances épouvantables et tu n'assistes même pas à ses funérailles ! Tout le monde était choqué à l'église. Ton absence…

— Et alors ? Il fallait que j'aille poser en veuve inconsolable ? C'est ça que tu voulais ? Tu t'imagines que les gens n'ont pas compris que ta réception, ton boniment devant le cercueil d'Éric et tout le reste, c'était du cinéma ?

— Le respect des convenances, qu'est-ce que tu en fais ? Il y a un minimum, tu ne crois pas ? Tout se passait bien jusqu'à ce que ce petit crétin vienne semer la pagaille.

— Nicolas a dit la vérité, rien de plus. Il a mis fin à cette comédie dégoûtante où tu m'avais fourrée. J'aurais dû refuser depuis le début, seulement, moi, je n'en ai pas eu le courage. Après ça, tu aurais voulu que je reprenne mon rôle à l'église, au cimetière, comme si de rien n'était ?

— Ah, bien sûr, c'est facile : tu te débines et moi, comme toujours, je paie les pots cassés. Il a fallu que je me fende d'une explication. Tu sais ce que j'ai dit ? Que tu étais malade, que tu n'avais pas supporté tous ces chamboulements.

— Bravo ! Bien trouvé !

— Où étais-tu passée ? Ne me dis pas que cet énergumène t'a kidnappée !

— Kidnappée ? N'importe quoi ! Je suis restée avec lui, c'est aussi simple que ça.

— Mais d'où il sort, celui-là ? J'avais presque oublié qu'il existait. Ça fait combien de temps que je lui ai dit de débarrasser le plancher ?

— Depuis mes dix-sept ans. Compte toi-même.

— Et tout à coup, il revient sur l'eau ! Tu ne continuais pas à le voir tout de même ?

— Eh bien, si, justement, que ça te plaise ou non.

— Quoi ? Depuis sept ans ?

— Non, mais depuis deux ans.

— Ce n'est pas vrai ! »

Durieux secoue la tête comme s'il ne pouvait y croire. Candice est restée dressée devant lui. Elle n'est pas fâchée de le voir accablé – du moins s'il l'est vraiment, avec lui, on ne sait jamais. Il a toujours cru qu'il disposait d'elle à sa guise. Même mariée, il se targuait de la téléguider en sous-main. Éric n'était que son instrument. Maintenant il doit constater que sa petite poupée lui a glissé des mains. Elle avait sa propre existence dont il ne savait rien, comme dans les films pour enfants où les jouets prennent vie la nuit quand le magasin est fermé.

Un peu de pitié pourtant se mêle à sa bouffée de joie. Après tout, des années durant, ça lui a plu d'être l'idole de son papa. Sur le coup, le soir du faux mariage, lorsqu'il avait jeté Nicolas comme un malpropre, elle avait été attristée, encore que pas tant que ça. La soirée l'avait follement amusée. Elle avait adoré la robe, surtout sous les regards envieux des invitées. L'émotion de Nicolas, bien sûr, l'avait surprise, émue, au point qu'un moment elle-même s'était sentie toute chose. Mais tout de même ça restait un jeu, rien de plus. Dommage que l'affaire ait tourné au vinaigre.

Par chance, son anniversaire tombe le 16 août. Deux jours plus tard la famille partait vers la Costa del Sol pour une quinzaine avec au moins cinq bikinis à étrenner. Ensuite, en septembre, elle avait quitté Saint-François-Xavier, où elle aurait dû redoubler. Une école à la réputation surfaite, tout bien considéré. Son père l'avait inscrite au lycée du Parnasse à Bruxelles. Plus de Nicolas, il n'avait même pas de portable. Ses parents étaient sans le sou. Disparu de la circulation. Elle s'était rabattue sur quelques embrasseurs d'occasion. Toutefois, elle n'en avait plus invité aucun à la maison.

D'études supérieures il n'aurait pu être question, vu ses faibles dispositions. De toute façon, son père avait un bien meilleur projet pour elle : un mariage des plus avantageux avec le fils de son défunt partenaire financier. Éric Vanloo : chirurgien à l'avenir prometteur, du beau linge ! Enfin un homme véritable, trentenaire, bientôt riche : un autre calibre que les petits glandeurs de son âge.

Du jour au lendemain, fiançailles avec diamant C de Courbet, puis dans la foulée cérémonie et réception par un *wedding planner.* Le problème, c'est qu'après avoir parodié un premier mariage, elle n'avait pas vraiment pris conscience que le second ne relevait pas de la même catégorie. Quand on a pissé dans le violon, la musique n'est jamais plus la même.

Durieux relève la tête.

« Tu n'aurais pas quelque chose à boire ?

— Qu'est-ce que tu veux ?

— N'importe quoi. Un alcool.

— Je n'ai pas d'alcool, tu le sais bien. »

Elle va jusqu'à la cuisine, lui rapporte un Ice Tea et s'assied dans le fauteuil en face de lui. Il avale une gorgée puis lève sur elle un œil savamment dépité.

« Donc, comme ça, tu trompais Éric depuis deux ans…

— Tromper ? Alors là, tu m'ôtes le mot de la bouche ! Tu ne crois pas que c'est toi plutôt qui m'as trompée ? Toi, lui, sa mère, vous avez arrangé ce mariage dans mon dos.

— Personne ne t'a forcée, que je sache.

— Ah, forcée, peut-être pas, mais abusée, certainement. Tu m'as fourrée dans les bras d'Éric alors que je n'étais qu'une gamine. Je n'y ai vu que du feu, je ne comprenais pas ce qui m'arrivait. Qu'est-ce que je savais de lui ? Un poseur. Médecin, chirurgien, c'est facile quand on est surdoué. Mais ça ne fait pas de vous quelqu'un de bienveillant, d'attentionné, de délicat. Un cerveau, oui, mais pas de cœur !

— Tu es injuste. Quand tu as demandé le divorce, Éric était effondré. S'il s'y opposait par tous les moyens, c'est parce qu'il tenait à toi. Il ne supportait pas l'idée de te perdre.

— Naturellement ! Il ne voulait pas se priver de son colifichet. Il m'exhibait dans les réceptions comme s'il m'avait gagnée à la distribution des prix avec ses diplômes. Ses confrères me dévoraient des yeux, ils se donnaient du coude, l'air de se dire qu'on ne devait pas s'ennuyer sous l'édredon. Pas un ne m'a jamais demandé si j'avais une opinion sur quoi que ce soit. La potiche parfaite. Quand on quittait la soirée, ils se seraient bien vus à la place d'Éric. Et, franchement, ils auraient été les bienvenus !

Pour ce qu'il m'apportait ! Ses patientes sur la table d'opération avaient autant de plaisir que moi, si pas plus !

— Arrête, je t'en prie ! Garde ces détails sordides pour toi. Ça ne change rien au fait que tu l'as bel et bien trompé.

— Tromper, c'est berner quelqu'un qui ne le mérite pas. Avec Nicolas, je n'ai trompé personne.

— Mais enfin, où l'as-tu repêché, celui-là ?

— Peu importe. Je l'ai retrouvé, c'est tout. »

La façon dont Nicolas a ressurgi dans sa vie, ça ne le regarde pas. C'est arrivé tout à fait par hasard. Ils n'avaient cherché ni l'un ni l'autre à renouer. Nicolas s'est trouvé là, tout à coup, sans crier gare.

Le midi, elle ferme sa boutique de l'avenue Louise jusqu'à une heure. Un beau jour, vraiment un très beau jour, elle avait décidé de prendre sa pause au Jardin botanique. Elle s'est installée sur un banc. À quelque distance, elle voyait une jeune femme blonde qui posait pour un shooting photo, cheveux savamment en pétard, robe fendue entre les seins. Tout en grignotant son sandwich, elle cherchait son prénom, elle l'avait sur le bout de la langue. C'était une chanteuse qui commençait à percer façon très mode, sans nom de famille.

Quant au photographe, elle ne lui avait pas prêté attention, il lui tournait le dos. C'est seulement quand il était allé placer son luxmètre sous le nez de la fille, tandis qu'il revenait sur ses pas, qu'elle avait découvert son visage : Nicolas ! À peine changé depuis l'époque de Saint-Fix, les traits plus saillants tout de même comme pour donner une dernière touche à son visage d'adulte.

Elle s'est levée avec l'intention de s'éclipser. La honte de l'avoir lâché le soir du fameux anniversaire rappliquait avec cinq ans de retard. Mais elle s'est rassise. Le hasard lui offrait peut-être quelque chose qu'elle aurait eu tort de dédaigner. La vie repasse rarement les plats.

Lorsque Nicolas s'est mis à rassembler son matériel, elle s'est approchée. La future vedette lui souriait de toute l'épaisseur de sa grande bouche tartinée de rouge à lèvres. Elle se penchait déjà vers son sac en quête d'un stylo pour lui signer un autographe. Cependant, Nicolas, agenouillé près de l'étui de son réflecteur, venait de la découvrir.

« Candice ? a-t-il demandé, incrédule.

— Oui… »

Sans saluer la chanteuse, qui avait endossé un imper jaune clinquant de peur de passer inaperçue dans la rue, il l'avait emmenée dans un café proche. Une fois assis face à face, la question bateau : « Qu'est-ce que tu deviens ?

— Je suis mariée.

— Ah…

— Et toi ? Tu as quelqu'un ?

— Je suis marié, moi aussi.

— Ça alors… Je n'aurais jamais cru.

— Depuis cinq ans déjà. Malheureusement ma femme m'a quitté.

— Oh…

— Le soir même de notre mariage.

— Nicolas, qu'est-ce que tu racontes ?

— C'est toi, ma femme, Candice. Tu te souviens ? Nous sommes mariés. »

Durieux avale une gorgée d'Ice Tea. Il grimace en s'essuyant les lèvres. Cette boisson un peu âcre est aussi difficile à faire passer que les révélations de Candice. Maintenant il conçoit mieux pourquoi elle avait demandé le divorce. La seule explication de sa fille sur le moment, c'était qu'au bout de deux ans elle ne supportait plus Éric. Pas faits l'un pour l'autre, une erreur dès le départ. Elle ne pouvait tout de même pas vivre sa vie avec quelqu'un qu'elle ne comprenait pas et qui ne la comprenait pas.

Avec sa femme, il avait d'abord exhorté Candice à la patience. Il faut du temps pour se faire l'un à l'autre.

« Ta mère et moi, par exemple, tu crois qu'on n'a pas dû faire des efforts ? Des concessions ? N'est-ce pas, Annette ? »

Encore heureux, Annette acquiesçait.

Il avait rencontré Éric, entre hommes. Est-ce qu'il serait sorti du droit chemin ? Éric lui avait juré que depuis son mariage il ne s'était pas autorisé le moindre dérapage. À l'époque, il l'avait cru. D'après ce que le commissaire Demaret lui a révélé hier à la réception funéraire, Éric s'était drôlement rattrapé dans sa garçonnière ardennaise. Une façon de se venger de l'ingratitude de Candice ? Ignorait-il vraiment que de son côté elle filait le parfait amour avec son minet ? Ça expliquerait.

Quoi qu'il en soit, Éric n'avait jamais envisagé de quitter Candice. Il avait proposé de prendre un peu de distance pour un moment, le temps qu'elle mûrisse. Elle était si jeune. D'où cet emploi à Luxembourg. Il revenait régulièrement à leur appartement de Bruxelles au début du moins, puis à Waterloo, où Candice, sur les instances d'Annette, passait le dimanche.

De ce fait, il contestait l'abandon du domicile conjugal que Candice avait plaidé devant le juge. Si elle n'avait pas fait état d'infidélités d'Éric, c'est qu'elle les ignorait encore. Ou qu'elle préférait qu'il ne lui oppose pas la sienne. Le juge avait reporté l'affaire à six mois. Si Éric n'était pas mort, il en restait deux avant la décision, qui de toute façon ne faisait pas un pli. De nos jours, on divorce pour des queues de cerise.

Quelle bêtise ! Éric gagnait de l'argent à la pelle. Comment Candice pouvait-elle être assez stupide pour renoncer au pactole ? Pour les beaux yeux d'une petite frappe qui n'avait rien d'autre à lui offrir !

« Au fait, il a un boulot, ce Nicolas ?

— Oui, il est photographe de presse.

— Bien, bien… Ça rapporte ?

— Non, pas du tout. »

Durieux soupire.

« Franchement, Candice, je ne comprends pas.

— Tu ne comprends pas quoi ?

— Ce type n'a pas un sou vaillant et tu t'acoquines avec lui.

— C'est bien toi, ça ! L'argent ! Tu n'as jamais imaginé qu'on pouvait vivre pour autre chose que pour l'argent ?

— D'amour et d'eau fraîche ?

— D'amour en tout cas.

— Tu l'aimes et il t'aime ?

— Nous sommes mariés. Grâce à toi, au cas où tu l'aurais oublié.

— Quoi ? Tu veux parler du jeu de rôle pour ton anniversaire ?

— Exactement.

— Tu sais très bien que ce n'était qu'une farce.

— Oui, je l'ai cru aussi. Ou du moins j'ai voulu le croire. Mais maintenant je sais que ce n'en était pas une.

— Candice ! Tu veux rire ?

— Pas du tout. Nous sommes mariés devant Dieu, que tu le veuilles ou non.

— Devant Dieu ! Rien que ça ! Tu n'y crois même pas, à Dieu.

— Qu'est-ce que tu en sais ? En tout cas, si deux personnes s'engagent comme mari et femme en présence de témoins, cela suffit pour qu'ils soient mariés aux yeux de Dieu. Nicolas me l'a expliqué. Et je le crois.

— Photographe et théologien !

— Moque-toi !

— Et, concernant ton mariage avec Éric, qu'est-ce que Dieu a décidé ?

— Ce mariage ne compte pas. Il ne pouvait pas compter puisque j'étais déjà mariée.

— Ça t'avait échappé quand tu as épousé Éric ?

— Tu as raison, c'est Nicolas qui m'a fait revenir à la réalité. Lui n'a jamais cessé de m'aimer, de m'être fidèle. Il savait qu'on se retrouverait tôt ou tard. Maintenant c'est fait. Et si Éric est mort, excuse-moi, mais je ne peux pas m'empêcher d'y voir un signe du destin qui m'a toujours gardée pour Nicolas. »

Le mot de « destin » est accouru de lui-même à ses lèvres. Dire qu'il y a quelques instants seulement elle se demandait si Nicolas n'avait pas liquidé Éric ! Un crime passionnel qui ravalerait leur idylle à la rubrique des chiens écrasés. Quand même, le destin, voilà qui a une tout autre allure ! Elle n'est pas peu contente de sa trouvaille.

Et comme pour clore la discussion, tout à coup, la sonnerie de l'interphone résonne. Aussitôt Candice s'arrache à son fauteuil.

« Papa, il faut que tu t'en ailles. C'est sûrement Nicolas.

— Pourquoi est-ce que je m'en irais ?

— Je ne veux pas d'histoires. Fais-moi plaisir, laisse-nous !

— C'est ce qu'on va voir ! Je suis ton père. Justement, j'ai deux mots à lui dire, à cet imposteur. »

L'interphone insiste. Il faut qu'elle décroche.

« Nicolas, c'est toi ? S'il te plaît, ne monte pas. Mon père est ici. Repasse demain. Je t'aime. »

Le mot de trop. Durieux quitte le canapé, en deux enjambées il la rejoint et lui arrache le récepteur des mains.

« Viens donc si tu es un homme ! Je t'attends. »

Il lui ouvre le hall. Candice est aux cent coups.

« Je t'en prie, papa, pars avant qu'il n'arrive.

— Pas question. »

Durieux se plante au milieu de la pièce, les bras croisés. Candice se précipite sur le palier. Elle entend l'ascenseur qui gémit. Elle pourra peut-être encore dissuader Nicolas d'entrer. Mais, dès qu'il se trouve devant elle, elle comprend que c'est inutile : il ne battra pas en retraite. Il suffit de voir ses yeux : il est aussi déterminé que l'est son père.

« Ne t'inquiète pas, Candice, il ne me fait pas peur. De toute façon, il fallait qu'on s'explique un jour ou l'autre. »

Il entre dans l'appartement, où son adversaire se campe toujours devant le canapé. Aussitôt, Durieux attaque comme un molosse : « Alors, c'est à cause de toi, petit imbécile, que Candice voulait divorcer !

— Vous vous trompez. Ce n'est pas à cause de moi, c'est à cause de vous qu'elle devait se défaire de Vanloo. C'est vous qui l'avez empêtrée dans ce mariage absurde.

— Je te signale qu'elle était d'accord.

— Vous lui aviez bourré le crâne. Autrement...

— Autrement quoi ? Toi ? Elle t'avait oublié, mon petit !

— C'est vous qui le dites.

— Est-ce qu'elle avait cherché à te revoir ?

— Vous m'aviez chassé, vous m'aviez menacé si je la revoyais. Elle a eu peur.

— Allons ! Tu n'as jamais été qu'une bluette d'adolescente pour elle. "J'y pense et puis j'oublie" ! Seulement, il a fallu que tu viennes la relancer. Tu sais comme elle aime jouer : ce n'est pas à toi qu'il faut l'expliquer. Eh bien, tu lui as offert l'occasion d'un nouveau divertissement tout à fait excitant : le vaudeville de la petite-bourgeoise à peine mariée qui s'ennuie, qui va repêcher un amant dans le caniveau et qui l'y laissera retomber bientôt. Ce n'est pas plus compliqué que ça !

— Papa ! Comment peux-tu inventer des horreurs pareilles ! »

Candice s'accroche au bras de Nicolas. Ses yeux s'embuent de larmes.

« Laisse, Candice, tempère Nicolas, toujours aussi calme.

— Et toi, insiste Durieux, comme un gros niais tu es tombé une nouvelle fois dans le panneau. Peut-être même que tu as pris ton rôle tellement à cœur que tu t'es laissé entraîner de la comédie au pathétique. Pour toi, Éric était l'empêcheur de danser en rond. Qu'est-ce que l'amant fait du mari embarrassant dans les mélodrames, hein ? »

Il passe la main sous sa gorge, l'index tendu comme le tranchant d'une lame.

« Ne vous aventurez pas sur ce terrain, monsieur Durieux. Vous risquez de cracher contre le vent.

— Ah oui ? Qu'est-ce que tu insinues ?

— Benoît Michiels, ça vous dit quelque chose ?

— Rien du tout.

— Mais si, vous voyez très bien de qui je veux parler. Un journaliste d'investigation. Un ami à moi, figurez-vous. Il a enquêté sur quelques magouilles dans les intercommunales auxquelles vous et le regretté père de Vanloo apparteniez. Ne me dites pas que vous n'êtes pas au courant.

— Des calomnies dignes de ce fouille-merde.

— Il lui suffirait de quelques témoignages pour transformer ces calomnies en révélations puis en poursuites. Vanloo fils aurait pu lui donner un fameux coup de pouce s'il était au courant. Et s'il l'était, peut-être vous a-t-il menacé de rencontrer Michiels pour vous encourager à dissuader Candice de divorcer ? Qui Vanloo gênait-il le plus ? Vous ou moi ? Le divorce, Candice était sur le point de l'obtenir d'ici deux mois, vous le saviez parfaitement. Et à ce moment, par vengeance, votre ex-beau-fils aurait pu…

— Ça suffit ! Je t'interdis…

— À propos, personne ne vous a jamais demandé où vous vous trouviez dimanche après-midi, monsieur Durieux ? »

13.

Finalement, le rendez-vous du commissaire Demaret avec la juge d'instruction Vandewalle a été reporté à jeudi matin. Mercredi soir, lorsque Demaret lui a téléphoné pour l'avertir qu'il arriverait en retard parce que son entrevue avec le vétérinaire Warland s'était prolongée jusqu'à dix-huit heures trente, la juge lui a demandé s'il y avait urgence.

« Non, pas vraiment.

— Rien de décisif encore ?

— Décisif, non.

— Voyons-nous demain dans ce cas. À neuf heures ?

— Très bien. »

Par cette magnifique soirée de juin, elle n'était pas fâchée de quitter son bureau, qui empestait la sueur de l'inculpé qu'elle venait de cuisiner pour une autre affaire – effet plus de son stress que de la chaleur : il mentait comme un arracheur de dents.

À propos de cuisine, une surprise l'attendait à son retour à la maison. Jean, son mari, était rentré plus tôt de la banque luxembourgeoise où il « gagne sa vie », comme on dit, encore qu'il la perde plutôt malgré son salaire mirobolant, et il avait préparé le souper. Au menu, jambon cru sorti tout droit du saloir de la ferme voisine, salade de sa composition – laitue, céleri, radis, carottes, tous produits de son potager, sa passion avec la pêche – et, pour s'humecter le gosier, un chablis premier cru.

Ils ont mangé sur la terrasse, jusqu'au moment où les chauves-souris ont décollé de derrière les persiennes et se sont mises à faire des loopings autour d'eux. Évidemment Mme Vandewalle ne croit pas à la légende de ces volatiles qui s'accrochent dans les cheveux. N'empêche qu'elle préfère rentrer quand elles sortent.

À neuf heures, leur fils, qui vit à Londres, a donné son coup de fil hebdomadaire. Rien de spécial : *business as usual.* Après quoi ils ont fait un petit tour sur le site de leur agence de voyages. Ils prennent l'avion mardi prochain. Plus que six fois dormir.

Cette année, ils visitent l'Arménie, églises, forteresses, caravansérails, etc. Le programme du séjour est détaillé heure par heure pratiquement. Photos, vidéos, musique. Même la guide française apparaît dans un clip de bienvenue à l'accent délicieux. D'où la boutade de Jean, qui a demandé si après tout cet étalage c'était encore la peine de se rendre sur place. Pour sa part, Mme Vandewalle le sait, il aimerait mieux rester à la maison, sarcler ses légumes, écraser les doryphores entre ses doigts et piéger les limaces dans des pots de yaourt remplis de bière. Elle n'a pas trop apprécié la taquinerie. Un peu fâchés, ils se sont couchés à l'auberge du cul tourné.

L'humeur de la juge s'en ressent encore quand Demaret pénètre dans son bureau. Quelques effluves échappés des aisselles du menteur de la veille flottent toujours dans l'air. Depuis on ne sait plus combien de temps, l'unique fenêtre du local ne s'ouvre plus, ce qui fournit au greffier de Mme Vandewalle venu prendre les directives de la journée sa boutade de saison : « Ici, même la fenêtre est condamnée. »

Cela naturellement derrière son dos, à destination des policiers qui convoient les inculpés, par exemple. Ce genre d'humour ne convient qu'entre personnes qui, comme lui, n'endossent aucune responsabilité. Ceux qui détiennent le pouvoir exorbitant de pourchasser leurs semblables, de leur tirer les vers du nez, de les traîner devant les juges lui inspirent trop de révérence pour qu'il plaisante en leur compagnie.

Mme Vandewalle lui dit qu'il peut disposer. C'est à peine s'il sourit à Demaret. Le commissaire lui semble d'autant plus redoutable que sa silhouette de paysan engoncée dans son blouson lui confère un air tout à fait inoffensif. Et Mme Vandewalle, avec ses petits tailleurs d'hôtesse d'accueil, qui croirait à première vue qu'elle peut vous mettre en cabane d'un simple claquement de doigts ? Eux-mêmes probablement, par la force de l'habitude, accomplissent leur tâche sans qu'ils songent plus à sa cruauté que le mari de la juge lorsqu'il installe un piège à mulots dans son potager.

« Alors, monsieur Demaret, entame Mme Vandewalle, où en sommes-nous de nos investigations ? »

Elle le considère par-dessus les lunettes de lecture qu'elle a chaussées en ouvrant le dossier Vanloo sur son PC.

« Pour commencer, le docteur Vanloo, décédé dimanche entre quinze et dix-sept heures, a succombé à trois coups de couteau, dont un a atteint le cœur. Les détails de l'autopsie figurent dans le rapport que le légiste vous a communiqué par courriel.

— Une seconde, je vérifie... Ah, voilà... Ça vient de Philippe Boxho.

— C'est ça.

— Le meilleur... Ensuite ?

— L'arme du crime n'a pas été retrouvée. Selon le professeur Boxho, il s'agit d'un couteau genre poignard, une lame longue de vingt centimètres à tranchant simple arrêtée par une garde. Donc pas un instrument déniché dans la pièce où le meurtre a été commis, mais l'arme de quelqu'un venu avec l'intention d'exécuter proprement sa victime.

— Préméditation ?

— Je pense.

— D'autres indices ?

— Pas grand-chose. Aucune empreinte utilisable. Au sol, quelques menues traces de saletés, graminées, paille, des débris sans signification à la campagne. Ils peuvent s'expliquer par les allées et venues des époux Brasseur sur la scène du crime. Mes hommes passent au peigne fin toutes les pièces. Ils terminent ce matin, mais je crains que ces perquisitions ne mènent à rien. »

Demaret laisse la juge tapoter quelques instants sur son clavier. C'est commode, ces interruptions lui laissent le temps d'organiser son exposé point par point.

« Bien, bien, opine Mme Vandewalle, ses deux doigts dactylographes en suspens, ce sera tout pour les éléments matériels ?

— Directement, oui. Indirectement, il y a une circonstance à examiner. Il s'agit du problème de la porte d'entrée fermée à clé. Selon ses déclarations, vous vous en souvenez, Mme Brasseur a trouvé la porte close à son arrivée lundi matin. Par ailleurs, le verrou de la porte de derrière était poussé et nous n'avons découvert aucun indice d'effraction aux fenêtres. Or la clé de Vanloo était posée sur le petit meuble vestiaire du couloir. On peut donc en conclure que le meurtrier possédait un double.

— Meurtrier ou meurtrière.

— Cela va de soi, madame la juge. Si cela doit contribuer au triomphe de la vérité, vous pouvez féminiser mentalement tous les masculins que j'emploie.

— D'accord. »

Ce léger mouvement d'humeur chez Demaret lui tire un sourire. Elle en oublierait quasi le déplaisir que lui a causé Jean hier soir. Pour se débarrasser de sa propre irritation, rien de tel que d'irriter quelqu'un qui n'en peut mais.

« Tout de même, reprend-elle avec une bienveillance appuyée, vous ne trouvez pas curieux qu'après avoir égorgé un homme, le tueur prenne soin de refermer la porte à clé ?

— En effet, cela peut paraître bizarre à première vue. Si le tueur a refermé la porte, à mon avis c'est parce qu'il l'avait trouvée telle quelle à son arrivée.

Il est entré, a réglé son compte à Vanloo, puis a refermé machinalement en repartant. Les assassins s'efforcent toujours de laisser les lieux dans l'état où ils les ont découverts avant leur forfait. C'est instinctif, même si, en l'occurrence, c'était une maladresse puisque cela nous fournit la preuve que l'auteur du crime avait un double. Quand on a du sang frais sur les mains, j'imagine qu'on ne réfléchit plus très juste.

— Très intéressant, monsieur Demaret, oui, vraiment. »

La juge retourne à son ordinateur. Demaret savoure son compliment, il regrette un peu de s'être énervé quand elle a chicané sur le genre de « meurtrier ». L'épidémie de féminisation qui contamine même la justice lui donne de l'urticaire.

« Reste tout de même, relance Mme Vandewalle, la possibilité que Mme Brasseur se soit trompée : la porte était peut-être ouverte malgré tout.

— Dans ce cas, je serais fort étonné qu'elle ne l'ait pas remarqué, puisque le lundi matin Vanloo est absent quand elle vient faire le ménage. Donc, chaque fois, elle doit mettre sa clé dans la serrure. Raison pour laquelle elle a un double et que, de son côté, Vanloo ne laissait pas la clé sur la porte. Il la déposait sur le meuble du corridor.

— Ah mais alors, du même coup, cela fait d'elle une suspecte.

— Franchement, je suis incapable de la soupçonner. Je dirais même que son témoignage la disculpe. À supposer qu'elle ait tué Vanloo, elle aurait certainement prétendu que la porte était ouverte, sachant qu'étant en possession d'un double on l'aurait suspectée si elle était fermée.

— Encore une fois, bien raisonné, commissaire ! »

La juge lui accorde une moue apparemment admirative, mais trop appuyée pour qu'il n'y sente pas de l'ironie. Elle réfléchit un moment puis, tout à coup ajoute : « De toute façon, pour dimanche après-midi, elle a un alibi, je présume ?

— Je n'ai pas vérifié.

— Tiens donc !

— Je m'y emploierai aujourd'hui.

— Très bien… »

Elle avance le menton, satisfaite de l'avoir pris en défaut, et repasse à son écran. Le temps pour Demaret, un peu désarçonné, de retomber sur ses pieds. Elle ne perd rien pour attendre : il va lui fourrer la vraie piste sous les yeux. Les arguments déjà se mettent en rang dans sa tête. Après ça, elle conviendra elle-même que cette pauvre Mme Brasseur n'avait pas besoin d'alibi.

La juge revient à lui avec un large sourire : « Si nous excluons Mme Brasseur, qu'est-ce que nous allons nous mettre sous la dent maintenant, commissaire ?

— Justement, madame la juge, le plat de résistance ! J'y viens. »

Il est content : une étincelle de curiosité s'est allumée dans les yeux de Mme Vandewalle.

« Vanloo avait une maîtresse, une maîtresse du moment, je précise – il semblait collectionner les conquêtes.

— Il était marié si je ne m'abuse.

— Exact, sa femme est venue identifier le corps. Une sorte de poupée, très jeune, qui donne une idée des goûts de son mari. Il en était fatigué sans doute et elle tout autant, puisqu'ils étaient en instance de divorce. C'est le père de l'épouse qui me l'a confié.

— Eh bien, ça lui fera une épine hors du pied, à cette femme. La maîtresse, vous l'avez déjà interrogée ?

— Oui. Lynn Warland, la trentaine, épouse de Mathias Warland, vétérinaire de campagne. Ils habitent à une quinzaine de kilomètres de Fontenal. Mère de quatre enfants. Elle s'occupe de l'agenda, des factures, tout le côté administratif du boulot de son mari. Pas très excitant. À la longue, elle dépérit, rencontre Vanloo et tombe dans son lit.

— Dites donc, c'est d'un romantisme !

— Je condense évidemment. Le jour de la mort de Vanloo, elle est venue le voir l'après-midi. Ce rendez-vous devait être le dernier, ils étaient en pleine rupture, d'un commun accord d'après elle – ce dont je doute. Passons. Là où ça devient vraiment intéressant, c'est qu'elle possédait un double de la clé de la porte d'entrée.

— Ah… Vous pensez que c'est elle qui a fait le coup ?

— Théoriquement possible.

— Oui : Vanloo ne voulait plus la voir, il avait bouclé sa porte. Elle l'ouvre, le frappe avec son poignard de girl-scout quand il a le dos tourné, referme et s'en va. Simple comme bonjour, commissaire !

— Je pourrais même ajouter : compatible avec son emploi du temps. Elle s'est rendue au presbytère vers quatorze heures et, de l'aveu même de son mari que j'ai interrogé hier soir, elle n'est rentrée qu'entre seize heures trente et dix-sept heures.

— Donc dans le minutage du légiste.

— Tout à fait, mais ce serait peut-être aller un peu vite. Elle a pu quitter Vanloo toujours en vie vers quinze heures. Une heure d'entrevue quand on n'a plus rien à se dire, c'est déjà pas mal. Ensuite, elle s'est réfugiée quelque part pour pleurer tout son soûl loin de son mari.

— Théoriquement possible, comme vous le dites, commissaire !

— Si vous aviez parlé avec cette femme comme je l'ai fait moi-même, je suis convaincu que vous seriez du même avis que moi : ce n'est pas une criminelle. Une sorte d'Emma Bovary, d'accord, mais comme Emma, plutôt que de tuer son amant, elle se serait tuée elle-même. Pour faire la peau à Vanloo, il a fallu quelqu'un d'une autre étoffe.

— N'empêche que personne d'autre n'avait la clé. Et cette clé décidément me semble bien la clé de toute l'affaire.

— Vous ne pouviez pas mieux dire ! Justement, j'ai de bonnes raisons de penser que, dimanche, notre Lynn Bovary n'avait pas la clé.

— Ah… Expliquez-moi ! »

Cette fois, le commissaire sent qu'il tient la juge en haleine. Elle ne s'est pas donné la peine de noter le scénario du crime dû à la maîtresse éconduite. Deux barres se sont creusées entre ses sourcils aussi nets que son tailleur.

Demaret attaque posément : « Hier matin, quand je lui ai demandé de me donner cette fameuse clé, elle a réussi à m'en fourguer une autre, qui évidemment n'entrait pas dans la serrure du presbytère. C'est Warland hier soir qui m'a remis la bonne clé en prétextant que sa femme s'était emmêlé les pinceaux.

— Possible, non ?

— Difficile de croire qu'elle ait pu confondre cette clé avec une autre, sachant ce qu'elle représentait à ses yeux.

— Admettons… Conclusion ?

— C'est Warland qui disposait de la clé. Comment ? À mon avis, il l'avait subtilisée à sa femme. Sinon, quand je la lui ai réclamée, elle n'aurait pas mis cinq bonnes minutes à la chercher. Elle-même se demandait où elle était passée.

— Mais elle en avait eu besoin dimanche.

— Je ne pense pas. Elle ne s'en servait que lorsque Vanloo était absent, pour ne pas faire le pied de grue avant qu'il arrive. Dimanche, elle savait qu'il était là. Il l'attendait. Il l'avait prévenue, il voulait qu'ils se séparent. C'est ce qu'elle m'a dit elle-même ou à peu près, sauf qu'elle a essayé de me faire avaler qu'ils étaient d'accord.

— Pourquoi pas ?

— Warland m'a décrit l'état de sa femme à son retour dimanche. Complètement ravagée. Pas du tout la résignation de quelqu'un qui se voyait au bout de l'aventure. Quand elle est allée à son rendez-vous l'après-midi, Warland avait déjà compris à son attitude qu'elle était sur le gril à l'idée de ce qui était en train de se passer. Il est parti sur les traces de sa femme et, lorsqu'elle a quitté Vanloo, il est allé se venger de son rival. Pour un vétérinaire, ce n'était pas plus difficile que d'abattre un cheval estropié.

— Encore faudrait-il prouver qu'il s'est rendu là-bas.

— Précisément, il m'a tendu le bâton pour le battre ! Il m'a confié lui-même qu'il était allé à Fontenal l'après-midi, soi-disant pour une visite professionnelle. Chez Brasseur – le monde est petit ! Après sa visite, il a poussé jusqu'au presbytère et il a couché Vanloo sur le carreau. Pendant ce temps-là, sa femme achevait de boire le calice sur une aire de l'autoroute ou ailleurs. L'affaire faite, il est rentré et elle l'a trouvé à la maison à son retour.

— Dites donc, commissaire, quel script ! Une logique implacable. Vous devriez écrire des polars !

— Dieu m'en préserve !

— En revanche, pour le roman psychologique, vous me semblez moins doué. Pourquoi Warland aurait-il éliminé son concurrent alors que tout était fini ?

— Je m'attendais à votre objection. L'objection d'une femme, si vous me permettez. Pour un homme comme Warland, une vraie armoire à glace, c'était une question d'honneur que de montrer à Vanloo que, s'il avait laissé la bride sur le cou à son épouse, il n'était pas pour autant le dégonflé qu'il s'était imaginé.

— Oui, vu sous cet angle… Mais il reste toujours cette histoire de porte close. Pourquoi, son forfait commis, avoir refermé à clé ?

— On peut penser que Vanloo lui-même s'était enfermé après le départ de sa maîtresse, de peur qu'elle ne lui ait joué la scène de la fausse sortie avant de rappliquer pour le relancer. Dans ce cas, Warland a utilisé la clé pour entrer et il a resserré en s'éloignant, instinctivement, comme je vous l'ai expliqué. »

La juge hoche la tête et demeure un moment pensive, à la recherche d'une objection sans doute. Mais finalement, du bout de l'index, elle remonte ses lunettes sur son nez et se met à transcrire la démonstration du commissaire. Lui s'attend, aussitôt qu'elle aura fini, à ce qu'elle lui décoche la flèche du Parthe. Aussi, dès qu'elle pivote de nouveau de son côté, il prend les devants : « Vous me direz que mon hypothèse nécessite quelques recoupements. Je m'en occupe évidemment. Je vais passer chez Brasseur. Il faut qu'il me précise à quelle heure Warland est arrivé chez lui dimanche et quand il est reparti. J'en profiterai pour vérifier l'alibi de sa femme, si vous y tenez.

— Deux précautions valent mieux qu'une.

— Tout à fait. Ensuite, je compte rencontrer Maureen.

— Qui ?

— Maureen Fox, la cousine de Mme Warland, qui a gardé les enfants pendant l'absence du vétérinaire. Je ne vous l'ai pas dit ?

— Non.

— Warland m'a signalé qu'il l'avait appelée avant de s'en aller chez Brasseur. Elle pourra, je l'espère, m'indiquer à quel moment il est revenu. Entre Fontenal et son domicile, il y a un quart d'heure de route. J'y suis allé hier. S'il a mis disons une demiheure de plus que nécessaire à partir de chez Brasseur pour regagner ses pénates – le temps de liquider

Vanloo –, alors vous aurez de sérieuses raisons de le convoquer.

— L'idéal serait de trouver des traces de son passage au presbytère.

— Je vais voir avec les experts si on peut escompter quelque chose. Personnellement j'en doute. Warland n'est pas né de la dernière pluie, il a certainement pris toutes ses précautions.

— D'accord. Cette Maureen, vous pouvez la joindre encore ce matin ?

— Je préférerais patienter jusqu'à seize heures, si vous n'y voyez pas d'inconvénient. J'ai déjà les coordonnées de l'école qu'elle fréquente. Je ne tiens pas à l'embarrasser en la cueillant à la sortie.

— Bon… Eh bien, tout cela me semble bien engagé. Si les pièces de votre puzzle s'emboîtent, je pourrai auditionner Warland dès aujourd'hui. Nous allons mettre les bouchées doubles. Je pars en vacances mardi, il faut boucler cette histoire avant. Nous faisons l'Arménie cette année, vous connaissez ?

— Non, pas du tout.

— Vous partez aussi cet été, commissaire ?

— Pas avant d'avoir terminé cette enquête de toute façon.

— Soyons optimistes ! Des projets ?

— Rien de particulier.

— L'Italie, comme d'habitude, chez votre épouse ?

— C'est ça. »

Trente-cinq minutes plus tard, le commissaire aborde Fontenal par le haut du village. Avant de descendre chez Brasseur, il fait une halte au presbytère. Deux voitures de police stationnent devant les piliers de l'entrée. Un homme est penché sur le coffre de l'une, où il range un bac en plastique dans lequel on emporte les objets à analyser en labo.

« Quelque chose d'intéressant ? demande Demaret.

— Là-dedans, ça m'étonnerait. Allez plutôt voir Collard à la cuisine, chef », répond le type.

Dans le corridor, le commissaire renifle l'odeur du café. Collard, l'inspecteur qui coordonne les investigations sur place, et un jeune flic sont assis face à face à la table devant leur tasse de jus. Entre eux, sur la toile cirée, dans une pochette perforée transparente, un document que Demaret identifie immédiatement : une lettre anonyme composée de mots découpés dans un journal.

Le jeune flic se lève, tandis que Collard se contente de prononcer avec une moue amusée : « Trouvaille de dernière minute, Charles ! »

Lui et Demaret font équipe depuis des années. Le commissaire se penche et lit :

EXPULSE LA FEMME DU VÉTÉRINAIRE OU ✝

14.

« Où avez-vous déniché ça ? » demande Demaret. Collard aurait pu craindre un mouvement d'humeur : trois jours de fouille pour qu'une possible pièce à conviction se manifeste ! Mais, au ton de la question, il sent que le commissaire n'est pas fâché. Pas content non plus. Perplexe seulement.

Demaret a sa méthode, Collard la connaît. Le chef l'appelle « le système du rond-point ». Ça ne sert à rien de tourner indéfiniment autour du rond-point à se demander quelle artère il faut emprunter. Demaret en choisit une, « au pifomètre » comme il dit, et il la parcourt jusqu'au bout. S'il tombe sur un cul-de-sac, il revient sur ses pas et essaie la suivante.

En l'occurrence, il s'est sûrement engagé sur une piste, mais il ne sait pas encore si le papier qu'il a sous les yeux va dans la même direction. Collard lui-même est curieux de l'apprendre.

« On l'a trouvé dans le poêle du séjour, dit-il.

— Le petit poêle devant la cheminée ?

— C'est ça.

— Vous avez attendu aujourd'hui pour l'examiner ?

— Charles ! Non, bien sûr. On l'avait inspecté évidemment. Si tu l'as remarqué, c'est un poêle à charbon, il ne servait plus depuis Mathusalem. Ça s'ouvre par-devant. On n'avait rien trouvé, ni sur la grille ni dans le bac à cendres. En refaisant un dernier pointage ce matin, je me suis rappelé que ces vieux machins se chargeaient par la gueule. Le charbon se déverse dans une trémie qui rétrécit vers le bas. La lettre anonyme était restée coincée de travers, au-dessus.

— Pas chiffonnée ?

— Non, telle que tu la vois. »

Demaret ballotte un peu la tête. Ce détail plaide déjà pour son idée de la rupture entre Vanloo et sa maîtresse. Si Vanloo en avait été réellement affecté, il aurait réduit la lettre en boule avant de l'éjecter. Là, il l'a écartée posément. Il aurait pu l'envoyer dans la corbeille à papier au pied du petit bureau devant la fenêtre, mais sûrement il ne voulait pas que Mme Brasseur la trouve quand elle ferait le ménage.

Demaret se penche un peu plus.

« La feuille était pliée en quatre, on voit les plis.

— Exact.

— Donc il doit y avoir une enveloppe.

— On ne l'a pas trouvée. Les deux qu'on a découvertes, c'étaient celles des factures d'eau et d'électricité.

— Curieux qu'il l'ait fait disparaître alors qu'il a gardé le contenu.

— Peut-être qu'il n'y avait pas d'enveloppe du tout. L'expéditeur a pu la déposer comme ça dans la boîte aux lettres.

— C'est juste. Dommage... Avec une enveloppe, on avait une chance de l'identifier.

— On peut rêver, Charles. »

Il n'y a que dans les séries à la télé que les corbeaux collent les enveloppes avec la langue afin que les labos puissent réaliser l'analyse ADN de leur salive. Dans la réalité, ils utilisent des modèles avec rabat autocollant comme tout le monde. Collard n'a pas besoin de le rappeler à Demaret. L'analyse dite « scientifique » se résumera à déterminer dans quel support les mots ont été découpés. Si encore ils venaient d'un journal qui ne compte qu'un seul abonné dans le canton ! Mais bien entendu ils sortent presque à coup sûr de la feuille de chou régionale qui traîne dans toutes les maisons. La croix vient d'un avis nécrologique.

Qui a bien pu fabriquer cet avertissement ? Warland ? Invraisemblable. Si c'est bien lui qui a éliminé son rival, il n'aurait pas mis sa menace à exécution au moment où Vanloo justement venait d'y céder. « Expulse », en outre, comporte une nuance de violence qui détonnerait chez un mari toujours amoureux. On s'attendrait plutôt à « Laisse » ou « Lâche », « Quitte » : une rupture sans douleur pour sa femme.

Qui alors ? Quelqu'un qui ne supportait pas la liaison de Vanloo avec Lynn. Une ancienne maîtresse ? Une femme jalouse ? Ces exaltées ont plutôt l'habitude de se manifester que de se réfugier dans l'anonymat. Quelqu'un que le scandale éclaboussait dans la famille de Lynn ? Possible...

En attendant, l'ultimatum a porté ses fruits. Vanloo a mis un terme à l'aventure. Il ne voulait pas s'embêter plus longtemps avec des péquenauds irascibles pas au courant de la libération sexuelle.

N'importe comment, le chantage ne remet pas en cause l'hypothèse de la vengeance du mari. Simplement, l'auteur a précipité la rupture que le vétérinaire attendait pour rendre à Vanloo la monnaie de sa pièce.

« Bon, essayez de voir d'où sort cette bafouille, conclut Demaret, mais ce n'est pas la peine de trop se casser la tête, ça ne nous aidera pas beaucoup.

— D'accord, Charles. Tu ne veux pas un peu de café ?

— Merci, je descends chez les Brasseur, je serai déjà obligé de boire un coup sur place. »

Cinq minutes plus tard, il se range dans la cour de la ferme. Le malinois couché au soleil devant sa niche se redresse et s'approche, sans se fatiguer à donner de la voix. Il semble plus intéressé à renifler les pneus de la voiture qu'à l'annoncer. Demaret lui passe les doigts sur le crâne, le chien lui emboîte le pas. La porte du corps de logis est grande ouverte. Pas de sonnette. Demaret entre.

« Il y a quelqu'un ? »

Pas de réponse. Il pousse jusqu'à la pièce au bout du corridor : la cuisine. Personne. Le Thermos redouté trône sur un coin du fourneau. Il ressort et retrouve le malinois en attente sur le seuil. Un bruit de martèlement métallique parvient jusqu'à lui depuis l'arrière des bâtiments. Il traverse l'allée centrale de l'étable. Dans un box, un petit veau somnole. De l'autre côté, devant un hangar, Brasseur dans une salopette pareille à celle qu'il portait lundi est occupé à réparer une toupie de sa faneuse. Il se tourne vers l'arrivant, son marteau à la main. L'espace d'un éclair, Demaret l'imagine en tueur. Si la conjecture n'était pas totalement absurde, il ferait l'affaire. Plus de première jeunesse mais vert encore, les traits farouches tout de suite, avant de se radoucir quand il reconnaît le commissaire.

« Vous me remettez, monsieur Brasseur ?

— Oui.

— J'allais repartir, heureusement que je vous ai entendu. Je suis allé jusqu'à la cuisine, il n'y avait personne.

— Ma femme est à l'auberge du Vieux Moulin. Le jeudi, elle fait les chambres pour le week-end.

— De la casse ? »

Demaret désigne la pièce que Brasseur remboîte à coups de marteau.

« J'ai dû choper une pierre.

— Vous avez encore du foin par terre ?

— Ça se termine.

— Je ne vais pas vous retenir. Dites-moi, votre vétérinaire, c'est Warland ?

— Exact.

— Il est venu ici récemment ?

— Cette semaine, oui, pour une césarienne.

— Quel jour ?

— Lundi… Non, dimanche.

— Le matin ?

— Après midi. J'avais un vêlage qui se présentait mal. Je l'ai appelé.

— Au téléphone ?

— … Forcément.

— Sur son GSM ?

— Non, chez lui.

— À quelle heure ?

— J'ai fait ma sieste, puis j'ai entendu la vache meugler. Il devait être deux heures un peu passées.

— Il est arrivé directement ?

— Oui. Un quart d'heure après, il était ici.

— Quand est-il reparti ?

— Le temps de faire la césarienne. Ça nous met à trois heures et demie, quatre heures. »

Demaret aurait préféré une visite plus courte, qui donne à Warland davantage de latitude pour passer au presbytère avant de rentrer. Ça ne l'arrange pas.

Peut-être Brasseur a-t-il remarqué une ombre d'insatisfaction sur son visage, car il demande : « Un problème ?

— Non, non, ça va.

— Warland ? Il y a quelque chose qui cloche avec lui ?

— Rien de particulier. La routine. Nous vérifions l'emploi du temps de toutes les personnes en relation avec la victime. J'ai rencontré votre vétérinaire hier, il m'a dit qu'il était venu chez vous dimanche.

— Pour ce qui est des "relations avec la victime", comme vous dites, ce n'est pas à sa femme plutôt que vous devriez vous adresser ? Je ne vous apprends rien, je suppose : tout le village sait qu'elle s'envoyait en l'air avec ce cochon, on a dû vous informer. Ça n'empêche que vous vous fourrez le doigt dans l'œil si vous vous imaginez que Warland est mêlé à cette histoire.

— Ah ? Pourquoi d'après vous ?

— Parce que Mathias n'est qu'une couille molle. S'il avait un peu de cran, il y a beau temps qu'il aurait botté le cul à Vanloo.

— Possible. Je ne vais pas vous retarder, on annonce de la pluie pour la fin de la semaine. »

Le malinois, qui s'était assis à côté de Demaret, repart avec lui, comme s'il s'imaginait faire partie de la brigade canine. Brasseur le rappelle : « Tom ! Viens ici ! »

Mais Tom, plein de l'illusion de quitter son modeste emploi de chien de vaches, préfère déjà le commissaire. Demaret s'arrête et lui enjoint doucement : « Va, va, Tom ! » Le chien lève sur lui un œil de reproche et amorce un demi-tour vers Brasseur.

« À propos, demande Demaret qui s'est retourné en même temps que lui, votre femme était ici également quand Warland est venu pour la césarienne ?

— Ma femme ?

— Oui.

— Dites donc, vous n'allez pas soupçonner ma femme tout de même !

— Ne vous énervez pas, ce n'est qu'une question de principe.

— Eh bien non, elle n'était pas là.

— Où était-elle dans ce cas ?

— Elle faisait la plonge au Vieux Moulin, comme tous les dimanches. Si ma parole n'est pas assez bonne pour vous, allez le demander sur place !

— OK, merci, monsieur Brasseur. Tom, allez, allez, va voir papa ! »

Pour inciter un flic à vérifier une assertion, rien de tel que le genre de défi lancé par Brasseur. Demaret ne se serait sans doute pas donné la peine de s'arrêter à l'auberge du Vieux Moulin, une centaine de mètres plus bas, si le fermier n'avait pas pris la mouche à propos de sa femme. Derrière la provocation, il y a toujours un malaise.

Il s'avance jusqu'au parking aménagé à l'arrière des bâtiments, où il ne risque pas de gâcher le cachet de l'hôtel au bord de la rivière. À l'entrée, à côté des recommandations du *Michelin*, du Touring Club et de la société de pêche Le Chabot, il lit : « Ouvert du vendredi au lundi ». Nonobstant, la porte n'est pas close. À la réception, une grande femme courbée sur son ordinateur tourne la tête.

« Nous sommes fermés, monsieur ! »

Demaret sort sa carte de légitimation. Malgré les années, le geste lui procure encore une certaine jouissance, quoiqu'un peu honteuse.

« Commissaire Demaret, madame.

— Ah…

— Vous êtes la patronne ?

— Pour vous servir.

— J'enquête sur la mort du docteur Vanloo.

— Je m'en serais doutée.

— Est-ce que Mme Brasseur est ici ?

— Oui, elle prépare les chambres pour le week-end.

— J'aimerais lui parler deux minutes si ça ne vous dérange pas. »

Froncement des sourcils de la patronne.

« Rien de grave pour Alice, j'espère ?

— Non, ne vous faites pas de souci. Dites-moi déjà : dimanche après-midi, elle était en service chez vous ?

— Tout à fait. Elle s'est occupée de la plonge jusqu'à dix-huit heures.

— Elle ne s'est pas absentée ?

— Vous n'y pensez pas ! Nous étions complets. Elle est seule, je vous assure qu'elle n'a pas une minute à perdre.

— Parfait. Si vous pouviez l'appeler maintenant.

— J'y vais tout de suite. Asseyez-vous. Je peux vous offrir quelque chose ? Un café ?

— Euh… capsule ?

— Commissaire ! Nous sommes une maison respectable. Un vrai expresso : vous m'en direz des nouvelles. »

Elle se retire, il se porte jusqu'au coin salon, mais il ne s'assied pas. Il se plante devant les tableaux accrochés au mur : un Raty, un Barthélemy et un Willoos, devant lequel il s'arrête. Deux jeunes hommes en chapeau rond inclinent la tête l'un vers l'autre, sur le point, dirait-on, de se faire des confidences, tandis qu'à l'arrière-plan une silhouette à demi cachée derrière un arbre les épie. Comment s'appelle ce tableau ? Demaret serait curieux de le savoir. Lui l'intitulerait volontiers « L'enquête ». L'épieur est un flic. Il observe les gens mais, de leurs relations réelles, il ne peut rien deviner. Le secret du tableau, ce qui lie les deux personnages, c'est justement ce que le peintre ne dit pas. Le spectateur, comme l'enquêteur, est réduit à conjecturer.

Il n'a pas le loisir d'élucubrer davantage : Mme Brasseur est devant lui. Elle porte une blouse bleue de travail sans manches, bien cintrée. Dans cette modeste tenue, elle paraît élégante, attrayante même, d'autant plus qu'elle n'a assurément aucun souci de ses attraits. Demaret allait se mettre en devoir de la rassurer, mais il voit d'emblée que ce ne sera pas nécessaire. Déjà lundi au presbytère, il avait été frappé par sa parfaite tranquillité.

« Madame Brasseur ! Comment allez-vous depuis qu'on s'est vus ?

— Bien, merci.

— Pas de cauchemars ?

— Non.

— Franchement, j'admire votre sang-froid : découvrir un cadavre, ce n'est pas rien.

— C'est d'abord un malheureux, vous savez.

— D'une certaine façon, vous avez raison sûrement. »

Demaret acquiesce. Non seulement, se dit-il, elle est tranquille comme Baptiste, mais elle pourrait bien lui donner des leçons d'humanité. Il reprend : « Je procède à quelques vérifications. Simplement pour la forme.

— Paulette m'a déjà expliqué.

— La patronne ?

— Oui.

— Donc, comme elle me l'a précisé à l'instant, vous n'avez pas quitté l'hôtel l'après-midi de dimanche ?

— Je suis restée à la vaisselle jusqu'à six heures.

— Bien. Pendant ce temps-là, M. Warland, le vétérinaire, est passé chez vous, à la ferme.

— Mon mari l'a appelé pour une césarienne.

— Vous étiez au courant ?

— Non, Jacques me l'a dit quand je suis rentrée.

— Votre expresso, commissaire ! »

La patronne apporte le café sur un plateau garni de quelques mignardises.

« Mais asseyez-vous, voyons ! Alice, tu veux prendre quelque chose ?

— Merci, Paulette, je pense que je vais retourner au travail, si monsieur le commissaire…

— Juste une minute encore, madame Brasseur ! »

Demaret n'a pas l'intention de s'asseoir alors qu'Alice reste debout. Il prend la tasse sur la table basse et avale une gorgée. La patronne regagne la réception. Devant son ordinateur, elle se contente de feuilleter quelques paperasses sur le côté en tendant l'oreille.

« Quand M. Warland est-il arrivé chez vous dimanche ?

— Vers deux heures je crois.

— Quand est-il reparti ? À deux heures et demie ?

— Plus tard, certainement. Déjà pour l'opération il faut compter une heure.

— Trois heures, trois heures et demie ?

— Non, plus tard encore. Après, avec la chaleur qu'il faisait et le tablier en plastique qu'il met pour opérer, Mathias s'est rafraîchi. Je lui ai préparé de quoi se savonner à l'évier de la cuisine.

— Excusez-moi, vous étiez là ? »

Brusquement elle rougit. Elle baisse les yeux, puis les plante résolument dans ceux du commissaire. On dirait un enfant qui a menti, qui maintenant doit mordicus soutenir le regard soupçonneux de son père.

« Non, non, j'étais ici, bien sûr. Je voulais dire que c'est comme ça que ça se passe quand je suis là. Jacques a dû faire pareil.

— Il vous l'a dit ?

— Non... Je ne me souviens pas exactement. »

Demaret s'arrête. Il prend le temps de déguster le reste de son expresso, pas loin de valoir le café de Giuliana. Trois ou quatre gorgées pendant lesquelles il observe Alice du coin de l'œil. Elle n'a plus qu'une envie, c'est de prendre congé, il le voit bien. Il repose tranquillement la tasse sur la table.

« Excellent », clame-t-il à l'intention de la patronne, qui n'en perd pas une et lui sourit aussitôt. Il pêche une mignardise sur le plateau mais, quand il ouvre la bouche, c'est pour revenir à Alice : « À propos de souvenirs exacts, vous vous rappelez sans erreur possible que la porte du presbytère était fermée à clé lundi matin ?

— J'en suis sûre. Sûre et certaine.

— Bien. Ce sera tout, madame Brasseur. Je vous remercie. »

Là-dessus, il engloutit d'une seule bouchée la madeleine – quand on parle de souvenirs ! – qu'il tenait entre ses doigts.

Dans sa voiture, il reste un moment à réfléchir, les bras appuyés sur le volant. Quelque chose boite dans les déclarations des Brasseur, il en mettrait sa main au feu. Il ne va pas attendre la fin de la journée pour rencontrer Maureen. Si on veut faire éclater le témoignage de deux comparses, il faut y enfoncer celui d'un tiers, comme un coin dans un morceau de bois. Il lui semble qu'il a le maillet en main.

À midi moins le quart, heure de la sortie des élèves, il est à l'accueil du lycée Sainte-Anne. Carte de légitimation : la surveillante va chercher le directeur. Pour sa tranquillité, Demaret l'invite à assister à l'entrevue, il ne s'agit que de quelques renseignements à recueillir. Le directeur l'emmène dans une salle de réunion. Il décline son offre de café.

Quelques minutes plus tard, Maureen est là : jean, tee-shirt, baskets, comme toutes les filles de l'école, plus besoin de leur imposer un uniforme. Quelque chose de particulier tout de même, un air sérieux, qui en fait plus une jeune femme qu'une adolescente.

Le directeur croit bon de la rassurer, Demaret confirme, – simple formalité, etc. –, puis en vient tout de suite au dimanche après-midi : « À quelle heure M. Warland vous a-t-il demandé de venir chez lui ?

— Vers deux heures, deux heures et quart.

— Il vous a dit pourquoi ?

— Un client l'avait appelé.

— Il a précisé qui ? Où ? Pour quelle intervention ?

— Non.

— À quelle heure est-il revenu ?

— Je dirais vers quatre heures et demie : j'avais fait goûter les enfants, ils étaient retournés dans le parc.

— Et vous êtes repartie.

— Non, il m'a demandé de rester encore un peu.

— Pour quelle raison ?

— Je ne sais pas.

— Il avait l'air dans son assiette ? »

Maureen hésite un instant. Elle tourne la tête du côté où se tient le directeur. Il cherche à accrocher son regard, mais elle ne réclame pas son secours. Demaret la relance aussitôt : « Vous pouvez parler sans crainte, Maureen. Tout ce que vous me direz restera entre nous. M. Warland vous a-t-il paru perturbé d'une façon ou d'une autre ?

— C'est vrai qu'il avait l'air accablé. Inquiet aussi. Il était étonné que Lynn ne soit pas encore rentrée.

— Dans d'autres occasions, elle rentrait plus tôt ?

— Non, justement.

— Quand est-elle revenue ?

— Un peu après. J'étais dans le parc avec les enfants. J'ai vu qu'ils avaient une discussion sur la terrasse. C'était curieux.

— Pourquoi ?

— Ils ne se parlaient jamais quand elle revenait de ses sorties.

— Et ensuite ?

— Lynn est venue me rejoindre. Elle s'est jetée sur les enfants. Elle voulait les embrasser tous les quatre en même temps. Elle était bouleversée. Du coup, j'ai compris.

— Qu'est-ce que vous avez compris ?

— Que c'était fini.

— Vous étiez au courant de sa liaison ?

— Depuis le début. Elle me l'avait annoncée comme si j'allais trouver ça super. Je lui avais dit de rester tranquille. J'avais pitié de Mathias, il est si gentil. Elle ne voulait rien entendre. La semaine avant que ça se termine, elle était encore complètement toquée de ce sale type. C'est lui qui l'a plaquée, j'en suis sûre.

— Pour quel motif a-t-il rompu, croyez-vous ?

— Je n'en sais rien.

— Vous pensez que quelque chose l'y a incité ?

— Je ne sais pas. »

Une nouvelle fois, elle se tourne du côté du directeur sans le regarder, comme si elle voulait échapper un instant à la pression du commissaire.

Il insiste doucement : « Ce qui l'a décidé, ce ne serait pas une lettre de menaces envoyée anonymement par quelqu'un qui ne voulait plus voir souffrir Mathias ? »

15.

Tandis que le commissaire écoute Maureen au lycée Sainte-Anne, à l'auberge du Vieux Moulin, dans le vestiaire du personnel, Alice Brasseur ôte sa blouse de service. Elle se rafraîchit rapidement les bras et le visage au lavabo, puis renfile sa petite robe d'été. Il est midi. Quand elle passe devant la réception, la patronne, qui s'est remise à son clavier, l'arrête : « Ça va, Alice ?

— Oui, oui.

— Ce flic t'aurait fait tourner en bourrique, ma pauvre !

— Tu l'as dit. Il m'a complètement embrouillée. Je ne savais plus ce que je disais.

— Pour ça, ces lascars ont l'art de vous mettre mal à l'aise. On dirait qu'il soupçonne Mathias, non ?

— Ça m'en a tout l'air. C'est vraiment n'importe quoi.

— Tu n'y crois pas ?

— Bien sûr que non. Enfin, tu n'y penses pas, Paulette !

— Tout de même, d'une certaine façon, c'est logique : Vanloo était l'amant de sa femme, Mathias est le coupable idéal.

— Justement, il est tellement idéal que ce n'est pas possible que ce soit lui. Avant d'assassiner le docteur, il aurait bien pensé qu'on le mettrait en cause immédiatement. Puis Mathias ne ferait pas de mal à une mouche.

— Je n'en suis pas si sûre que toi.

— Pourquoi ?

— L'an dernier, il a cassé la figure à un type de Varensart qui battait son chien. Quelques jours plus tard, le bonhomme était d'un banquet ici, le bras en écharpe. Je suis commerçante, j'ai fait semblant de rien, mais une bonne âme m'a expliqué l'affaire entre deux portes.

— Bon, ben, à dimanche ! »

Alice n'a pas envie de pinailler. Une râclée à une brute, d'accord, Mathias aime trop les bêtes, il a pu s'emporter. Tuer un homme, ce n'est pas le même tabac tout de même. Elle ne veut même pas y songer.

Il faut qu'elle file préparer le repas. À une heure, Jacques aura les coudes sur la table. Il est réglé comme une horloge : il se ravitaille cinq fois par jour à heure fixe, de sept heures du matin à sept du soir en hiver, huit en été. Le jeudi, étant donné qu'elle travaille toute la matinée à l'auberge, avant de partir elle lui beurre ses tartines de dix heures et épluche les légumes pour le dîner de la mi-journée. De cette façon, en rentrant, elle n'a plus qu'à mettre sur le feu.

En général, ils mangent en silence, en suivant les nouvelles à la télé, la seule de la maison, perchée sur un piédestal accroché au mur. Dans le petit salon où ils passent les soirées, il n'y a jamais eu d'appareil, vu qu'à l'installation de l'antenne, du temps du père de Jacques – la seule qu'on voit encore à Fontenal –, le câble avait atterri en ligne droite à la cuisine, à travers la bouche de chaleur du plafond.

Alice sert le potage, mais Jacques ne touche pas à la zapette. Après leurs rencontres respectives avec le commissaire, ils peuvent se passer des infos de RTL, ils en ont assez à échanger entre eux. Il faut faire le point. Elle va devoir lui avouer qu'elle a légèrement gaffé quand Demaret l'a interrogée. De son côté, il attend qu'elle ait rempli les assiettes de la rutilante soupe de betteraves qu'elle lui a mitonnée. Quelques cuillerées tout de même avant d'entrer en matière : il adore ce potage. Mais, au moment où il relève les yeux pour se lancer, surprise ! Dans l'encadrement de la porte, le commissaire en personne les observe silencieusement.

« C'était ouvert, je me suis permis », explique-t-il. Tom, décidément de mèche avec la police, ne s'est même pas fendu du minimum syndical en matière de jappement.

« Je vous dérange en plein repas. »

Le cœur d'Alice, dès qu'elle l'a aperçu, n'a fait qu'un bond. Par réflexe, pourtant, comme elle le proposerait au premier venu qui se présente quand ils sont à table, elle s'entend suggérer : « Nous… nous commencions. Vous prendrez bien une assiette avec nous. »

Jacques la fusille du regard. Trop tard cependant. À son grand étonnement, Demaret, l'œil braqué sur les assiettes, s'approche.

« Pourquoi pas ? C'est très aimable. C'est quoi ce minestrone ?

— Betteraves... Betteraves du jardin. »

Elle s'empresse de lui dresser un couvert au bout de la table, le sert. Il s'assied, rame un peu de la cuiller dans le potage fumant avant de goûter.

« Fameux ! De la betterave, dites-vous ?

— Avec des oignons rouges. »

Il s'y met carrément, puis : « Je me régale, Alice ! Vous permettez que je vous appelle Alice ?

— Euh... oui.

— Ça ne vous dérange pas, Jacques ?

— Comme vous voulez, grogne Brasseur.

— Je n'avais jamais goûté cette sorte de soupe. Ma femme est italienne... Ce ne serait pas un breuvage exprès pour les flics ? La couleur rouge, on croirait du sang, je dirais même du sang caillé, le genre qu'on trouve en flaque autour des victimes. Ça ne vous rappelle pas Vanloo ? »

Il n'attend pas de réponse. Il puise quelques cuillerées supplémentaires.

« Bien sûr, cet aspect d'hémoglobine, à première vue, ça pourrait rebuter. Mais dès qu'on en prend, on l'oublie, il n'y a plus que la saveur. Tout compte fait, c'est un peu comme dans une affaire criminelle. D'abord on est choqué par l'horreur des faits eux-mêmes, mais ensuite il arrive qu'on découvre des éléments inattendus tout à fait réjouissants. De la compassion, de la pitié, des mouvements du cœur. Pas seulement à l'égard de la victime, à l'égard du coupable lui-même. »

Il enchaîne quelques lampées. De son côté, Jacques n'a pas bronché. Il a continué posément et, à présent, il racle le fond de son assiette. Alice, elle, ne peut rien avaler. Ses yeux reviennent sans cesse à Demaret. Dès qu'il aura fini, elle sait qu'il va porter le fer dans la plaie. S'il est revenu, c'est qu'il a compris qu'ils ont menti.

Voilà, il s'essuie les lèvres du revers de la main. Elle marmonne : « Encore un peu, monsieur le commissaire ?

— Merci, Alice. Ce serait de la gourmandise. Il ne faut pas abuser des bonnes choses. Vous-même, vous n'êtes guère en appétit, me semble-t-il.

— Non, pas vraiment.

— Quelque chose vous turlupine ? Des remords peut-être ? »

Pétrifiée, du regard, elle appelle Jacques au secours, mais c'est comme s'il n'avait rien entendu. Est-ce que son indifférence déplaît au commissaire ? Il se rabat sèchement sur lui : « Vous n'avez pas appelé Warland dimanche, Jacques. Nous avons vérifié auprès de l'opérateur. Aucun appel de votre portable ni de votre fixe. Aucun chez Warland.

— Ah ? C'est que je n'ai pas téléphoné, ça ne change rien.

— Tiens donc ! Comment avez-vous fait venir votre vétérinaire dans ce cas ? Vous avez des pigeons ?

— Des pigeons ? Non. Pourquoi ?

— Des pigeons voyageurs, pour lui porter un message.

— Warland est venu de lui-même, sans que je l'appelle, c'est tout.

— Oh, ça c'est encore plus fortiche ! De la télépathie ! Il a senti qu'il devait accourir. Les ondes venaient de la vache ou de vous ? Soyons sérieux, Jacques !

— Bon. Je me suis peut-être trompé de jour.

— Voilà qui est mieux. En effet, vous avez téléphoné à Warland, mais c'était lundi, pas dimanche.

— Tout bien réfléchi, c'est possible.

— C'est même certain. Et depuis vous l'avez encore appelé hier soir. D'accord ?

— Oui.

— Et vous, Alice, qu'est-ce que vous dites de ça ? »

Heureusement qu'elle est assise. Elle n'aurait jamais cru que l'expression « sentir le sol se dérober sous ses pieds » puisse relever du vécu. Que Jacques se soit trompé de jour, c'est à la limite recevable, mais elle, impossible, le commissaire le sait. Sans s'occuper qu'elle réponde, il enfonce le clou : « Le lundi, vous travaillez à l'auberge du Vieux Moulin ?

— Non.

— Quand êtes-vous de service ?

— Le jeudi et le dimanche.

— Lundi vous étiez donc ici.

— Oui.

— Une visite du vétérinaire pourrait vous échapper quand vous vous trouvez à la ferme ?

— Non. »

Elle n'attend plus que le coup de grâce. Il va la traiter de menteuse, lui demander comment elle et Jacques ont pu s'imaginer qu'ils lui feraient gober leur histoire. Qu'est-ce qu'on encourt pour un faux témoignage ? Et après, Jacques ne va pas la rater : qui est-ce qui l'a poussé à ce tripotage, hein ?

Pourtant, Demaret n'insiste pas. Au contraire, elle a l'impression de retrouver dans ses yeux la lueur d'indulgence amusée de son père quand, gamine, elle avait fait des bêtises. En revanche, la lueur s'éteint dès qu'il s'en prend derechef à Jacques : « Il y a deux solutions maintenant, Jacques. Ou je vous fais convoquer par la juge d'instruction, qui vous contraindra à témoigner sous serment, ou on s'arrange entre nous. J'oublie vos carabistouilles, vous me dites la vérité, je passe l'éponge. D'accord ? »

Brasseur ne desserre pas les dents, il opine simplement de la tête.

« Warland n'est pas venu chez vous dimanche. Vrai ou faux ?

— Vrai.

— C'est lui qui vous a demandé de dire qu'il était passé. Vrai ou faux ?

— Eh bien…

— C'est à moi que Mathias l'a demandé », coupe Alice, prête à nouveau à essuyer les foudres du commissaire. Mais, cette fois encore, son aveu ne lui attire qu'une moue bienveillante.

« Et vous avez accepté, Alice ?

— Oui.

— Pourquoi ?

— Parce que Mathias était dans le pétrin. Il est venu à Fontenal dimanche après-midi.

— Tiens donc…

— Il craignait que quelqu'un ait aperçu sa voiture et que vous l'appreniez.

— Ne me dites pas en plus que c'est au presbytère qu'il est allé.

— Eh bien, si, vous le saurez de toute façon, mais il n'a fait aucun mal au docteur.

— Vous a-t-il dit ! Et vous l'avez cru ?

— Bien sûr. Il a vidé son sac chez le docteur, ça oui, mais il n'a pas touché un cheveu de sa tête. »

Le commissaire s'interrompt. Pendant quelques instants, il se tapote les lèvres du pouce et de l'index d'un air perplexe. Peut-être se demande-t-il si c'est elle qui est naïve ou lui trop soupçonneux. Il revient à Jacques : « Et vous, vous croyez que Warland s'est contenté de chanter Ramona à Vanloo ?

— Pourquoi pas ? Si j'ai bien compris ce qu'il a raconté hier à Alice – moi, je n'étais pas là –, il venait d'apercevoir Lynn qui sortait en larmes du presbytère. Il en a conclu que c'était fini, leur fricotage. Jusqu'alors, il avait fermé les yeux, vu que ce n'était pas la peine de s'en mêler tant que Lynn était toquée de Vanloo, mais là, il a vu rouge, il n'a pas pu se retenir de voler dans les plumes de ce fumier. J'aurais fait pareil.

— Sans une égratignure pour Vanloo ?

— Moi, personnellement ? Je lui aurais crevé la peau. Pas Mathias. Je le connais bien. »

Le commissaire se recule contre le dossier de sa chaise. Apparemment, il en sait assez. Silence. Comme on dit, « un ange passe ». Alice hésite à proposer la suite du repas. Les pommes de terre qu'elle avait déjà égouttées sont en train de refroidir. Mais Demaret lui pose encore une question, très gentiment – décidément il l'a à la bonne : « Mathias est votre ami, Alice ?

— Oui, tout à fait, souffle-t-elle, bien que Jacques lui décoche une œillade agacée.

— Je comprends, concède Demaret. Vous avez eu pitié de lui. Comme je le faisais remarquer à l'instant à propos de votre excellent potage, une enquête sur un meurtre nous confronte à l'horreur, mais aussi à toutes sortes d'autres sentiments, parfois vraiment touchants. Vous avez seulement écouté votre bon cœur. Personne ne pourrait vous jeter la pierre. Moi, le premier. »

Alice n'ose pas rencontrer son regard. S'il connaissait la teneur du coup de fil qu'elle a passé hier soir à Mathias ! Elle est d'abord tombée sur Lynn, mais elle a insisté pour lui parler en personne. Il a accepté d'effacer l'ardoise de Jacques pour le vêlage et d'autres impayés en échange de son témoignage. En fait de grandeur d'âme, on a vu mieux ! Et tout ça finalement pour se retrouver le bec dans l'eau en moins de temps qu'il n'en faut pour le dire. Quelle débâcle !

Presque honteusement, elle suggère : « Une tranche de rôti, monsieur le commissaire ?

— Merci, Alice, je vous laisse. Je suis comblé. »

Il se lève et quitte la cuisine. Cette fois, Tom aboie, de dépit sans doute quand il constate que son héros ne l'invite pas à monter en voiture avec lui.

Eux, un moment, restent cloués sur place, comme après un orage devant un champ d'avoine versé par la grêle. Puis Jacques grommelle : « Ben, celui-là, j'aime mieux voir ses talons que ses lacets. » Alice ne relève pas. Elle est sonnée. Ça lui est arrivé de recevoir un coup de pied d'une vache qu'elle trayait : même effet.

« Bon, sers-nous quand même à manger », dit Jacques, histoire de la secouer.

Elle dépose le rôti, les patates et les haricots à la crème dans le même plat sur la table. Jacques pioche, attaque du couteau un morceau de viande, mâchouille. Comme elle le craignait, ce n'est plus assez chaud. Il quitte sa chaise, enfourne son assiette dans le micro-ondes. Normalement, Alice l'aurait rattrapé, elle se serait récriée : « Laisse-moi faire ! » Elle ne bouge pas.

Il reprend sa place, essaie une bouchée, il l'engouffre, satisfait. Elle n'a pas encore touché au plat. Tout de même, il s'inquiète : « Tu ne manges pas ?

— Non. Et toi, je me demande comment tu peux avaler tout ça comme si de rien n'était.

— J'ai faim, c'est tout.

— Tu te rends compte de la catastrophe pour Mathias ?

— Excuse-moi, mais c'est lui qui a demandé qu'on invente sa visite. On a fait ce qu'on a pu. Ce n'est pas notre faute si ça a foiré.

— Comment est-ce qu'on n'a pas pensé que les enquêteurs vérifieraient les coups de téléphone !

— Si ce n'avait pas été le téléphone, ç'aurait été autre chose. Le veau, il a été déclaré à l'ARSIA. Quand ? Lundi forcément, pas la veille de sa naissance. Warland est dans le collimateur des flics. Tu penses bien qu'ils vont recouper ses moindres faits et gestes par tous les moyens.

— Donc, toi, tu étais persuadé d'avance que le commissaire s'apercevrait qu'on avait menti.

— Bien entendu.

— Pourquoi as-tu joué le jeu dans ce cas-là ?

— … Pour te faire plaisir. »

Cette bonne parole ne devrait-elle pas lui procurer un peu de réconfort au milieu du désastre ? Ce ne serait pas de refus mais, pour cela, il faudrait qu'elle puisse se débarrasser de la pensée qui étouffe toutes les autres dans sa tête. Si Jacques soi-disant lui a fait plaisir, c'est seulement pour que Mathias lui ristourne les quelque cinq cents euros qu'il lui devait. Le seul gagnant au bout du compte est en train de s'empiffrer devant elle sans la moindre retenue. Elle ne peut pas le supporter plus longtemps. Elle se lève.

« Je m'en vais.

— Où ça ?

— Je vais voir Mathias. On ne peut pas se laver les mains sans plus après ce qui vient de se passer.

— Qu'est-ce que tu veux y faire ?

— Je vais lui dire d'expliquer à la police que c'est moi qui lui ai suggéré ce mensonge.

— Mais tu viens d'avouer à Demaret que l'idée venait de Warland.

— Eh bien, je me suis mal exprimée.

— Alice, arrête, s'il te plaît. On a suffisamment pataugé comme ça. Personne ne te croira plus.

— Tant pis ! J'essaie. À tout à l'heure ! »

Elle sort, va jusqu'au hangar où est garée leur vieille Volvo et démarre. Malgré tout, en passant devant la porte d'entrée, elle jette un coup d'œil espérant un peu que Jacques la rappelle sur le seuil. Mais il mange sans doute.

Arrivée chez Mathias, elle pousse un soupir de soulagement : sa voiture stationne devant le garage. Elle sonne à la porte. C'est Lynn qui vient ouvrir.

« Ah, c'est toi, Alice », murmure-t-elle comme s'il y avait un mort dans la maison.

Elles se connaissent un peu. Au téléphone, quand les Brasseur ont besoin du vétérinaire, c'est presque toujours entre elles qu'elles arrangent le rendez-vous. À l'occasion, elles se voient en ville, dans la rue ou chez Delhaize, elles échangent un bonjour, quelques mots.

« Mathias est là ?

— Non. »

Lynn a pleuré. Ses yeux sont encore rouges.

« Pourtant sa voiture...

— Tu n'as pas vu les scellés sur les portières ?

— Les scellés ? Non... Mais Mathias ?

— La police l'a emmené.

— Qui ça ? Le commissaire Demaret ?

— Non, des inspecteurs. Ils avaient un mandat d'amener. La juge d'instruction veut l'interroger. Ils ont emporté sa trousse de vétérinaire.

— Sa trousse ? Pourquoi ?

— Ils n'ont pas expliqué.

— Eh bien, quelle nouvelle !

— Je ne sais plus où j'en suis... Entre une minute, s'il te plaît. »

Alice n'a jamais mis les pieds chez eux. Lynn l'emmène à la cuisine. Recevoir Alice au salon, ce serait la traiter comme une étrangère, elle a besoin de se confier.

Quel décor ! Alice en a plein les yeux : placards en merisier sur deux pans de murs adjacents du sol au plafond, plan de travail en marbre entre les niveaux, électroménager dernier cri. On dirait une salle d'exposition. Question espace, Alice a peut-être le même chez elle, mais pour l'équipement c'est le jour et la nuit.

Lynn lui fait signe de s'asseoir à la grande table devant la porte-fenêtre qui donne sur le parc.

« Tu veux prendre un café ?

— Si tu en as du prêt. »

Alice cherche des yeux le Thermos, mais naturellement Lynn se sert plutôt d'une machine qui fabrique du café frais à la demande. Elle fait couler la première tasse. Alice, restée debout, s'approche. Elle n'a pas l'habitude qu'on la serve. Elle prend la tasse des mains de Lynn et va la poser sur la table. Pareil pour la deuxième. Puis elle attend que Lynn s'assoie, comme si c'était elle qui était à la tâche. Lynn ne fait guère attention, elle oublie de s'enquérir si elle veut du lait ou du sucre.

« Tu voulais parler à Mathias ? demande-t-elle.

— Oui, mais maintenant ça ne sert plus à rien. Je venais l'avertir que le commissaire est passé nous voir. Il sait que Mathias n'est pas venu à la ferme dimanche.

— Il devait aller chez vous ?

— Non. Il s'est rendu à Fontenal, mais pas chez nous – ça, c'est ce qu'il aurait voulu faire croire au commissaire. Il est allé au presbytère.

— Au presbytère !

— Oui. Il ne te l'a pas dit ?

— Non… Je n'en savais rien. »

Tout à coup, Alice se rappelle ce que Mathias lui a confié la veille. Il n'avait rien rapporté à Lynn de son altercation avec Vanloo, il ne s'est confié qu'à elle. Pas à sa femme. Ni à personne d'autre. Il n'a eu confiance qu'en elle… Quelle joie inattendue au milieu de ce drame, cette secrète entente ! N'est-ce pas entre époux qu'un tel accord devrait exister ? Voilà qu'il s'est niché entre eux qui n'ont aucun autre lien que l'élan mutuel de leurs cœurs. Elle se sent la préférée de Mathias. Lynn n'est que celle qu'il emploie au lit, qui lui a fabriqué ses enfants, qu'il fallait ramener au bercail, pour le bon ordre. Mais son âme, c'est à elle seule, Alice, qu'il l'a donnée.

Lynn ose à peine poser la question qui lui brûle les lèvres à présent : « Tu crois que Mathias a tué Éric ?

— Non, il lui a parlé seulement.

— Comment le sais-tu ?

— Il me l'a dit.

— À toi ?

— Oui, à moi. »

Une lueur soupçonneuse s'allume dans les yeux de Lynn.

« Alors, Mathias et toi…

— Halte, Lynn ! Il n'y a rien de ce que tu pourrais imaginer entre lui et moi. Mathias avait besoin de parler à quelqu'un, c'est tout. Maintenant, tu es là. C'est à toi de l'aider. J'ai fait ma part. »

Entre Mathias et elle, il y a tout autre chose que ce que Lynn pourrait se figurer avec sa fraîche expérience de femme libérée, mais elle n'a pas l'intention de le lui expliquer. Quant à sa part, ce qu'il en est exactement, elle ne s'en ouvrirait ni à Lynn ni à qui que ce soit d'autre. Personne sans doute ne pourrait comprendre ce qu'une femme de l'ombre comme elle a pu faire pour Mathias.

16.

Sophie Lebrun, la substitute du procureur du roi, sent malgré elle son cœur s'agiter. Il cogne comme un sourd. Rien à faire : en présence de Mme Vandewalle, elle se retrouve aussi intimidée que devant un professeur le jour de l'oral. Pourtant, c'est elle qui est en droit d'interroger la juge d'instruction, et c'est même la raison pour laquelle elle l'a avertie qu'elle passerait à son bureau à dix-sept heures trente. Assise face à elle, sur le siège qu'occupait le commissaire Demaret au début de la matinée, elle se demande furtivement si, à l'avenir, au lieu de sa tenue décontractée – jean et t-shirt – elle ne devrait pas adopter la mise plus stricte de la juge. Tailleur gris, chemisier blanc échancré jusqu'au troisième bouton en tendeur sur sa poitrine – si elle ne porte pas un soutien-gorge à armatures, Sophie veut bien être pendue –, jambes parfaitement fuselées perchées sur des hauts talons : le look parfait d'une femme autoritaire et un rien arrogante. Si Sophie elle-même, qui vient lui demander des comptes, n'en mène pas large, que dire des inquiets qu'elle contraint à comparaître ?

« Alors, ma petite Sophie, commence-t-elle sous couleur de la mettre à l'aise, vous avez eu le temps de jeter un coup d'œil à mes documents ? »

Sophie déteste ce ton protecteur. Sa « petite Sophie », elle peut se la garder, mais comment le lui signifier ?

« Je les ai lus attentivement. Merci de me les avoir communiqués.

— C'était un plaisir. »

Un plaisir ! Et allez donc ! En tant que substitute du procureur, elle a le droit de se faire transmettre toutes les pièces du dossier. Au début de l'après-midi, la juge a décerné un mandat d'arrêt à l'encontre du vétérinaire Mathias Warland. Les motifs, Sophie pouvait les découvrir dans le rapport qu'elle lui a demandé aussitôt. Mme Vandewalle lui a envoyé par courriel les notes qu'elle avait prises le matin au cours de son entrevue avec le commissaire et le procès-verbal établi par le greffier lors de l'interrogatoire de Warland. Si Sophie est là, c'est dans le but d'en discuter.

Pour des raisons qu'elle compte bien tenir pour elle, elle est résolue à mettre son grain de sel – qui serait d'ailleurs plutôt un grain de sable – dans le montage trop impeccable de la juge. D'où, pour une part également, les piaffements de son cœur avant de s'élancer.

La juge l'attend de pied ferme, c'est clair. Elle propose avec un brin d'ironie : « Vous souhaitez sans doute que nous échangions nos impressions entre nous, d'homme à homme si je puis dire, Sophie ?

— Tout à fait. Vous pensez que Mathias Warland est le meurtrier ?

— Je crois que nous tenons le bon bout de l'affaire, en effet.

— J'ai bien lu qu'il nie catégoriquement.

— Oui, c'est de bonne guerre. Une nuit à l'ombre et il sera plus accommodant.

— Franchement, je ne vois pas pourquoi. Vous ne disposez d'aucun élément matériel, si je ne m'abuse.

— Attendez. J'ai fait saisir sa trousse de vétérinaire. Elle contient plusieurs scalpels. Comme vous le savez, même soigneusement nettoyées, les traces de sang se révèlent au Bluestar.

— Vous avez déjà les résultats ?

— Non, pas encore. Je fais exécuter les choses méthodiquement. Les enquêteurs vont aussi analyser sa voiture.

— Si vous ne trouvez rien ?

— Nous trouverons, soyez sans crainte. N'oubliez pas que nous sommes en présence d'un individu qui a menti. Warland a suborné des témoins pour se fabriquer un alibi.

— Suborner ! N'exagérons pas. Les Brasseur ont agi innocemment : simple solidarité entre gens de la campagne.

— Admettons. Il n'en reste pas moins que Warland voulait cacher qu'il s'était rendu au presbytère dans la fourchette horaire où Vanloo a été tué.

— D'accord. Pourtant, supposez un instant qu'il ait dit la vérité : il a rencontré Vanloo, lui a parlé, mais ne lui a fait aucun mal. Comment espérer qu'on le croie vu les circonstances ? Quand il a appris que quelqu'un était passé après lui au presbytère et avait assassiné son rival, quelqu'un qui peut-être l'avait vu, qui avait profité de la présence du coupable idéal sur ce qui allait devenir le lieu du crime pour lui faire endosser son forfait, il a été pris de panique. Il a tenté de s'en tirer avec cet alibi à la sauvette que jamais un criminel un peu futé n'aurait bricolé comme il l'a fait.

— Pure supposition ! Vous omettez un élément : le presbytère était fermé à clé le lendemain matin, et Warland disposait du double de sa femme.

— Il vous a déclaré qu'il ne s'en était pas servi. Au fait, avez-vous vérifié combien de doubles étaient en circulation ?

— Euh… non. Je ne pense pas que Demaret ait cherché.

— C'est pourtant facile. Où peut-on se faire fabriquer un double ? Dans les grands magasins des environs. On y trouve généralement un serrurier. Il y a eu un ticket de caisse, une facture ou autre chose. Vous pouvez consulter les relevés bancaires de Vanloo, il a payé par carte certainement.

— Nous allons nous informer si vous y tenez.

— Je vous y invite, en effet.

— D'accord mais, à mon avis, c'est du temps perdu. Une expérience de vingt-sept ans m'a appris que dans nonante pour cent des affaires, soit on prend très vite la bonne direction, soit on s'embourbe et finalement on ne trouve rien. Vous avez une meilleure piste, ma petite Sophie ? »

Sophie se pince les lèvres. Maintenant son cœur s'est calmé. Elle voit bien qu'elle a agacé la juge, contrainte déjà de lui opposer sa grande expérience.

C'est le moment de mettre les choses au point une bonne fois pour toutes.

« Excusez-moi, madame la juge, mais j'aimerais que vous cessiez de m'appeler "ma petite Sophie". Je ne suis pas votre petite Sophie. Je suis Mme Lebrun, substitute du procureur du roi, détentrice du pouvoir de réquisition qui me permet d'exiger l'accomplissement de tous les devoirs utiles à l'instruction.

— Bien, bien ! Inutile de monter sur vos grands chevaux. J'essayais de me montrer sympathique, c'est tout.

— Essayez plutôt de vous montrer efficace. »

Cette fois, elle y est allée un peu fort. La juge vient d'esquisser un léger mouvement de recul, menton relevé, narines dilatées, un éclair farouche dans les yeux. Tant pis ! Il fallait que cela cesse. Cet air content de soi, ce paternalisme d'autant plus insupportable dans le chef d'une femme, Sophie en avait soupé. Trop tard pour rattraper la sauce. On fera avec l'aigre-doux, s'il le faut.

Maintenant il reste à espérer que Warland soit effectivement innocent. Obliger l'instruction à changer de cap, ainsi qu'elle y est bien décidée, c'est un coup de poker. Si elle fait fausse route et qu'il faut se rabattre sur le vétérinaire, alors elle sera grillée auprès du parquet tout entier. Il y a un risque. En revanche, s'il s'avère qu'elle a vu juste en recadrant madame Je-sais-tout qui la mitraille du regard, elle se gagnera le respect du procureur. Sa carrière sera sur les rails.

« Je vous demande pardon, madame la juge… »

Un ton plus bas en vue de calmer le jeu. Il ne faudrait tout de même pas que Mme Vandewalle se braque, elle risquerait de lui mettre des bâtons dans les roues sur le parcours où elle souhaite la réorienter.

« Je sais que vous êtes très efficace. Vous avez l'expérience, moi j'en suis entièrement dépourvue. Il n'empêche que j'ai l'impression que certains aspects de cette affaire ont été négligés... par la police.

— Lesquels, par exemple, je vous prie ?

— Eh bien, les investigations se sont concentrées sur les aventures extraconjugales de la victime – ce dont je ne nie pas l'intérêt –, mais au détriment de sa simple vie conjugale.

— Il y a quelque chose à tirer de son mariage ?

— Vous n'ignorez pas que le couple Vanloo était près de divorcer.

— Le commissaire Demaret m'en a touché un mot.

— Vanloo s'opposait fermement à ce divorce, vous le savez ?

— Pas vraiment. Vu ses incartades, on pourrait croire qu'il s'était déjà fait une raison. Sa femme était au courant ?

— On peut en douter.

— Quel motif de divorce dans ce cas ?

— Désunion irrémédiable.

— Ah oui... La selle à tous les chevaux !

— J'ai téléphoné au juge qui s'occupe du divorce, qui s'en occupait plutôt. Pour lui, Candice – la jeune Mme Vanloo – est une petite fille entièrement sous la coupe de son père. C'est lui qui avait arrangé le mariage avec Vanloo, le fils d'un individu avec qui il était en cheville pour ses affaires. Au bout de quatre ans avec son mari, Candice a eu le temps de mûrir. Elle s'est aperçue qu'elle n'avait été qu'une monnaie d'échange dans le business de son papa.

— Et vous imaginez qu'elle aurait pu tuer Vanloo ?

— Elle-même, non. Mais j'ai surpris une conversation curieuse à la réception funéraire.

— Vous y étiez ?

— Oui, en compagnie du commissaire Demaret, d'ailleurs.

— Ah bon… Cette conversation ?

— Quelqu'un à qui Candice avait confié qu'elle engagerait bien un tueur à gages pour se débarrasser de son mari.

— Non ! La mafia ! Vous ne croyez pas que nous nous égarons ? On se croirait dans *Le Parrain* ! Déjà cette fille vendue par son père ! Nous ne sommes pas au cinéma, So… madame la substitute ! »

La juge a repris du poil de la bête. Ses yeux ont viré de l'agacement à l'ironie. Naturellement, Candice en commanditaire d'un assassinat, cela ne tient guère la route, sinon justement comme introduction à ce que Sophie garde sous le coude, et qu'elle va lui jeter en pâture.

« Au cinéma, peut-être pas, mais dans un fameux cirque tout de même. Je me suis renseignée sur Daniel Durieux, le père de Candice. Drôle d'oiseau, croyez-moi. Son nom a été cité à plusieurs reprises dans les affaires des intercommunales liégeoises. Pas de condamnation, de solides soupçons néanmoins. Et le père de Vanloo, décédé il y a cinq ans, trempait dans le même marigot. Ils avaient leurs arrangements, dont le mariage de leurs enfants. Le divorce, c'était une rupture de contrat inacceptable pour Éric Vanloo. Il devait être prononcé dans deux mois. Peut-être Vanloo a-t-il menacé Durieux. Lui, aux abois, était capable du pire. Vérifions son alibi, interrogeons son entourage, il doit avoir plein d'ennemis très bavards.

— Bon, je vais charger Demaret de s'informer, "à telle fin que de raison", comme on dit. Pourtant, je n'y crois pas une minute, je vous le dis tout de suite. Mais, dans une enquête, il faut fermer toutes les portes. À clé, en l'occurrence… Vous avez pensé à la clé du presbytère ?

— Vérifiez le nombre de doubles.

— J'oubliais ! Nous le ferons.

— Merci. Tenez, j'ai réuni quelques documents dans ce dossier. Lisez-le, je vous le laisse. »

Elle lui tend un gros classeur à pinces. La juge ne l'ouvre pas, elle le pousse sur un coin de son bureau, à côté d'autres paperasses, comme si elle ne lui réservait aucune attention particulière. Elle ajoute seulement : « Vous me semblez très sûre de vous en ce qui concerne Durieux, alors que vous vous montrez si sceptique sur Warland. Un motif en particulier ?

— Vous avez l'expérience. J'ai peut-être le nez.

— Je vous l'accorde volontiers. »

Au temps pour elle ! Elle n'aurait pas dû parler de nez. Le sien est un peu busqué, cadeau de son père, elle en fait un léger complexe, bien que personne n'y prête attention. La juge ne l'a pas ratée. Si Sophie avait eu la moindre intention de lui avouer la raison pour laquelle elle est prête à lâcher la proie de Warland pour l'ombre de Durieux, cette méchanceté l'en aurait de toute façon dissuadée.

Pour tout dire, cette raison serait plutôt un acte de foi, qui ne vient pas d'elle-même, mais auquel elle a été convertie dans l'après-midi par quelqu'un d'absolument inattendu. Elle était occupée à son bureau, il était treize heures trente environ, le téléphone a sonné. Au bout du fil : Lynn ! Lynn Lebeau ! Pour une surprise ! Elles ne s'étaient plus parlé depuis une douzaine d'années. Mais, bien sûr, c'était sa voix, pas changée, identique, c'étaient même ses intonations si émouvantes quand elle avait tenu le rôle de Violaine dans *L'Annonce faite à Marie*, à la remise des prix de leur dernière année au lycée Sainte-Anne. Sophie jouait le rôle de sa sœur, Mara. Elles s'étaient si souvent donné la réplique qu'au téléphone elle s'attendait presque à retomber sur le texte de Claudel.

Mais il s'agissait d'un tout autre drame. Le mari de Lynn, Mathias Warland, venait d'être présenté à Mme Vandewalle dans le cadre de l'instruction de l'affaire Vanloo. Lynn avait vu Sophie à la télé aux côtés du procureur du roi : est-ce qu'elles pouvaient se parler ? Sophie lui a donné rendez-vous non pas au palais, à la cafétéria de l'aire de Nantimont, à mi-distance pour chacune. À quinze heures. Le temps de fouiller dans le dossier de la juge d'instruction, où elle a découvert que Lynn était la maîtresse de la victime.

Violaine dans les bras de Vanloo ! Sophie est tombée des nues. Qu'est-ce qui avait bien pu arriver à Lynn depuis qu'elles s'étaient quittées fâchées ?

Au lycée, elles étaient comme les doigts de la main. Lebeau, Lebrun : soudées déjà par l'ordre alphabétique, le théâtre avait scellé leur amitié. Sœurs en scène, sœurs le rideau tombé. Elles avaient commencé le droit à Liège. Pour logement, elles avaient pris un studio tranquille dans le quartier Hors-Château. Elles suivaient les cours, sortaient peu, toujours ensemble, elles allaient réussir la première année sans problème quand brusquement Lynn avait annoncé qu'elle arrêtait tout.

Coup de foudre pour un jeune vétérinaire venu euthanasier le labrador de la famille un samedi où elle était chez ses parents. Devant la pauvre dépouille, elle avait fondu en larmes et s'était précipitée contre les épaules de Mathias, qui tenait encore la seringue à la main. Le soir, alors qu'elle allait entrer dans un cinéma, elle l'avait revu par hasard devant une baraque à frites. Ils avaient partagé le cornet, puis la soirée. C'était parti sur les chapeaux de roues. Elle voulait vivre pour lui, l'aider dans sa profession, lui créer un foyer, lui donner des enfants. Sophie avait beau lui rétorquer qu'elle fichait sa vie en l'air, autant se battre les flancs. Sa valise était déjà bouclée. Et le studio ? Les parents de Sophie allaient-ils payer la totalité alors que la moitié les étranglait déjà ? L'arrangement pour la suite que les familles avaient dû conclure les avait mécontentées à parts égales. Lynn et Sophie ne s'étaient plus adressé la parole. Sophie avait appris que Lynn avait épousé son vétérinaire, elle l'avait revue de loin une fois poussant un landau, mais jamais elles n'avaient repris contact l'une avec l'autre.

Quand elle est entrée dans la cafétéria de Nantimont, Lynn était déjà là, attendant à une table le long des vitrines. Dans la salle, quelques camionneurs poilus en bermuda et marcel causaient en se bourrant de viennoiseries. Lynn s'est levée, Sophie l'a rejointe, elles sont restées un instant figées l'une devant l'autre. Puis Lynn s'est jetée dans ses bras, comme elle l'avait fait sans doute autrefois dans ceux de son héros venu soulager son chien de ses souffrances. Une scène divertissante évidemment pour les chauffeurs, qu'ils avaient accueillie avec quelques plaisanteries – en polonais ou en lituanien, encore heureux. Un peu gênées, elles se sont assises.

« Qu'est-ce que tu veux boire ? a demandé Lynn.

— Un diabolo menthe ?

— Oh oui ! »

C'est ce qu'elles prenaient toutes les deux, avant. Lynn est allée jusqu'au comptoir. Comme un fait exprès, elle était habillée pareil que Sophie, jean et tee-shirt, mais elle avait gagné une taille, peut-être deux. Elle n'en était que plus belle, plus sensuelle. En comparaison, Sophie est restée la planche à repasser qu'elle a toujours été.

Une fois les verres à table, Lynn s'est tout de suite inquiétée : « Tu as pu voir Mathias ?

— Non. Pour le moment, c'est la juge d'instruction qui s'en occupe. Je ne peux rien faire dans l'immédiat. Tout de même, j'ai lu le dossier.

— Et alors ?

— Le plus embarrassant, c'est le faux alibi.

— Oui, je sais. Mais qui pouvait croire que Mathias était allé au presbytère sans faire de mal à Éric ?

— C'est bien là le hic ! Tu le crois, toi ?

— Oui, je le crois. Mathias n'a rien fait. J'en suis certaine. »

Elle penchait la tête de côté, ses paupières battaient, ses yeux suppliaient.

« Tu dois me faire confiance, Sophie. Je t'ai déçue, je te demande pardon, mais je ne t'ai jamais trompée.

— Peut-être que Mathias ne te dit pas toute la vérité. Il a déjà essayé de se fabriquer un alibi.

— C'était pour les policiers ; à moi, il ne me cache jamais rien. Entre nous, tout est vrai.

— Excuse-moi, mais tu avais bien dû lui mentir ces derniers temps ?

— Pourquoi ? À propos d'Éric ? Eh bien non, il a été au courant depuis le premier jour.

— Sans réagir ?

— Il a préféré me laisser faire comme je voulais. »

Est-ce qu'elles se sont tues un moment ? Sophie ne s'en souvient pas. Peut-être, simultanément à leur conversation, était-ce dans une autre partie de son cerveau qu'elle cherchait à comprendre ce qui s'était détraqué au fil des années dans l'âme si limpide de Lynn.

Pourquoi M. Constant, le professeur qui mettait en scène *L'Annonce faite à Marie*, avait-il choisi Lynn pour Violaine et elle pour Mara ? Comme tous les théâtreux amateurs, il pensait naïvement que chaque rôle doit être incarné par une personne qui lui correspond moralement. Lynn était une fille entière, passionnée, exaltée même : la Violaine parfaite. Tandis qu'en elle il avait cru reconnaître la Mara sombre, calculatrice, avide de la pièce.

Admettons que, pour elle, il avait eu l'œil tout de même : s'il était encore de ce monde, il pourrait en juger par les efforts qu'elle déploie pour se pousser du col au sein du parquet. Mais Lynn ? S'extasier devant son vétérinaire, renoncer à tout pour lui, vivre en recluse dans son trou perdu, c'était conforme à Violaine. En revanche, prendre un amant alors qu'elle a quatre mioches, encorner le prince charmant avec un gigolo, c'était comme si Violaine faisait un pied de nez à M. Constant et à Claudel soi-même ! Quelle mouche l'avait piquée ?

Lynn, évidemment, devinait ses questions. À un moment, elle a demandé : « Tu es mariée, Sophie ?

— Non.

— Tu vis avec quelqu'un ?

— Oui.

— L'homme de ta vie ?

— … Je ne sais pas. »

Elle aime Tristan, bien sûr, et Tristan l'aime. Ou, du moins, une convention s'est installée entre eux avec le temps, selon laquelle ils tiennent pour établi qu'ils s'aiment sans avoir besoin de creuser plus avant. Ils ont bien assez de gérer leurs carrières respectives, inutile de s'encombrer de sentiments oiseux.

« Tu vois, moi j'ai cru que l'homme de ma vie m'avait été offert brusquement par le destin. C'était Mathias. Le Ciel me l'avait envoyé, je n'avais qu'à ouvrir les bras pour le recevoir. Puis, un jour, avec les enfants, le train-train, le doute s'est introduit en moi. J'ai eu peur de m'être fourvoyée, d'avoir poursuivi une chimère. Peut-être que l'amour, Éric me l'a fait croire, n'avait rien de si particulier. Juste un peu de distraction dans la vie, pour oublier qu'elle est si banale, si morne, si bouchée. Je me suis soûlée. Résultat : la gueule de bois. Le seul vrai moment de bonheur dans cette histoire, c'est quand Mathias m'a récupérée contre son épaule, quand il m'a dit : "C'est fini, Lynn, c'est fini, tu es revenue…"

— Tu as de la chance. Finalement, Mathias est certainement l'homme de ta vie.

— Oui, maintenant il va être l'homme de ma vie, mais pas parce que le destin me l'a désigné – le destin ne désigne personne –, parce j'ai décidé qu'il serait l'homme de ma vie. Je n'avais pas encore choisi Mathias par moi-même. Maintenant c'est fait. Je vais me battre pour lui. Il est innocent, je le veux. Et toi, tu vas m'aider à le sauver, n'est-ce pas, Sophie ? »

Elles ont encore causé quelque temps. Les chauffeurs internationaux entraient et sortaient. Peu à peu, Sophie s'est laissé convaincre. Elle a contracté la foi en Mathias. La foi n'a rien de raisonnable. Elle s'attrape par propagation dans l'air en quelque sorte – Claudel à Notre-Dame écoutant le Magnificat – ou par quelqu'un qui en est tellement rempli qu'elle déborde sur les autres. Et donc, après qu'elles se sont séparées en s'étreignant longuement sous l'œil slave et envieux des forçats du volant, elle a décidé de détourner l'instruction loin de Mathias et de l'aiguiller sur la voie de Waterloo.

Maintenant que c'est fait, cependant, que Mme Vandewalle va investiguer selon ses injonctions, le doute rapplique en force. Est-ce que Durieux pourra vraiment prendre la place du vétérinaire ? C'est connu : quand on se convertit brutalement, le soufflé retombe aussitôt et l'on se demande, juif devenu catholique, si on a bien fait de jeter le Talmud aux orties.

17.

Le commissaire Demaret n'est pas très content. Il vient d'arriver chez Durieux à Waterloo, mais c'est Mme Durieux qui lui a ouvert et d'emblée lui a annoncé que son mari n'était pas là.

« Je l'avais pourtant fait prévenir que je passerais ce matin à neuf heures. Un inspecteur l'a contacté hier soir. Il ne vous l'a pas dit ?

— Non, il est parti à l'entreprise comme d'habitude à sept heures. Il a cru sans doute que vous aviez rendez-vous à son bureau.

— Ah oui… Possible. »

Avec mauvaise humeur, il extrait son portable de son jean, forme le numéro qu'elle lui donne.

« Monsieur Durieux ?… Non, je ne suis pas perdu, je suis chez vous… D'accord, je suis là dans un instant. Ne bougez pas. »

Mme Durieux sourit.

« Une légère confusion, confirme-t-il.

— C'est à deux minutes, vous savez. Vous avez peut-être le temps de prendre un café ?

— Un café, non merci. Un verre d'eau, pourquoi pas ? »

Devant cette femme réservée, si différente manifestement de son mari, l'idée vient de le traverser qu'il ne serait pas sans intérêt de lui poser quelques questions. Que pense-t-elle de la mort tragique de son beau-fils ?

Elle l'introduit dans le grand living où il a assisté mardi à la réception funéraire. Tout a été remis en place. Du côté où était exposé le cercueil se trouve maintenant une salle à manger moderne, laide mais grande, et de l'autre un salon composé de canapés en cuir et de fauteuils genre bergères Louis XVI. Très tape-à-l'œil, pas du tout surprenant par rapport à ce qu'il a observé à sa première visite, peu accordé néanmoins à la simplicité de la femme qui lui apporte une petite bouteille et un verre de Spa.

« Je vous en prie, asseyez-vous », dit-elle.

Elle se pose au bord du fauteuil en face de lui, les genoux serrés dans la robe noire de l'autre jour, sur laquelle elle a endossé un gilet mauve.

« Des moments difficiles, j'imagine, madame.

— On peut le dire, en effet.

— Pour vous et votre mari, mais plus encore sans doute pour votre fille. »

Elle ne répond que par un haussement des sourcils.

« J'ai appris qu'elle n'avait pas eu la force d'assister aux funérailles.

— Elle n'était pas présente, c'est vrai. »

Hier après-midi, après que Warland a été confié à la juge d'instruction, Demaret a pris le temps de récapituler les investigations avec son équipe. Collard, notamment, qu'il avait envoyé à l'enterrement mercredi, tandis que lui-même bayait sous la molette de son dentiste, a fait son rapport. Au cours de son émouvante intervention au début de l'office, le père de la jeune veuve avait prié qu'on excuse son absence. Trop de chagrin pour la pauvre enfant. Collard se trouvait au fond de l'église, là où les gens venus par obligation battent la semelle en attendant la procession de l'offrande. Un drôle à côté de lui n'avait pas pu s'empêcher de ricaner. Comme Collard l'encourageait d'un regard en coulisse, il lui avait chuchoté que la belle Candice s'était fait la malle avec un zigoto bondi d'une boîte à surprises.

« Pourtant, mardi, quand je l'ai vue, insiste Demaret, elle m'a fait l'impression d'affronter les événements avec courage.

— Vous avez assisté à l'esclandre de Nicolas ?

— Esclandre ? Non. En fait, je suis resté peu de temps. Je devais m'entretenir avec la substitute du procureur. Comme elle était là justement, nous sommes sortis pour parler.

— Vous l'apprendrez de toute façon par mon mari ou autrement. Nicolas Douffet, un ami d'enfance de Candice, que nous n'avions pas vu depuis des années, est venu l'enlever en quelque sorte. Il a fait une scène à mon mari devant tout le monde, sous prétexte qu'il avait marié Candice de force à Éric. Candice et lui ont disparu jusqu'au lendemain soir. Mon mari les a retrouvés à l'appartement de Candice à Bruxelles.

— Ce Nicolas était proche de votre fille ?

— Oui… Une histoire vraiment curieuse. Il se considère comme son mari. Une promesse qu'ils se sont faite adolescents. Il l'a répété mercredi soir à Daniel… à mon mari.

— Donc il était le rival d'Éric Vanloo ?

— Si on veut... Avec ces idées puériles... Mais n'allez pas croire qu'il s'en serait pris à Éric. Il a fréquenté la maison une année durant autrefois quand Candice et lui étaient sur les mêmes bancs chez les jésuites. Je le connais. C'est un bon garçon, doux comme un agneau. Quel intérêt d'ailleurs à chercher querelle à Éric puisque le divorce avec Candice allait être prononcé début septembre ?

— Dimanche, vous savez où il se trouvait ?

— Sans doute avec Candice.

— Chez elle ?

— À sa boutique.

— Un dimanche ?

— Elle avait ouvert pour les soldes. »

Demaret ne fait rien pour se montrer convaincu. Son menton soulève sa lèvre inférieure, découvrant au passage quelques poils mal rasés. Il s'empare de son verre d'eau, avale une gorgée. Elle le regarde, inquiète puis, dès qu'il le repose, elle s'empresse de préciser : « Écoutez, monsieur le commissaire, j'ignore totalement qui a pu tuer Éric. À vrai dire, je n'arrive même pas à admettre que c'est arrivé. Mais, en tout cas, je suis certaine que personne de notre famille n'est responsable de ce drame. Le mariage de Candice avec Éric était une erreur, j'en conviens. Ce n'était pas un mariage d'inclination, vous l'avez deviné. C'est vrai que Daniel, mon mari, avait tout arrangé. Il ne croyait pas au mariage d'amour, ni pour Candice ni pour personne. Une pure illusion selon lui, un feu de paille qui ne dure pas plus longtemps que la passion. »

Elle baisse les yeux. « L'illusion » invoquée par son mari, c'est à coup sûr d'abord celle de leur propre mariage, Demaret évidemment l'a bien deviné. Tant pis ! Elle se rabat rapidement sur sa fille : « Laisser Candice choisir son mari aurait entraîné une catastrophe, vous comprenez ? Candice n'est jamais vraiment sortie de l'enfance. Elle ne nous a même pas fait de crise d'adolescence. Pas de plomb dans la cervelle : c'est triste à dire de son propre enfant. Daniel lui avait trouvé le parti idéal. Nous connaissons les Vanloo depuis longtemps. Éric était un garçon brillant, promis à un bel avenir. De plus, il était sincèrement épris de Candice dès le début et il n'a jamais cessé de l'aimer.

— Même ces derniers temps ?

— Oui, il me l'a répété la dernière fois qu'on s'est vus.

— Récemment ?

— À Pâques. Il est venu chez nous le jour de Pâques. Nous avons parlé. Je sais qu'on va essayer de le salir à présent. Il a eu des aventures. Naturellement vous l'avez découvert.

— Nous avons recueilli des témoignages à ce sujet, c'est vrai. Pour ne rien vous cacher, le jour de sa mort, il venait de rompre avec sa dernière conquête.

— Ah…

— Votre fille était au courant de ses infidélités ?

— Non, je suis sûre que non. Mon mari, sans doute – il sait toujours tout. Moi, je le savais, Éric s'était confié à moi.

— À vous ?

— Oui. Ça vous étonne, n'est-ce pas ? Il me faisait confiance, j'ignore pourquoi. À moi, il ne voulait pas mentir. Une fois marié, il s'est rendu compte du jour au lendemain qu'il avait épousé une petite fille. Vous imaginez le résultat… C'est la raison pour laquelle il s'est éloigné : pour lui donner le temps de mûrir.

— Vraiment ?

— Oui. Bien sûr, vous pensez à ses aventures. Il ne pouvait pas se passer de femme. S'il en changeait comme de chemise, c'est qu'il ne voulait s'attacher à aucune. Pour Candice. »

Un aspect de ses enquêtes qui ne laisse pas de sidérer Demaret, ce sont les raisons que peuvent lui servir les gens qu'il interroge. Celles de Mme Durieux valaient le détour par son salon. Déjà un père qui arrange le mariage de sa fille de nos jours, ça laisse rêveur. Mais que le mari cavale dans l'attente que sa petite femme prenne de la bouteille, qu'il allonge son tableau de chasse de crainte qu'une oiselle la lui fasse oublier, il faut se pincer pour le croire.

Mme Durieux lui fait pitié. Dans toutes les affaires criminelles, on est confronté à ce genre de personnes désemparées. Brusquement, elles sont plongées dans un marasme auquel elles ne comprennent rien. Elles veulent à tout prix se convaincre que tout était pourtant normal jusqu'alors, quitte à défendre même l'indéfendable. Sinon il faudrait admettre que par leur aveuglement elles ont permis que s'accomplisse la catastrophe.

Demaret se lève de son fauteuil.

« Une dernière question, madame Durieux. Pour la forme. Où étiez-vous dimanche après-midi ?

— Ici.

— Votre fille tenait sa boutique, vous m'avez dit ?

— Oui.

— Et votre mari ?

— Habituellement Candice vient dîner avec nous le dimanche midi. Comme elle nous avait avertis qu'elle ne pourrait pas à cause des soldes, Daniel est parti pour la journée à la pêche. Elle devait passer le soir, mais elle n'est pas venue, trop fatiguée sans doute.

— Vous savez où votre mari est allé pêcher ?

— Non... Il vous le dira. Vous n'imaginez tout de même pas... ?

— Je n'imagine rien, madame, rassurez-vous, je m'informe, c'est tout. Il avait pris du poisson, j'espère. »

Pour toute réponse, elle lui accorde son regard d'oiseau blessé. Quand il franchit la porte, un mot d'encouragement lui échappe : « Ça va s'arranger, madame Durieux. Courage ! »

Exactement ce qu'il a dit à Warland mercredi avant que pour le vétérinaire rien ne s'arrange, justement.

Quelques minutes plus tard, il se gare dans le parking visiteurs des entreprises Durieux. Autour de lui, hangars, matériaux, engins de chantier : prospérité affichée. Il avise une salle d'exposition, entre. Au fond, dans un local vitré, Durieux lève la tête et se précipite pour lui ouvrir.

« Eh bien, dites donc, inspecteur, vous en avez mis, du temps !

— Commissaire.

— Oui, excusez-moi. Vous vous êtes égaré ?

— Non, j'ai seulement pris le temps d'une conversation avec votre épouse, une conversation des plus intéressantes, je dois dire.

— Vraiment ? … »

Une bonne vieille tactique : insinuer à l'interlocuteur qu'on détient certaines confidences. Forcément, il se demande lesquelles, il se retrouve directement en porte-à-faux. Déjà un demi-ton plus bas : « Un café, commissaire ? suggère Durieux.

— Sans façons. »

Il reprend place dans son luxueux fauteuil ergonomique, Demaret se pose sur le siège en cuir réservé aux clients de l'autre côté du bureau. Au mur, derrière Durieux est apposée la célèbre photo des ouvriers qui cassent la croûte sur la poutre d'un gratte-ciel. On dirait que leurs pieds vont lui taper dans la nuque.

« Du nouveau sur la mort de notre pauvre Éric ? demande-t-il.

— Il faut le temps que la vérité décante. Nous n'en sommes qu'aux conjectures. Une très sérieuse dès à présent, mais qui ne nous dispense pas d'examiner les autres, même les plus incertaines à première vue.

— Sans doute. J'imagine le travail…

— Notamment, il y a une circonstance dans le décès de votre beau-fils sur laquelle nous devons revenir, ne serait-ce que pour la mettre de côté. C'est que votre fille et le docteur Vanloo étaient en instance de divorce, comme vous me l'avez confié vous-même, autrement dit dans une situation de conflit.

— À fleurets mouchetés ! Il n'a jamais été question de violence entre eux. Je vous l'ai dit, je ne désespérais pas de les réconcilier.

— Vous peut-être. Mais pour eux, l'affaire était entendue, me semble-t-il. Ils s'étaient déjà octroyé un avant-goût de liberté. Vanloo courait le guilledou et votre fille elle-même, si je ne m'abuse…

— Ah non ! Pas Candice ! Candice n'a rien à se reprocher.

— Il y a pourtant ce Nicolas dont votre épouse m'a parlé.

— Ah, elle vous a dit… Un ancien camarade de classe de notre fille, rien de plus.

— Qui s'affiche comme son mari.

— Par simple jeu, commissaire ! Ils restent toujours un peu des enfants. Moi-même, quand j'étais gosse, j'avais juré à ma cousine que je l'épouserais ! Nous en rions encore à l'occasion. Je vous certifie que Candice est blanche comme une colombe.

— Et Nicolas un pauvre pigeon…

— Une tête de linotte plutôt, qui s'amuse à maintenir Candice dans ces enfantillages. Il se moquait bien d'Éric, d'autant qu'il savait le divorce proche.

— Sauf si quelqu'un parvenait à l'empêcher. Vous, en l'occurrence. Vous y travailliez.

— Je n'aime pas les gens qui rompent un contrat. Le mariage est un contrat. Le divorce m'a toujours écœuré, c'est indécent.

— Je salue votre sens moral, monsieur Durieux. »

Durieux grimace. L'ironie du compliment ne lui a pas échappé. Il avait repris de l'allant, mais il voit bien que le commissaire n'est pas près de le lâcher. Demaret l'observe, l'air satisfait de lui-même.

Hier soir, la juge d'instruction lui a tenu la jambe une bonne demi-heure au téléphone. D'abord pour l'informer du sort de Warland. Il n'a rien avoué. Il résiste pied à pied. Bien entendu, elle le garde au chaud, elle doit le revoir ce matin. S'il n'est pas coupable, elle mange son chapeau. Néanmoins, on ne sait jamais. En attendant qu'il passe à table, on pouvait toujours investiguer dans d'autres directions au cas où. Par exemple dans la belle-famille du défunt. Une précaution que lui a suggérée la petite substitute du procureur. D'après elle, Durieux aurait trempé dans des affaires louches avec le père de Vanloo. Le beau-fils, pour ne pas perdre sa tendre épouse, aurait pu menacer Durieux de sortir les cadavres du placard. Simple hypothèse de la substitute, mais elle y tient. Elle est novice, elle veut se faire les dents, il faut bien lui donner un os à ronger.

Demaret a clairement senti que la substitute portait sur les nerfs de Mme Vandewalle. Vu la suffisance de la juge à son propre égard, son irritation tout à coup lui rendait la jeune magistrate presque sympathique. Après tout, Sophie Lebrun a peut-être levé un lièvre. Qui sait s'il n'est pas là devant lui, dans son beau fauteuil de direction, l'oreille aux aguets.

Demaret insiste : « En fait de contrat, votre fille en avait un matrimonial avec son mari, c'est entendu, mais son mariage résultait également d'un accord avec la famille Vanloo.

— Nous sommes très liés avec les Vanloo, c'est vrai.

— Non seulement par les sentiments, mais aussi par les affaires. Quand je dis "affaires", j'entends celles qui font parler d'elles dans les journaux. »

Un pli douloureux tord la bouche de Durieux. Il secoue la tête.

« Les journaux ? Vous voulez dire la presse de caniveau. Des ragots.

— Vraiment ? Vanloo vous menaçait. »

Ballon d'essai : l'hypothèse de la substitute. Si Durieux se récrie, il rengainera. Mais, immédiatement, il voit que l'autre hésite, puis se contente de tempérer : « "Menacer" n'est pas le mot. Éric était nerveux, je l'admets. Il me talonnait. Plus l'échéance du divorce approchait, plus il rechignait à l'accepter. Il ne supportait pas l'idée de perdre Candice.

— Magnifique attachement, qui souffrait pourtant quelques accrocs.

— Je sais que cela peut paraître curieux, mais l'abstinence, de nos jours, ce serait presque une maladie.

— Est-ce que je me trompe ? Vous ne sembliez pas très au courant des écarts de votre beau-fils lorsque je vous en ai touché un mot à la réception funèbre.

— Je l'étais. Devant sa dépouille, comment les évoquer ? Les morts ont droit au silence.

— D'accord. De son vivant, vous aviez abordé la question avec lui ?

— Mais oui. Je craignais que ces histoires n'arrivent aux oreilles de Candice. Elle voulait le divorce à tout prix. L'adultère, naturellement, aurait apporté de l'eau à son moulin. J'avais supplié Éric de se montrer raisonnable s'il voulait que je garde mes chances d'amener ma fille à renoncer.

— Vanloo venait justement de congédier sa dernière conquête lorsqu'il a été tué. C'était sur vos recommandations ? »

Dans les yeux de Durieux, Demaret remarque une lueur d'étonnement. À l'évidence, il ne connaît pas ce détail. Il se demande quel parti en tirer.

« J'aime à le croire, concède-t-il assez adroitement.

— Votre épouse m'a précisé tout à l'heure que Vanloo n'était pas venu chez vous depuis Pâques. Il aura été plutôt long à la détente avant de suivre vos conseils. »

Cette fois, Durieux tourne la tête. Il est à quia. Par chance, on frappe à la porte vitrée. Une jeune femme habillée comme une hôtesse de l'air s'avance, un classeur à la main.

« Pardon, monsieur Durieux, j'avais des documents à vous faire signer.

— Je suis occupé, Vinciane, vous le voyez bien, repassez plus tard.

— Excusez-moi, monsieur. »

Elle pivote sur ses talons et s'éloigne. Bref répit pour Durieux avant que Demaret, c'est sûr, lui demande quand il a vu réellement Vanloo pour la dernière fois. Peut-être réfléchit-il à un faux-fuyant. Mais le commissaire tout à coup change son fusil d'épaule : « À propos, vous avez fait bonne pêche dimanche ?

— Qu'est-ce que vous voulez dire ? Quelle pêche ? »

Durieux n'a pas l'air de comprendre à quoi il fait allusion. Une métaphore peut-être, du genre « aller à la pêche aux nouvelles » ?

« Je ne sais pas à quoi vous pêchez : à la mouche, au lancer, à l'asticot ? Vous êtes bien pêcheur ?

— Oui, à l'occasion.

— Est-ce que j'ai mal compris votre épouse ? Elle m'a dit que vous étiez allé à la pêche dimanche.

— Ah oui… J'avais oublié.

— Que vous étiez à la pêche ?

— Non… Que c'est ce que j'ai prétexté à ma femme.

— Très bien, monsieur Durieux ! Encore un petit effort : vous allez m'indiquer où vous étiez dimanche. Réfléchissez bien. Vous n'avez pas pu disparaître une journée entière sans laisser de traces. À moins peut-être de passer dans une autre dimension ? Vos allées et venues, je vous garantis que je les retrouverai. Alors, autant casser le morceau tout de suite. »

S'il avait le loisir de réfléchir à ce qui se passe en lui, Demaret lui-même s'étonnerait. Il est venu poser quelques questions à Durieux pour se conformer scrupuleusement aux injonctions de la juge d'instruction, qui, de son côté, obtempérait à contrecœur aux lubies de la substitute. De cette entrevue il n'attendait rien. Un coup d'épée dans l'eau.

Mais dans les enquêtes, comme dans bien d'autres affaires humaines, le plus certain, c'est l'incertain. Voilà que, de fil en aiguille, Durieux, qu'il tenait pour un paltoquet insignifiant, se déplace dans le camp des suspects. Au point que Demaret sent monter en lui une excitation de fox-terrier qui vient de flairer le passage d'un renard dans une chasse au sanglier. À tout prendre, il en oublierait Warland, qu'il a plutôt à la bonne, pour se retourner contre cet arrogant, qui lui sort par les yeux. Encore plus quand il lui répond avec un air de sincérité soudaine : « La vérité, commissaire, c'est que j'étais à Fontenal.

— À Fontenal !

— Oui.

— Chez Vanloo ? Au presbytère ?

— À l'auberge du Vieux Moulin. J'avais invité Éric à déjeuner.

— À quelle heure ?

— Midi.

— Et jusqu'à quelle heure êtes-vous resté avec lui ?

— Il est parti vers treize heures trente. Il avait un rendez-vous.

— Ah oui, en effet…

— Et vous ?

— Vers trois heures, trois heures et demie. Quand Armand est venu saluer.

— Armand ?

— Le cuisinier. Il vient toujours faire un tour auprès des clients à la fin du service.

— Ce déjeuner avec Vanloo, en quel honneur ?

— Le divorce, évidemment. Je voulais qu'Éric garde espoir. Je l'avais soutenu depuis le début, j'avais tout fait pour que Candice renonce. Mais l'échéance se rapprochait, il devenait de plus en plus nerveux, agressif, même vis-à-vis de moi.

— À quatorze heures, il attendait sa maîtresse pour rompre. Alors, c'est vraiment vous qui l'en avez convaincu ?

— Non. Honnêtement je ne peux pas m'attribuer cela. Depuis longtemps, comme je vous l'ai dit, je lui conseillais de se ranger. Mais dimanche je n'ai pas voulu m'appesantir sur la question.

— Quand il vous a quitté, il vous a semblé moins remonté contre vous ?

— Pas franchement. »

Demaret ne sait plus que penser. En avouant que Vanloo gardait une dent contre lui, Durieux se compromet. Suprême habileté ? Ou ce type si rébarbatif à première vue est-il capable de baisser la garde ? Et ce n'est pas la suite de ses confidences qui va ôter ses doutes au commissaire. Il demande : « Après le repas, qu'est-ce que vous avez fait ?

— Je suis allé à Orval.

— À l'abbaye ?

— Oui, ce n'est pas loin.

— Boire une trappiste ?

— Non. Prier.

— Vous vous moquez de moi ?

— Pourquoi ? Il y a encore des gens qui prient, commissaire, même si ça vous semble incongru. J'ai prié pour que Dieu m'aide à repousser ce divorce. Je peux même vous confier que ça m'a fait du bien. J'ai senti que je serais exaucé.

— En effet, on peut dire que vous l'avez été.

— D'une façon inattendue, c'est vrai. Les voies du Seigneur… Sur le moment, j'étais certain que je pouvais rassurer Éric. Je suis repassé chez lui avant de rentrer à Waterloo. Vous voyez que je ne vous cache rien.

— Il vous a reçu ?

— Non. J'ai frappé à sa porte, plusieurs fois, avec le heurtoir. Il n'a jamais répondu.

— Il était quelle heure ?

— À peu près six heures, six heures trente.

— Vous n'êtes pas entré ?

— Non. Comment aurais-je pu ? La porte était fermée à clé. »

Demaret s'arrête. Il respire à fond. Il va risquer un dernier coup de force : « Vous n'aviez pas votre clé du presbytère sur vous ? »

Durieux blêmit, il ravale sa salive : « La clé du presbytère ? Moi ? Je n'ai jamais eu cette clé. »

18.

Paulette, la patronne de l'auberge du Vieux Moulin, vient de reprendre sa place à la réception, devant son ordinateur. Il est une heure et quart. Elle a avalé une bouchée à la cuisine, un sandwich garni qu'Armand, le chef, lui a composé. Avec ça, deux verres de beaujolais, c'est-à-dire un de plus que d'habitude. L'entretien qu'elle a eu tout à l'heure avec le commissaire Demaret lui a mis les nerfs en pelote. Elle avait besoin de se détendre. Armand lui-même s'est inquiété : « Quelque chose ne va pas, Paulette ? » Le vendredi après-midi, il entame la préparation des repas du week-end. Tout en épluchant les légumes, il l'observait du coin de l'œil. Elle n'a pas répondu.

Objectivement, tout va bien. À titre personnel, elle n'a aucune raison de se faire du souci. N'empêche, être pressé de questions par un policier, même si on n'a rien à se reprocher, ça fait un drôle d'effet.

Elle, si un client l'interroge, elle répond avec aplomb : « Oui, le poulet est bio. Produit du pays, élevé en plein air. » Elle incarne l'autorité. Si ça lui chante, elle peut même accommoder allègrement la réponse aux attentes du gourmet, à supposer par exemple que le chapon n'ait jamais mis le bec en dehors de sa batterie. En revanche, quand un flic interroge, c'est lui qui prend l'ascendant aussitôt, et il s'agit de peser ses mots avec le plus grand soin. Très déplaisant.

Devant son écran, sans y prêter vraiment attention, elle passe en revue les réservations de la fin de semaine : trois couples de Flamands, deux de Hollandais, en séjour gastronomique du vendredi après-midi au dimanche soir. Des habitués. Ceux de Maastricht arriveront les premiers, d'ici une demi-heure.

Elle incline un peu son siège vers l'arrière. Le plus perturbant après une discussion avec un enquêteur, c'est qu'on dirait qu'il n'y a pas mis un terme en repartant, mais qu'il l'a laissée dans votre crâne, où elle continue à tourner comme une toupie. Pourquoi a-t-il demandé ceci ou cela ? Qu'est-ce qu'il avait derrière la tête quand il a posé telle question ? Fallait-il répondre ce qu'elle a répondu ? Cela rappelle certains examens à l'école, lorsqu'il convient moins d'affirmer ce que l'on pense que de chercher la réponse qui plaira à l'examinateur. Quelle note Demaret lui a-t-il attribuée ?

Pas un instant il ne s'est départi de son air bonasse, mais ça ne veut rien dire. Elle était occupée à arranger la terrasse à l'arrière de l'auberge. Elle déployait les parasols, passait la serpillière sur les tables et les chaises. Les clients, certainement, s'y reposeraient à leur arrivée. C'est un des atouts de l'établissement, surtout l'après-midi et à la tombée du jour, quand le soleil chauffe les lames du plancher en épicéa (du pays) qu'elle a fait installer il y a trois ans. La vue donne sur la rivière toute proche, dont on entend le perpétuel clapotis, et s'ouvre sur la vallée plantée de peupliers noirs odorants. Un régal pour les yeux, les oreilles, les narines, auxquels on peut ajouter les papilles en commandant le cocktail maison au genièvre et à la framboise (du pays).

Tout à coup, Demaret a surgi à l'improviste derrière elle. Il était entré – personne à la réception – et, sans se donner la peine d'appuyer sur le timbre du comptoir, il était passé dans la salle à manger puis, de là, sur la terrasse. Des manières de flic, qui se croit tout permis.

« Madame Charlier, est-ce que je vous dérange ?

— Commissaire ! Mais comment... ?

— Je me suis permis... Dites donc, quel magnifique panorama !

— N'est-ce pas ? Que puis-je faire pour vous ?

— Désolé de vous embêter. Quelques vérifications supplémentaires. Ça m'ennuie autant que vous. Le train-train des enquêtes : on passe son temps à recouper les informations, neuf fois sur dix, pour enfoncer des portes ouvertes.

— Il est midi. Un apéritif ?

— Pourquoi pas ? »

Elle est allée le préparer et, quand elle est revenue avec les deux verres, le commissaire s'était installé à une table sans parasol dans la portion de terrasse déjà investie par le soleil. Elle l'a servi, s'est assise à son tour, se demandant tout à coup pourquoi elle avait cherché sans réfléchir à le mettre dans de bonnes dispositions.

Il a levé son verre : « Santé ! » Il a humé la boisson, une moue d'appréciation, puis de but en blanc : « Le docteur Vanloo a déjeuné chez vous dimanche ?

— C'est exact.

— Vous auriez pu me le signaler hier quand je suis venu voir Mme Brasseur.

— Vous ne me l'avez pas demandé. Quelle importance, au fait ?

— Dans les heures qui précèdent un meurtre, tout est important. Vanloo était un client régulier ?

— Assez, oui.

— Avec sa maîtresse, la femme du vétérinaire ?

— Non, avec elle il n'est jamais venu.

— Avec d'autres ?

— Oui.

— Pourquoi pas avec celle-là ?

— Je suppose qu'elle préférait ne pas s'afficher avec cet homme dans un endroit où chacun pratiquement la connaît. Les autres, c'étaient des étrangères, des Luxembourgeoises, des Françaises. Elles s'en fichaient.

— La femme de Warland aurait été mal reçue ?

— Le client est roi. Pourtant, on a beau faire, elle aurait senti une certaine réserve de la part du personnel. Mathias, son mari, est quelqu'un de très apprécié dans la région. Son arrestation, hier, a surpris.

— Les nouvelles vont vite.

— C'était dans le journal ce matin. Première page des informations régionales : "Un suspect arrêté dans le crime du presbytère." Encore heureux, il n'est pas nommé, mais ce n'est un secret pour personne. Excusez-moi de vous le dire, commissaire, les gens d'ici pensent tous que vous faites fausse route.

— Ah oui ?

— Mathias est incapable de la moindre violence. »

Bien entendu, elle n'avait pas oublié que Mathias avait arrangé le portrait d'une brute qui maltraitait son chien, ainsi qu'elle l'avait rapporté à Alice pas plus tard que la veille. Si le commissaire devait l'apprendre, elle n'était pas censée être au courant. Mais comme l'entretien à peine commencé s'était porté sur les Warland, elle n'avait pas résisté à soutenir Mathias.

La raison ? Une sorte de solidarité locale d'abord, contre un étranger – Vanloo venu semer la pagaille dans la vie si bien réglée des campagnes. Ce n'est pas que l'adultère y soit inconnu, mais on s'y adonne discrètement, entre soi. Bien des personnes qui ne l'auraient pas avoué considéraient que Vanloo n'avait pas volé ce qui lui était arrivé. Elle-même ne serait pas allée jusque-là, même si le piratage du couple Warland lui faisait mal au cœur.

En général, les clients, du fait de son affabilité commerciale, la prennent pour une veuve joyeuse. Un AVC a emporté son mari il y a cinq ans. Il avait piqué la tête la première dans le parterre de rosiers qu'il était occupé à tailler. Elle avait dû lui enlever du nez la terre qu'il avait inspirée dans son ultime respiration.

D'un côté, bien sûr, la disparition d'Émile lui a permis de devenir la patronne. Jusqu'alors, elle était juste bonne à servir à table. Dommage qu'il soit mort, il aurait constaté que l'auberge prospère comme jamais. La terrasse, par exemple, un investissement qu'elle préconisait depuis longtemps, devant lequel il avait toujours renâclé, il y a de nouveaux clients qui ne viennent que pour elle.

D'un autre côté, cependant, Émile lui manque cruellement en dépit de ses manières de seigneur et maître. Qu'est-ce qu'elle aimerait qu'un homme la serre dans ses bras le soir après la fermeture, qu'il lui donne des bécots dans le cou, lui presse la joue sur la râpe de sa barbe. Des douceurs un peu bébêtes, qui font le charme de la vie à deux quand on s'entend. Elle n'a jamais pu comprendre que Lynn ait fichu en l'air un bonheur si précieux.

Lynn et Mathias venaient régulièrement souper après la saison des vêlages. En les servant, elle enviait Lynn qui, une heure ou deux plus tard, se blottirait au lit contre le thorax vigoureux moulé par le polo de Mathias. Comment cette idiote avait-elle pu gâcher sa chance ?

Il y a trois mois, alors que la rumeur de ses escapades avec le docteur du presbytère venait de se répandre, Lynn a téléphoné pour réserver une table. Elle avait fait l'innocente : « Je la note tout de suite. Donc, Warland, deux couverts.

— C'est-à-dire… non… mets ça au nom de Vanloo.

— Le docteur ?

— Oui, c'est un ami.

— Vous serez trois alors ?

— Non… seulement le docteur et moi. »

Elle avait retenu son souffle un moment, puis : « Désolée, Lynn. Je m'aperçois que nous sommes complets. Une autre fois, peut-être… »

Cette rebuffade, le commissaire n'avait pas besoin de la savoir. Qu'il croie que Lynn ait compris d'elle-même qu'il valait mieux ne pas s'exhiber avec son gigolo, après tout, c'était à l'honneur d'une femme qui pour le reste l'avait perdu. Paulette, par simple honnêteté, lui avait fait sentir ce que chacun pensait de son comportement. Tous les fermiers soutenaient Mathias à leur façon, sobrement d'une tape dans le dos, d'une bourrade à l'épaule. Quant aux fermières, il suffisait de se rappeler comment Alice, sur la seule allusion à sa possible culpabilité, avait volé hier à son secours. Pas une qui n'éprouvait pour lui de la pitié, voire plus.

Pour sa part, en tout cas, son soutien au vétérinaire, elle ne l'a pas envoyé dire au commissaire. Il n'a pas insisté. Tout de suite, il est revenu au repas de dimanche : « Est-ce que je dois comprendre que Vanloo a déjeuné seul ?

— Non, il était en compagnie de M. Durieux.

— Durieux ?

— Son beau-père. Il avait réservé samedi soir.

— Durieux fait partie de votre clientèle ?

— Oui, depuis des années. Il vient à la pêche en saison. C'est lui qui avait repéré le presbytère à louer pour le docteur il y a deux ans.

— Ils déjeunaient souvent ensemble ?

— Ces derniers temps, oui.

— Durieux n'était pas accompagné de sa fille ?

— Non, il était seul comme toujours.

— Curieux, vous ne trouvez pas ? Elle aurait pu en profiter pour venir voir son mari.

— Ça ne me regarde pas.

— Vanloo et Durieux semblaient bien s'entendre ?

— Quand on déjeune ensemble…

— Dimanche, comment vous ont-ils paru ? Sereins ? »

Un hôtelier est tenu à une certaine réserve. Paulette l'a toujours observée, non seulement à propos des soi-disant maris et femmes qui passent le week-end à l'auberge, mais encore à l'égard des conversations des clients du restaurant qu'elle pourrait intercepter pendant le service. Cependant il lui semblait deviner que le commissaire suspectait quelque chose de pas clair entre Durieux et son beau-fils. Est-ce qu'il soupçonnerait Durieux ? Dans ce cas, elle pourrait lui donner du grain à moudre. L'occasion rêvée de détourner son attention de Mathias.

Elle a pris l'air de quelqu'un qui se fait violence : « Je n'ai pas l'habitude d'espionner mes hôtes, commissaire. Tenez, M. Durieux m'avait demandé de ne dire à personne que le docteur était son gendre, quand il lui a trouvé le presbytère. Je n'en ai jamais fait mention à quiconque. Mais, bon, vu les circonstances… Pour en revenir à dimanche, c'est vrai qu'ils étaient plutôt nerveux.

— Mais encore ?

— À un certain moment, le docteur s'est mis à marteler la table de son poing. M. Durieux s'efforçait de le calmer.

— À quel sujet ?

— Je l'ignore. Tout ce que je peux vous dire, c'est que le docteur s'est exclamé : “Je n'y renoncerai jamais !" suffisamment fort pour que tout le monde entende.

— Ils se sont quittés fâchés ?

— Le docteur est parti le premier, sans saluer d'ailleurs.

— À quelle heure ?

— Je dirais vers treize heures trente.

— Et Durieux ?

— Il est encore resté un bon moment. Il est allé en terrasse. Il a pris un café et un digestif maison. Vous ne buvez pas, commissaire ?

— Si, si. »

Demaret a siroté quelques gorgées, mais il n'a pas achevé le verre. Il prenait son temps, il avait encore des questions à poser.

« Dites-moi, Durieux et Vanloo sont arrivés ensemble, en même temps ?

— Oui, je les ai placés à table.

— Durieux était passé prendre Vanloo au presbytère sans doute.

— Probablement. La voiture de M. Durieux se trouvait dans le parking, je m'en souviens. On ne peut pas la manquer, avec la publicité pour son entreprise sur la vitre arrière.

— Par conséquent, Vanloo est reparti à pied.

— Forcément.

— Bizarre… Mes hommes ont interrogé le village entier, personne n'a mentionné l'avoir remarqué.

— Il a dû rentrer par le chemin des Gades.

— C'est-à-dire ?

— Un petit sentier qui longe la rivière, puis qui monte vers le haut du village, à flanc de colline. Une "gade", c'est une chèvre, en wallon, commissaire.

Le chemin passe derrière le presbytère, il rejoint la rue du Bailly un peu plus haut, après le cimetière. En cinq minutes, le docteur était rendu.

— D'accord… Durieux vous a dit où il allait quand il est reparti ?

— Chez lui, je suppose.

— Il n'est pas repassé ensuite, en fin de journée ?

— Non. Pourquoi ?

— Je ne sais pas : reprendre un canon de ce divin breuvage, peut-être ! »

Demaret, cette fois, s'est envoyé une ultime lampée. Il a reposé son verre, a quitté sa chaise et s'est avancé de quelques pas jusqu'au bord de la terrasse. Il a demandé : « Le sentier, on le voit d'ici ?

— Penchez-vous vers la droite. Vous voyez l'embranchement de l'ancien bief ? La petite passerelle ? C'est pour le sentier.

— J'aimerais y faire un tour. On y a accès par le parking ?

— Venez avec moi, je vais vous montrer plus facile. »

Elle l'a fait passer par les cuisines, puis par la buanderie attenante. De là, on peut sortir dans le jardin où elle cultive des plantes aromatiques. Au fond, une barrière à claire-voie s'ouvre sur la berge. En quelques enjambées, on se trouve sur le sentier.

Le commissaire est parti. Elle a regagné la terrasse pour l'observer. Il avait jeté son blouson sur une épaule et retroussé ses manches. À en juger par sa petite brioche, il ne devait guère être habitué à marcher. Il a disparu à l'endroit où le chemin se transforme en raidillon et se perd dans les broussailles.

Qu'est-ce qu'il mijotait ? Est-ce qu'il s'était mis en tête que l'assassin du docteur avait emprunté ce passage discret ? Dans ce cas, il devrait s'agir de quelqu'un du village, qui connaît bien les lieux. Déjà, cela mettrait Durieux hors de cause. Encore que... Il aurait pu repérer le raccourci un jour en venant à la pêche. Ce qui est plus que sûr, c'est que Mathias, lui, ne le connaît pas.

Un quart d'heure plus tard, elle a aperçu le commissaire de retour. Il se dirigeait vers la clôture du potager. La curiosité la démangeait. Elle est allée l'attendre sur le seuil de la buanderie. Elle a crié : « Commissaire, repassez donc par ici ! »

Il était rouge comme un homard.

« Je vous sers un verre d'eau ?

— Pas de refus. »

Il s'est affalé sur la seule chaise du local, tandis qu'elle lui remplissait un gobelet au robinet de la grande plonge en inox. Tout en s'épongeant le front, il regardait autour de lui les étagères au mur, où est entreposée la vaisselle : services de table, verrerie, couverts, cristaux.

« Eh bien, quel arsenal ! a-t-il prononcé avec un sifflement admiratif. Rien que du beau, en plus !

— Il n'y a pas que le contenu des assiettes qui doit réjouir les yeux, le contenant également ! »

Il a bu son eau à petites gorgées. Puis, comme si ça lui revenait à l'esprit : « Et tout ça, c'est Mme Brasseur qui l'entretient ?

— Oui.

— Pas de lave-vaisselle ?

— Une machine ne fera jamais la besogne aussi soigneusement qu'une femme experte comme Alice.

— Il n'y a qu'elle pour tout le travail ?

— Le plus souvent. Il arrive que j'engage un extra en cas de grosse affluence, un banquet par exemple. Mais je n'y tiens pas. Un limoges ébréché, un val-saint-lambert en morceaux : je me retrouve avec un service dépareillé. Alice ne casse jamais rien. »

Le commissaire s'est levé, s'est approché des rayonnages. Il soulevait une assiette, mirait un verre, comme un connaisseur. Puis, soudain, il s'est arrêté devant le râtelier des couteaux de cuisine. Cinq instruments munis de lames aussi redoutables l'une que l'autre. Il en a saisi un et a passé le plat de son pouce sur le tranchant en hochant la tête. Il l'a raccroché, s'est retourné et a demandé : « Dimanche, Alice se trouvait seule ici ?

— Oui.

— Tout l'après-midi ?

— Certainement.

— Le plus gros de la vaisselle arrive à quel moment ?

— Ça commence déjà après les entrées, vers treize heures.

— Et ça ralentit quand ?

— Aux alentours de quinze heures. Mais il restera encore la vaisselle des cafés, des viennoiseries, des liqueurs.

— Entre-temps, il y a un peu de relâche ?

— Si on veut.

— Vous m'avez affirmé hier qu'Alice n'avait pas pu s'absenter, mais vous-même, vous êtes très occupée. Vous n'avez pas le temps de vérifier ce que fait le personnel. Elle aurait pu se défiler un quart d'heure sans que vous le sachiez.

— Le cuisiner s'en serait aperçu. Armand va bientôt arriver, vous lui demanderez.

— Je vais me contenter de votre avis. Il faut que j'y aille. »

Le commissaire a salué, il est parti pour de bon cette fois.

Maintenant qu'elle remâche sa visite, tandis que les vapeurs de ses deux beaujolais se dissipent, Paulette tout à coup s'avise qu'Armand ne reste pas tout le temps aux fourneaux. Vers trois heures et demie, il a l'habitude de passer une veste blanche bien nette, avec l'écusson de l'auberge et le col tricolore français qu'il a mérité jadis lors de son apprentissage chez Doucet en Bourgogne. Ainsi paré, il va saluer les clients table par table. Cette agréable minute des compliments dure au moins une demi-heure, pendant laquelle il ne pourrait garantir qu'Alice était toujours dans la buanderie.

Décidément, cette douce Alice, si prompte à défendre Mathias, est-ce que… ? De toute façon, hors de question de rappeler le commissaire pour rectifier ses affirmations. Qu'il se débrouille ! Elle a mieux à faire : voilà les Hollandais de Maastricht qui entrent.

19.

À l'horloge de l'église de Fontenal, en face du presbytère, le coup de la demie de quatorze heures vient de sonner. Une deuxième voiture se range sur le parking de l'auberge du Vieux Moulin. Elle est immatriculée en Allemagne, confirmation qu'on est vendredi, car les autres jours on ne voit jamais d'étranger dans le village. Le week-end va commencer.

Dans une enquête criminelle, surtout si le meurtre a été découvert le lundi, le vendredi aussi compte plus que les autres jours. Les enquêteurs, les magistrats ne sont pas pétris d'une pâte autre que celle du commun des mortels : ils aspirent au repos hebdomadaire. Personne n'a envie de rester sur la brèche le samedi ou le dimanche. En particulier si l'anticyclone des Açores semble disposé à réfuter jusqu'à la fin du week-end l'horrible réputation du climat ardennais.

Par ailleurs, au bout d'une semaine d'investigations, si elles ne sont pas décisives, une certaine lassitude se fait sentir. Comme l'a si bien affirmé la juge d'instruction à la jeune substitute, dans la plupart des affaires, ou on trouve tout de suite, ou l'enquête s'enlise.

Tout de même, il reste quelques heures avant la fin de la journée. On peut toujours espérer qu'un rebondissement survienne, de quoi reprendre le collier énergiquement, lundi du moins. C'est la perspective qui tient encore Sophie Lebrun en haleine. Elle vient de raccrocher après un coup de téléphone plein de surprises avec le commissaire Demaret et à présent elle réfléchit à ce qu'elle pourrait faire avant ce soir.

Depuis son entrevue hier avec la juge d'instruction, elle était sur des charbons ardents. Mme Vandewalle allait-elle vraiment ordonner au commissaire les devoirs complémentaires conformes à ses injonctions ? Elle y avait acquiescé, mais en freinant des quatre fers. S'il s'avérait qu'elle n'obtempérait pas, il faudrait saisir la chambre des mises en accusation de la cour d'appel. Dernière extrémité, elle ne tient pas à y recourir. Une débutante qui pousse dans les cordes une magistrate expérimentée, ça risque de faire sourciller la hiérarchie et de lui retomber sur le nez. D'autant qu'à la réflexion dévier l'enquête vers Daniel Durieux, alors que la juge d'instruction se fait fort d'avoir appréhendé le coupable idéal, ce n'est peut-être pas le meilleur moyen de s'allier la cour d'appel.

Qu'est-ce qui l'a poussée à provoquer ce revirement ? Un examen sérieux des éléments susceptibles d'apporter un nouvel éclairage sur l'enquête ? Ou une faveur accordée à Lynn au nom de leur ancienne amitié ?

La détresse de Lynn l'a émue jusqu'à un certain point, c'est vrai. Mais ce qui l'a réellement touchée, c'est que Lynn ait dû faire appel à son pouvoir de magistrat. Il y avait là comme une revanche sur la trahison de son ex-amie, qui l'avait laissée en plan à l'université. Maintenant qu'elle ne savait plus à quel saint se vouer, elle se jetait à ses pieds. C'était passablement grisant.

Le soir, à la maison, Tristan lui a demandé comme chaque jour si les recherches progressaient autant qu'elle le voulait. Simple question pour la forme, sans solliciter de détails, avec son petit air ironique. Depuis la soirée de lundi, quand il avait mis en doute qu'elle puisse s'en tirer, en guise de représailles pour son peu de considération elle s'est retranchée derrière son devoir de réserve. Dommage, elle aurait été soulagée de lui avouer l'intervention inattendue de sa vieille copine. Elle aurait pu confesser à quelqu'un ce léger accroc à la déontologie, que Tristan aurait sans doute minimisé, ce qui aurait apaisé ses scrupules.

Donc elle a très mal dormi.

Au matin, elle a continué à ruminer ses doutes. Téléphoner à la juge d'instruction pour s'informer des démarches de Demaret, elle n'osait pas. Juste avant deux heures, n'y tenant plus, elle vient de contacter le commissaire. Rembarrée pour rembarrée, autant que ce soit par un mufle plutôt que par une teigne.

À peine la tonalité a-t-elle retenti qu'elle a entendu tomber trois syllabes sèches : « Demaret.

— Euh… commissaire Demaret ?

— Lui-même.

— Sophie Lebrun, la substitute du procureur…

— Ah… (Déjà agacé.) Mademoiselle Lebrun, je vous écoute.

— Je… je voulais prendre des nouvelles. Vous avez enquêté sur M. Durieux ?

— Je ferai un rapport à la juge d'instruction tout à l'heure. Vous le lui demanderez.

— … Est-ce que nous ne pouvons vraiment pas nous entendre, monsieur Demaret ? Je n'ai pas du tout l'intention de vous empêcher de faire votre métier, croyez-moi. Je vous fais une entière confiance. Au parquet, tout le monde vous considère comme un policier exceptionnel. Simplement, nous voilà vendredi, j'aimerais savoir où on en est avant de partir en week-end. »

Elle a entendu Demaret soupirer, peut-être encore contrarié, mais malgré tout radouci par la pommade qu'elle venait de lui passer, sans quoi il n'aurait pas repris d'un ton moins bourru : « Eh bien, oui, j'ai interrogé Durieux. Je vais même vous étonner : il a rencontré Vanloo dimanche. Ils ont déjeuné ensemble à l'auberge de Fontenal, le Vieux Moulin.

— Ça alors !

— Ils ont eu une discussion un peu difficile, semble-t-il, à propos du divorce réclamé par sa fille. Ils se sont quittés fâchés vers treize heures trente.

— Eh bien, je me doutais que Durieux n'était pas net, mais tout de même…

— C'est plus que vous n'espériez, je suppose.

— En effet… Pensez-vous que Durieux aurait pu…

— Ne nous emballons pas, mademoiselle Lebrun. Si on devait assassiner tous ceux avec qui on a un différend !

— Bien sûr. Je vous demande juste si la chose est envisageable. Est-ce que Durieux avait une clé du presbytère ?

— Lui prétend qu'il n'en a jamais eu.

— Vous avez vérifié le nombre de clés en circulation ?

— Oui, mes hommes s'en sont occupés.

— Et ?

— Les doubles ont été réalisés dans une échoppe de la galerie du Carrefour dans le parc commercial des Trois Frontières. Le ticket de caisse indique trois copies. Donc celle de la femme de ménage, Mme Brasseur, celle de Lynn Warland et une troisième dont il faudra établir le destinataire.

— Eh bien, voilà ! Durieux !

— Je vous répète qu'il affirme qu'il n'en avait pas.

— Vous le croyez ?

— Il m'a paru sincère.

— Il ment peut-être très bien.

— Franchement, je suis prêt à lui faire crédit sur ce point.

— Pourquoi ?

— Le problème avec un salaud, c'est qu'on a tendance à lui mettre tout sur le paletot. Haro sur le baudet. Si Durieux était coupable, je ne crois pas qu'il serait allé jusqu'à me raconter, comme il l'a fait, qu'il était repassé vers six heures au presbytère, où il avait trouvé porte close : autant me tendre la corde pour le pendre !

— À moins qu'il ne soit plus rusé qu'on ne l'imagine…

— Ça reste possible, en effet. »

Même s'il avait des doutes sur Durieux, elle a senti que Demaret n'avait pas envie de creuser cette piste, peut-être tout simplement parce que la juge d'instruction l'avait contraint à l'examiner. Comme un joueur d'échecs, il préfère suivre sa tactique jusqu'au bout plutôt que d'écouter quelqu'un qui par-dessus son épaule lui souffle à l'oreille une stratégie différente. À la limite il aimerait mieux perdre que de gagner grâce à un autre.

Elle a laissé tomber Durieux pour ne pas le cabrer et l'a relancé sur la troisième clé : « Une autre suggestion pour la clé dans la nature ?

— Je ne sais pas. J'essaie de me mettre à la place de Vanloo. Il a fait réaliser ces doubles quand il a engagé Mme Brasseur pour son ménage. À ce moment, il a probablement pensé qu'il pourrait avoir besoin de plus d'un exemplaire. Le presbytère devait être rafraîchi sans doute. Des ouvriers viendraient le retaper. Dans ce cas, on convient d'un endroit où dissimuler la clé, disons sous un pot de fleurs, et la personne la remet dans la boîte aux lettres à la fin des travaux. Tant qu'à faire, il a donc commandé trois copies. À ce moment-là, il ne songeait pas à Lynn Warland bien entendu. C'est quand il l'a connue qu'il a eu l'idée de lui donner une des deux clés qui lui restaient. La troisième doit être entre les mains d'un plombier quelconque, qui a oublié de la lui rendre.

— C'est une explication marquée au coin du bon sens, effectivement. Je n'en vois guère d'autre.

À moins, peut-être, qu'il n'ait donné une clé à sa femme. Vous y avez pensé ?

— Vanloo et sa femme étaient en guerre. Elle n'était que trop contente qu'il soit parti, elle n'avait certainement pas l'intention de venir le rejoindre. Il le savait parfaitement. De toute façon, elle est hors de cause. Elle a un alibi en béton : dimanche, elle tenait sa boutique de Bruxelles pour les soldes.

— Vous l'avez vérifié ?

— Pas encore. Mais il n'y a guère de doute possible sur ce point. Je compte lui faire une petite visite après le week-end. C'est son jour de fermeture, elle me l'a dit ce lundi, quand elle est venue identifier le corps. Comme ça, du même coup, je convoquerai son amoureux.

— Elle a un amoureux ? Première nouvelle !

— Un freluquet avec lequel elle s'est carapatée avant même que son mari ne soit enterré.

— Très intéressant !

— Attention, je dis bien un freluquet. Je doute qu'il ait l'étoffe d'un assassin. Mais il faut fermer toutes les portes, n'est-ce pas ?

— Certainement… En tout cas, je vous remercie, monsieur le commissaire. Je vous souhaite un bon week-end. Reposez-vous. »

Il n'a pas répondu. Sans doute se repentait-il déjà de s'être montré si prolixe.

En tout cas, pour sa part, Sophie ne regrette pas de l'avoir appelé. Ce qu'elle a appris de Durieux confirme ses pressentiments. Depuis la veille, elle se demandait si elle ne le soupçonnait pas à la légère, mais maintenant il est évident que ce type est aussi clair que deux qui ne le sont pas. Et pas seulement lui, mais toute sa famille : un beau panier de crabes. La jeune veuve, avec ses airs d'innocente colombe, roucoulait de son côté – qui l'aurait cru ? Avec un blanc-bec sans intérêt selon Demaret, vu qu'in petto il ne démord pas de la culpabilité de Warland. Y renoncer lui gâcherait son week-end sans doute.

Elle l'imagine déjà, un tablier à bavette sur sa brioche, une Stella à portée de main, occupé à braiser des tranches de lard au barbecue. Dimanche, grasse matinée, restes des cochonnailles à midi, puis sieste à l'ombre. Il ne lèvera pas le petit doigt avant lundi.

Elle a bien envie de lui brûler la politesse. La conversation qu'elle a surprise au cocktail funéraire lui trotte toujours dans la tête. À première vue, un tueur à gages, c'est absurde, la juge d'instruction n'a pas tort. Néanmoins, le simple fait qu'une pareille énormité soit sortie de la bouche de Candice montre bien dans quel marécage elle barbote. Elle ne saurait ignorer complètement les magouilles de son père. Elle les a pimentées d'un peu d'action, comme dans les histoires de gangsters à la télé.

Quel genre de fille est-elle au juste ? Son obstination à obtenir le divorce, son indifférence à la mort violente de son mari, sa fuite avec son soupirant, qu'est-ce que cela peut bien cacher ? Demaret va-t-il le découvrir lundi ? Avec ses gros sabots ? Persuadé d'avance qu'il n'y a rien à en tirer ?

Ne vaudrait-il pas mieux que ce soit une femme qui la circonvienne avec finesse ? La police criminelle est presque entièrement aux mains des hommes. Ceux qui l'organisent ne savent pas ce qu'ils perdent en snobant l'autre sexe. Bien sûr, il y a la juge d'instruction, mais elle est aussi rétamée que Demaret. Ce qu'il faudrait, c'est une jeune femme, décidée, sans préjugé, dotée d'un bon feeling. Bref, qui d'autre que la dénommée Lebrun Sophie, ici présente ?

Elle rouvre le fichier Vanloo que lui a transmis Mme Vandewalle, tape « Durieux Candice » et aussitôt le signalement complet apparaît à l'écran, notamment le nom et l'adresse de sa boutique, le Poteau rose, avenue Louise. Un crochet par Google : fermeture à dix-huit heures.

Ni une ni deux, elle éteint l'ordinateur, attrape sa veste et quitte son bureau. Dans le couloir, elle tombe sur le greffier.

« Ah, monsieur Jeangout, je m'en vais. À lundi ! Votre épouse, ça va ? »

Non, ça ne va pas mieux, comment serait-ce possible, elle est condamnée. C'est triste, mais on ne peut pas endosser toute la misère du monde. Elle monte dans sa voiture, démarre sur les chapeaux de roue, excitée, pour ne pas dire heureuse.

À cinq heures et demie, elle sort du métro Louise. Elle a laissé sa voiture à Delta, au parking de délestage. Quelques pas dans la rue, elle repère aussitôt le Poteau rose. À travers la vitrine, elle reconnaît Candice, en conversation avec une cliente qui s'examine dans une glace sur pied, une jupe plaquée sur la sienne. Candice porte une robe courte à bretelles spaghettis couleur groseille. Une sacrée dégaine pour une femme en deuil ! Qui d'ailleurs croirait que si jeune elle est déjà veuve ? Les clientes qui ignorent qu'elle est la propriétaire doivent la prendre pour une étudiante qui se fait un peu d'argent.

Sophie pousse la porte, Candice la salue, fronce un peu les sourcils, mais certainement elle ne la remet pas. Le temps qu'elle en termine avec la cliente indécise, Sophie compulse quelques vêtements sur le portant le plus proche. La femme s'en va sans rien acheter, Candice s'approche : « Je peux vous aider ?

— Vous ne me reconnaissez pas ? Sophie Lebrun, la substitute du procureur du roi. Je vous ai saluée à la réception funéraire mardi.

— Ah oui…

— J'étais de passage à Bruxelles, j'en profite pour prendre de vos nouvelles. Toujours sous le choc, je suppose ?

— Ça peut aller… »

Plus que véritablement surprise, Candice semble défiante. Forcément, elle se demande ce que signifie cette visite inattendue d'une magistrate qui lui tombe dessus avec un prétexte gros comme une maison. Autant jouer franc jeu.

« Est-ce que nous pourrions bavarder un moment, madame Vanloo ? Vous fermez bientôt ?

— Dans dix minutes.

— Où cela vous arrange… Ici ou… ?

— J'ai promis à mon ami de le retrouver au café de la Presse, un peu plus loin sur l'avenue.

— Parfait ! Je vais y aller. Je vous attends. »

À six heures cinq, Candice apparaît. Sophie lui fait signe de la table où elle s'est installée devant un diabolo et un morceau de tarte aux fraises. Elle a faim, Dieu sait à quelle heure elle pourra souper ce soir.

Candice prend un Coca Light. Sophie a réfléchi à sa stratégie. D'abord, il s'agit de mettre la jolie veuve en confiance.

« Ne vous faites aucun souci, madame Vanloo, je suis là juste pour une conversation amicale, rien d'officiel. Je peux vous appeler Candice ?

— Si vous voulez.

— Moi, c'est Sophie. Vous n'êtes pas curieuse de savoir où en est l'enquête ?

— Non.

— Vous ne désirez pas apprendre qui a tué votre mari ?

— Pas spécialement.

— Vous avez une idée à ce sujet ?

— Une intervention chirurgicale qui aurait mal tourné... Un proche du malade...

— C'est ce que vous pensez ?

— C'est ce que mon père suppose.

— Votre père ! Mais vous ?

— Moi, ça m'est égal.

— Le sort de votre mari vous indiffère ? Vous n'aviez plus d'affection pour lui ?

— Non, plus du tout.

— Je peux vous demander pourquoi ?

— C'est difficile à expliquer. »

Elle baisse les yeux. Ils restent fixés sur le bas de sa robe qui découvre un peu la chair au-dessus de ses genoux. Machinalement, elle tire sur le tissu. C'est comme si elle indiquait l'endroit de sa personne où gît la difficulté de l'explication.

Sophie garde un moment le silence. Il vaut mieux ne pas brusquer les choses si elle veut lui tirer quelques confidences. Elle reprend avec plus de douceur encore : « Est-ce que votre mari vous maltraitait, Candice ?

— Vous voulez savoir s'il me frappait ? Non, pas du tout. Il ne m'a jamais donné le moindre coup.

— Il vous maltraitait d'une autre manière peut-être ? »

Elle tourne la tête sur le côté, elle regarde le carrelage. Sophie lui abandonne encore une poignée de secondes avant de suggérer : « Je veux dire, est-ce qu'il vous maltraitait en tant que femme ?

— Ce serait plutôt ça, oui.

— Dans vos relations intimes ? »

Cette fois, Candice la dévisage franchement et prononce du bout des lèvres : « C'était un sale type. »

Elle lève la main, la passe derrière son cou, comme si l'empreinte des doigts de Vanloo, quand il l'attirait sans doute pour la plier à ses désirs, venait de se réveiller sur sa nuque.

« Vous vous êtes confiée à quelqu'un ?

— À qui ? Il a toujours prétendu que tout cela était normal entre mari et femme. Pour lui, j'étais une sainte-nitouche, une chochotte. Même au juge pour le divorce je n'ai pas pu expliquer véritablement pourquoi je voulais me séparer de lui. J'avais honte.

— Mais à vos parents, vous en avez parlé ? À votre mère ?

— Ma mère vénérait Éric, le gendre idéal, son dieu.

— Et votre père ?

— N'en parlons pas. Il l'a toujours soutenu. Les Vanloo lui avaient prêté de l'argent, beaucoup d'argent, et moi j'étais la contrepartie. Éric me voulait, il fantasmait sur moi. Mon père m'a vendue. Évidemment, je ne l'ai pas compris tout de suite. C'est Éric lui-même qui m'a expliqué l'affaire en détail quand j'ai mis le divorce sur le tapis. La transaction avec mon père, ça l'excitait. Comme s'il m'avait achetée au marché aux esclaves. J'étais sa chose. Forcément il ne voulait pas me lâcher, à moins que mon père rembourse. Mais ça, il ne le pouvait pas.

— Vous voulez dire qu'en cas de divorce, votre père était pris à la gorge ?

— Exactement. »

Elle se raidit. Elle vient de saisir sans doute qu'elle a compromis son père. Inutile maintenant de lui demander si Durieux détenait une clé du presbytère, comme elle l'a suggéré à Demaret, même si cette possibilité n'avait pas l'heur de lui plaire. Elle n'osera pas l'enfoncer davantage. Mieux vaut quitter ce terrain, bifurquer sur l'autre point à éclaircir : son chevalier servant, avant qu'il ne se pointe.

« Votre ami, au moins, connaissait vos raisons de divorcer ?

— Nicolas ?

— Oui.

— Pas du tout. Nicolas ne pourrait même pas imaginer ce qui se passait entre Éric et moi. C'est un ange, oh oui, un vrai ange venu du ciel.

— Vous allez vous marier maintenant ?

— C'est déjà fait.

— Que voulez-vous dire ?

— Autrefois on s'est mariés pour rire. Un jeu de rôle à l'occasion de mes dix-sept ans. Après on s'est rendu compte que ça n'avait pas été un jeu pour nous deux. C'était plus vrai qu'un vrai mariage.

— Pourtant, ensuite, vous avez accepté d'épouser Éric. Comment est-ce possible ?

— Je n'avais pas encore réalisé que j'étais la femme de Nicolas. Je ne l'ai compris que plus tard, grâce à lui justement.

— De ce fait, pour lui, Éric était une sorte d'imposteur.

— On peut dire ça.

— Un gêneur ? »

Sophie se mord les lèvres, elle n'aurait pas dû employer ce mot-là. Un éclair d'inquiétude est passé dans les yeux de Candice. Heureusement, un jeune homme vient d'entrer dans le café, une grosse sacoche en bandoulière. Il se dirige vers elles. Nicolas, évidemment.

Il se penche, embrasse Candice. Quand il se tourne de son côté, Sophie se présente elle-même : « Sophie Lebrun, substitute du procureur du roi. » Il interroge Candice du regard, elle hausse les épaules. Il remarque certainement qu'elle est sur le qui-vive. Aussitôt Sophie précise : « Simple rencontre amicale. Vous êtes Nicolas ?

— Oui, Nicolas Douffet.

— Candice m'a dit. Je passais prendre de ses nouvelles. Je n'enquête pas personnellement, soyez sans crainte. Mais asseyez-vous ! »

Il prend place. Il a une bonne figure. « Un ange », a dit Candice. Ses cheveux frisottants, en effet, lui donnent un air de chérubin. Pour le rôle de l'assassin voire du tueur à gages, il n'a vraiment pas la tête de l'emploi.

« On peut tout de même savoir si les recherches progressent ? demande-t-il.

— La police fait son travail. Dans l'état actuel des investigations, il y a plusieurs pistes à explorer. Cela exige du temps, de nombreux recoupements. On ne peut rien négliger.

— Je comprends.

— Au fait, vous recevrez la visite du commissaire Demaret lundi. On vous a prévenue, Candice ?

— Non.

— Cela ne saurait tarder. Le commissaire vérifie tous les alibis. S'il vous plaît, ne lui dites pas que je suis passée, il est très à cheval sur ses prérogatives, bien que cette vérification soit une pure formalité. Vous êtes restée dans votre boutique l'après-midi de dimanche, je pense ?

— Oui.

— Et vous, Nicolas, avec elle ?

— Non, j'étais à Strasbourg.

— À Strasbourg ?

— Je suis photographe. Je couvrais la session extraordinaire du Parlement européen.

— Toute la journée ?

— Depuis la veille et jusqu'à mardi.

— Il y a forcément des témoins qui vous ont aperçu le dimanche après-midi. »

Un coup d'œil simultané à Candice : elle écarquille les yeux. Panique ? Sait-elle ou soupçonne-t-elle quelque chose sur cette prétendue présence à Strasbourg ?

« Il y avait d'autres photographes, bien entendu, mais je ne les connais pas vraiment. Je n'ai pas l'habitude des reportages pour l'Europe ni en général pour les événements politiques. Je travaille plutôt dans la publicité.

— Un seul nom suffira.

— Franchement, je ne vois pas. »

Il n'a pas l'air embarrassé. Au contraire, on dirait que l'insistance de Sophie l'amuse, qu'il a même envie de la balader un peu.

« Vous trouverez sûrement d'ici lundi.

— J'en doute. »

La serveuse vient prendre la commande. Il demande tranquillement quelles bières elle peut proposer, choisit une Lupulus. Un silence gêné s'est mis entre eux. Candice semble plus morte que vive. Mais, tout à coup, comme s'il avait une illumination, il s'exclame : « J'y pense ! Je n'ai pas besoin de témoin. »

Il se penche vers la sacoche qu'il a posée contre le pied de sa chaise, en extrait un appareil photo, le manipule, puis tourne l'écran vers Sophie. Elle y voit le député Philippe Lamberts qui répond à un journaliste, un micro sous le nez.

« Vous voyez les coordonnées du cliché, madame Lebrun ? La date ? Dimanche dernier. Vous avez même l'heure : quinze heures trente-quatre. »

20.

Après le coup de téléphone de Sophie Lebrun, quand le commissaire Demaret a raccroché, il s'est frotté les mains en riant dans sa barbe : « Bon débarras ! » Et bien joué ! Il a conforté cette enquiquineuse dans son idée fixe, qu'il faut chercher le criminel du côté des Durieux. Comme, à l'évidence, elle a l'intention de lui montrer qu'elle avait vu clair bien avant lui, il a pas mal chargé Durieux, tout en indiquant complaisamment qu'il ne le croyait pas responsable, ce qui laisse à la substitute le champ libre pour lui démontrer le moment venu qu'il avait tort. Et, pour le cas où elle aurait besoin bientôt d'un coupable de rechange, l'air de rien, il a fait monter en scène Nicolas, l'ami de Candice. Il lui a confié le rôle du rival malheureux, toujours bienvenu pour un éventuel crime passionnel.

Avec ça, elle a un os à ronger jusqu'à lundi, il ne l'aura pas dans les pieds. « Bon week-end ! » lui a-t-elle souhaité comme s'il allait se la couler douce pendant les deux jours à venir. Elle ne se doute pas qu'il est décidé à frapper un grand coup, peut-être même un coup décisif, tandis qu'elle, sûrement, fera le lézard au soleil. Car, depuis qu'il est rentré de sa visite à la patronne de l'auberge du Vieux Moulin, de nouvelles perspectives semblent bien s'ouvrir devant lui.

Dès son retour à l'hôtel de police, il a débriefé son équipe. Côté labo, d'abord, les résultats du Bluestar sur la trousse du vétérinaire Warland : totalement négatifs. Aucune trace de sang humain sur les scalpels. Dans sa voiture, pas plus. S'il avait porté des coups de couteau à Vanloo, immanquablement, même après s'être lavé soigneusement les mains, il y aurait laissé de l'hémoglobine, fût-ce en quantité infime : le test peut le détecter pour des dilutions jusqu'à un dix-millième. Conclusion : il n'existe aucun indice matériel de l'implication du vétérinaire dans le meurtre.

Demaret a chargé Collard de rendre compte à la juge d'instruction. Autant dire tout de suite qu'elle n'a guère d'autre choix que de le remettre en liberté sur-le-champ. Demaret n'en fera pas une maladie : la culpabilité de Warland, à laquelle il croyait tellement vingt-quatre heures plus tôt, est reléguée au rang de coup d'essai par sa nouvelle hypothèse. Toujours le système du rond-point. Warland n'était pas la bonne sortie, il va en essayer une autre. L'équipe d'ailleurs lui a fourni aussitôt de quoi étoffer sa décision.

En effet, le jeune policier chargé d'examiner la lettre anonyme venait de découvrir où avaient été découpés les mots et la croix collés sur la feuille trouvée dans le poêle du presbytère.

« Explique au commissaire, Joris, a dit Collard, toujours soucieux de mettre en valeur ses recrues.

— Eh bien, a commencé Joris, un flic nouveau modèle, plus grosse tête que gros bras, le corbeau a prélevé le texte dans un journal que j'ai pu identifier. Il s'agit du *Journal du médecin*.

— *Le Journal du médecin* ? Qu'est-ce que c'est ?

— Un hebdomadaire spécialisé pour les professions médicales.

— Vous en êtes sûr ?

— Tout à fait. Même police de caractères, la croix exactement comme dans les avis nécrologiques, le type de papier identique. Vous vous souvenez de la phrase : "Expulse la femme du vétérinaire" ? "Expulser", "vétérinaire", c'est plus facile à trouver dans ce genre de publication que dans le premier canard venu. Comme le journal est en ligne, j'ai facilement repéré le numéro d'où les mots étaient tirés, c'est celui d'il y a quinze jours. "Expulser" s'agissant d'un corps étranger éliminé par l'organisme et "vétérinaire" concernant un médicament mentionné comme "également à usage vétérinaire".

— Vous avez découvert qui reçoit ce journal dans les parages ?

— Naturellement. Il n'y a qu'un seul abonné pour toute la commune. Vous avez deviné ?

— Vanloo ?

— Bien entendu. Le plus proche après lui est un généraliste retraité de Neufchâteau. J'ajoute que j'ai fait analyser la colle qui a servi à fixer les bouts de papier. Elle vient d'un stick de la marque Carrefour. Justement, nous en avons inventorié un dans le bureau du docteur. Tout semble donc indiquer que la lettre a été fabriquée avec son journal et sa colle.

— Le journal utilisé se trouvait au presbytère ?

— Non. Apparemment, il ne les gardait pas.

— Eh bien, bravo, Boris !

— Joris, monsieur.

— Pardon. Bon travail, Joris. »

Demaret a levé le pouce. Joris a rougi de plaisir.

Restait la question des copies de la clé du presbytère. Il y en avait trois, comme Demaret allait l'annoncer à la substitute au téléphone, réalisées au même Carrefour d'où venait sans doute le bâton de colle. Collard lui a mis la facture du serrurier sous les yeux.

Le commissaire a remercié les inspecteurs. Il leur a donné quartier libre pour le week-end, ils avaient tous des heures supplémentaires à récupérer. Pendant que Collard s'acquittait du coup de fil à la juge d'instruction, il a demandé à la policière de l'accueil de lui apporter un sandwich thon mayonnaise. Quand Collard l'a rejoint, il était occupé à racler au creux de sa main les miettes éparpillées devant lui. Collard apportait deux canettes de Stella. Encore un rituel du vendredi après-midi, pour enterrer la semaine avec les honneurs, sinon bien sûr jamais d'alcool dans les locaux de la police.

Ils ont décapsulé, avalé une gorgée, après quoi Collard a confirmé ce que Demaret avait prévu : « Vandewalle a relâché Warland. J'ai averti sa femme. Elle va le chercher.

— Soulagée ?

— Tu parles ! »

Un clin d'œil. La pécheresse repentie, le cocu rentré en grâce, toute la comédie humaine du sexe a fini par les faire sourire : ils en ont été les témoins si souvent. Son spectacle les en a-t-il prémunis ? Collard est un célibataire endurci, trop tard pour se raviser ; Demaret est plus fidèle à sa Giuliana qu'un curé à sa servante.

Collard a repris un long trait avant de changer de sujet : « Cette lettre anonyme tirée du *Journal du médecin*, qu'est-ce que tu en penses ?

— Plutôt inattendu, mais très intéressant.

— Vanloo aurait pu la fabriquer lui-même ?

— C'est ça ! Il s'est menacé personnellement, a fourré le billet doux dans son poêle, puis s'est poignardé dans le dos !

— D'accord... Mais qui alors ?

— Qui ? En bonne logique, quelqu'un qui s'introduit chez lui quand il n'est pas là, qui a une clé par conséquent, quelqu'un qui connaît ses habitudes, la presse qu'il lit, l'endroit où il range son matériel de bureau. Tu vois qui je veux dire ?

— La femme de ménage. Mme Brasseur !

— Exact.

— Et tu penses qu'elle aurait pu tuer Vanloo ?

— J'avoue que c'est la dernière personne que j'aurais soupçonnée. Mais c'est toujours ce qu'on a sous les yeux qu'on voit le moins. Dès lors qu'on cherche à démasquer un individu qui est censé se cacher, on ne s'occupe pas de quelqu'un qui se présente à visage découvert.

— Tu l'as rencontrée, cette femme ?

— Plusieurs fois.

— Ton impression ?

— Le bon Dieu sans confession. »

Collard a hoché la tête. C'est lui qui a dirigé le relevé des traces et indices sur la scène du crime. Naturellement, les empreintes que la femme de ménage avait laissées derrière elle comptaient pour du beurre, puisque personne n'aurait imaginé un instant qu'elle soit l'assassin. Il se sentait floué sans doute, peut-être même légitimé dans sa vague misogynie de vieux garçon. Sur ce terrain-là, cependant, inutile de s'appesantir devant un mari comblé comme Demaret. Il a simplement prononcé d'une moue désenchantée : « Décidément... » Puis, en vrai pro qui met ses sentiments dans sa poche, il s'est enquis : « Elle a un alibi pour dimanche ?

— Elle faisait la plonge à l'auberge du Vieux Moulin.

— Vérifié ?

— Oui, mais depuis j'ai compris qu'elle aurait pu s'éclipser et monter jusqu'au presbytère sans qu'on l'aperçoive. Il y a un sentier en pleine nature qui part de l'hôtel et passe derrière les habitations. »

Demaret n'avait pas l'intention de s'étendre sur les cogitations qui l'avaient amené à virer de bord. Avant de mettre Collard au parfum, il devait procéder à des vérifications. Lui-même d'ailleurs était encore surpris de la rapidité avec laquelle ses idées avaient pris une autre direction.

Le point de départ d'abord : les couteaux dans la buanderie du Vieux Moulin. Soudain, devant le râtelier, l'image d'Alice en tablier de service s'était ruée dans sa tête. À la main, elle tenait un tranchelard dont la lame étincelait dans la lumière. Il avait tenté d'évacuer cette vision absurde, mais elle s'accrochait à ses méninges, comme pour le forcer à mieux réfléchir.

Une fois l'auberge quittée, tandis qu'il rentrait à l'hôtel de police en voiture, une bribe de sa conversation avec Durieux lui était revenue. Durieux avait mentionné qu'Armand, le cuisinier, était venu saluer les clients vers quinze heures, quinze heures trente. Par conséquent, contrairement aux allégations de la patronne, le chef ne pouvait être sûr qu'Alice ne s'était pas absentée au cours de l'après-midi. Elle avait pu lui fausser compagnie, gravir le sentier de chèvres comme il l'avait fait lui-même et sans doute bien plus rapidement – elle est légère comme une gazelle –, entrer dans le presbytère – elle possède une clé –, puis liquider Vanloo tandis qu'Armand recueillait à loisir les éloges de la clientèle.

Tout de même, pourquoi cette résolution soudaine ? Les mains crispées sur le volant, Demaret avait quelque peu séché jusqu'à ce que – bingo ! – une parole de la patronne à son tour ressurgisse à son esprit. Paulette avait entendu Vanloo s'emporter contre son beau-père en criant : « Jamais je ne renoncerai à elle ! » La patronne avait beau prétendre qu'elle n'aurait jamais consenti à révéler les conversations de ses clients, elle n'avait pu s'empêcher de rapporter à la cuisine un pareil esclandre, auquel le restaurant entier avait assisté. Alice l'avait entendue. Vanloo sûrement voulait dire qu'il ne renoncerait jamais à Candice, mais Alice ignorait les embrouilles de son divorce. Pour elle, la femme à laquelle Vanloo ne voulait pas renoncer, c'était Lynn.

Elle avait vu rouge. Elle était montée au presbytère, d'autant plus furieuse qu'elle était l'auteur de la lettre anonyme, comme Demaret le savait désormais. Alors ses menaces n'avaient eu aucun effet ! Elle était hors d'elle-même, transportée par la colère incoercible des gens qui ne se démontent qu'une fois dans leur vie.

Évidemment, s'il ne voulait pas que ce scénario tout frais rejoigne le précédent aux oubliettes, il fallait pouvoir clarifier les mobiles d'Alice. À chacune de leurs rencontres, il l'avait trouvée sincère, sympathique, touchante même, à côté de l'ours mal léché qui lui sert de mari. Il l'avait toujours ménagée, parce que c'est le genre de femme qu'il apprécie. Plus d'une fois sa façon d'être l'avait fait penser à Giuliana.

Qui était-elle réellement ? Pour la percer à jour, il aurait fallu un autre œil que le sien. Ou mieux, pas d'œil du tout, une représentation abstraite, comme celle que devait s'en faire Collard, qui l'avait peut-être vue lundi au presbytère, mais sans la voir réellement. Sûrement il cogitait déjà à son sujet. L'existence du sentier l'avait mis en appétit.

« En prenant ce raccourci, a-t-il demandé, il faut combien de temps pour arriver au presbytère ?

— Cinq minutes. J'ai fait le parcours ce matin. Bien sûr, quelqu'un de plus jeune…

— Genre biquette échappée de l'enclos ? »

Adieu la gazelle de Demaret ! La métaphore qui avait tout de suite germé dans l'esprit froid de Collard en disait long déjà sur l'idée qu'il se bricolait d'Alice. Pour le pousser un peu, Demaret a insisté : « Je suppose que c'est l'enclos conjugal que tu vises ?

— Si ton hypothèse est la bonne, Charles, l'affaire est dans le sac. Pourquoi Mme Brasseur se fend-elle d'une lettre anonyme avec l'espoir que Vanloo dégagera la femme du véto ? Ça coule de source : c'est qu'elle voulait prendre sa place.

— Tu veux dire devenir la maîtresse de Vanloo ?

— Absolument. Le coup classique : la servante maîtresse. Une femme qui fait le ménage d'un play-boy, qui fourrage dans toutes ses affaires, qui range sa chambre, retape son lit, comment ne se mettrait-elle pas à gamberger ? Ils sont déjà intimes. Bien sûr, il y a le mari…

— Qui n'est pas un cadeau, entre parenthèses.

— Eh bien, ça tombe pile ! Elle a voulu l'oublier un moment, s'étourdir un peu sans le moindre risque, avec la couverture de son boulot de la semaine. Ah mais il y a ce pot de colle de la femme de Warland ! Trois mois qu'elle s'incruste. Ça suffit comme ça. Elle a eu son compte. À chacun son tour. Une petite bafouille anonyme et Vanloo l'enverra paître.

— Le hic dans ton roman, c'est qu'elle aurait tué l'homme qu'elle convoitait. C'est à la femme du vétérinaire qu'elle aurait dû s'en prendre, non ?

— Attends ! J'essaie de comprendre, je n'ai pas tous les éléments. Il faudra qu'elle s'explique. Elle s'était toquée de Vanloo, mais peut-être qu'elle s'était fait des illusions. Lui, il n'avait jamais pensé à elle. S'envoyer en l'air avec sa femme de journée ? Non mais pour qui elle le prenait ? Il l'a humiliée. Résultat : elle l'a frappé. »

Demaret a coupé court. La version de Collard laissait plus de questions que de réponses. Surtout, pour qu'elle soit plausible, il aurait fallu qu'Alice corresponde à l'image des femmes que s'était fabriquée cet homme, son coéquipier depuis des années sans doute, mais dont il ne savait rien des pensées secrètes. Son scénario en disait probablement plus long sur lui que sur celle à laquelle il donnait le rôle de l'assassin.

Pour sa part, Demaret se fait une tout autre idée d'Alice. Naïveté ? Il ne tarderait pas à le savoir. Dès le départ en week-end de Collard, il était résolu à aller la revoir. Il s'apprêtait à partir quand le téléphone avait sonné. Sophie Lebrun. En moins de deux, il l'a aiguillée vers les Durieux. Il avait les mains libres pour aller sonder Alice.

À présent, il se gare une nouvelle fois devant la ferme des Brasseur. Fidèle au poste, de faction devant sa niche, Tom se redresse sur ses quatre pattes pour l'accueillir. Il tient absolument à lui lécher les mains et à l'accompagner. Comme toujours, la porte d'entrée est ouverte. Demaret va jusqu'à la cuisine. Vide. Il claironne : « Y a quelqu'un ? » Pas de réponse. Il demande au chien : « Eh bien, ils sont où, tes maîtres ? » Les yeux de Tom répondent : « Je n'ai d'autre maître que toi. » On ne peut pas compter sur lui.

Demaret passe à l'arrière des bâtiments, là où il a déniché Jacques Brasseur la veille. Tout de suite, à côté du hangar de la faneuse, il découvre Alice devant un appentis où sont empilées des bûches soigneusement fendues, contre lesquelles un vélo de femme est appuyé. Elle est assise sur un tabouret, une grande toile en plastique sur ses genoux jusque par terre, et dessus une volaille qu'elle est occupée à plumer.

Il s'approche, elle fait mine de se lever, mais il lui adresse un signe de la main.

« Ne vous dérangez pas ! »

Tout de même, elle s'arrête. Le ventre du poulet est déjà nu, il n'y reste qu'un peu de duvet et par-ci par-là quelques chaumes de plumes. Demaret le pointe du doigt.

« Vous les élevez ?

— Juste une quinzaine par an, pour nous. »

Du gosier béant, un filet de sang s'est répandu sur la toile.

« C'est vous qui l'avez tué ? »

Il lui semble que les épaules d'Alice ont tressailli légèrement avant qu'elle grimace un sourire.

« Oui, bien sûr.

— Vous lui coupez le cou ?

— La tête sur le billot. Jacques les égorge, il leur plante les ciseaux dans le gosier pour leur trancher je ne sais quoi. J'aime mieux ma méthode, même si la tête est perdue. Un bon coup de hache et c'est fini. »

Quand on est apte à décapiter froidement un coq, est-on davantage susceptible de poignarder un homme ? Question typique sans doute d'un consommateur de poulet sous cellophane. À la campagne, il faut d'abord attraper le volatile par les pattes, lui faire son affaire promptement pendant qu'il s'égosille et surtout ne pas le lâcher, car même sans sa tête il serait bien capable d'effectuer un dernier tour de piste. Possible que le spectacle de la nécessaire mise à mort des animaux rende la vie humaine plus sacrée encore. N'empêche, Demaret aurait préféré qu'Alice soit occupée à autre chose. Il avise le chevalet à scier le bois à côté d'elle, il vient s'y appuyer et croise les bras comme pour indiquer qu'il passe du préambule à l'objet de sa visite.

« La juge d'instruction a libéré votre vétérinaire.

— Je sais. Lynn m'a téléphoné, elle est allée le rechercher.

— Contente ?

— Vous pensez bien.

— Je voulais dire vous : vous êtes contente ?

— Je suis soulagée. Mathias est innocent, je l'ai toujours su.

— Vous avez gagné finalement.

— Je me rends compte qu'on a failli faire pis que mieux, Jacques et moi, quand on vous a prétendu que Mathias était chez nous dimanche. On n'aurait pas dû. Ça ne servait à rien puisque, même sans ce mensonge, la juge l'a relâché.

— Et il a retrouvé sa petite femme. Grâce à vous.

— Oh, moi, vous savez…

— J'en sais peut-être plus que vous ne le pensez. Si le docteur Vanloo a rompu avec Lynn, c'est parce que vous avez un peu poussé à la roue, non ?

— Je n'ai jamais parlé au docteur de ses affaires. D'ailleurs je le voyais rarement.

— Parlé, je ne dis pas, mais écrit ? Discrètement, anonymement ? »

Elle baisse les yeux. Elle se remet à arracher quelques plumes à une aile du poulet. Demaret la regarde faire un moment, puis il reprend avec méthode : « Vanloo n'avait pas détruit votre lettre anonyme, nous l'avons retrouvée. Un de mes hommes a établi que les mots avaient été découpés dans un exemplaire du *Journal du médecin*. Qu'est-ce que vous avez fait de ce journal ensuite ?

— Dans le sac de tri pour les papiers. Le docteur ne gardait rien de ce qu'il recevait, les publicités, les revues. Je les évacuais chaque semaine.

— Alors, c'est bien vous l'auteur de la lettre ?

— Oui. »

Elle relève la tête et plante son regard dans les yeux du commissaire avec un sourire modeste, mais empreint aussi d'un petit air de fierté qui montre qu'elle n'a aucun regret. Demaret est presque plus embarrassé que satisfait.

« Pourquoi, Alice ? Pourquoi ? » demande-t-il.

Elle soupire : « C'est difficile à expliquer.

— Vous vouliez prendre la place de Lynn auprès de Vanloo ?

— Moi ? Vous voulez rire ? Jamais de la vie !

— Dans ce cas, pour quelle raison le menacer s'il ne la renvoyait pas ?

— Pour qu'elle rentre chez elle auprès de Mathias et de ses enfants, tout simplement.

— Ce n'étaient pas vos affaires. Cette histoire, c'était à Mathias de la régler.

— Mathias ne voulait pas forcer sa femme. Ça peut se comprendre : après, elle lui en aurait voulu pour toujours. Il attendait qu'elle revienne d'elle-même. Ou alors que le docteur la fiche à la porte. Comme elle n'avait pas l'air de décrocher, j'ai mis un peu la pression sur lui.

— Vous n'avez pas pensé qu'il pourrait vous identifier avec les lettres de son propre journal ?

— Je n'ai pas trop réfléchi. Je ne voulais pas me mettre à découper les mots et à les coller chez moi.

— Il a pris peur ?

— En tout cas, Mathias m'a raconté que dimanche il avait annoncé à Lynn que c'était fini entre eux.

— Plutôt expéditif… Néanmoins, je ne saisis toujours pas pour quel motif la fin de cette liaison vous tenait tellement à cœur.

— Pour que Mathias retrouve son foyer, je vous l'ai dit. Qu'il ne souffre plus. Il était si malheureux.

— Vous… vous avez un lien de parenté avec Mathias ?

— Non.

— Alors pourquoi ? »

Elle se tait. Elle enlève les dernières rémiges à l'aile du poulet. La seule réponse qu'elle pourrait donner, c'est qu'elle aime Mathias. Mais elle ne la donnera pas, et Demaret ne veut pas la lui extorquer. Jamais il n'avait encore imaginé qu'une femme puisse vouloir faire le bonheur d'un homme en l'aidant à retrouver son épouse infidèle. Dans le cœur des humains, un flic découvre toutes sortes de bizarreries que même un romancier n'oserait écrire, surtout de nos jours.

« Je n'insiste pas, Alice, reprend-il avec bienveillance, mais je dois vous avertir que la juge d'instruction va certainement vous convoquer. Cette lettre de menaces, vous vous doutez bien…

— Oui… Maintenant ? Tout de suite ?

— Je ne sais pas.

— C'est que j'ai le repas de demain sur les bras. Le poulet, c'est pour ça. Ma fille, celle qui est infirmière à Esch, vient dîner avec nous tous les samedis.

— Je suppose que la juge pourra attendre lundi. Ça vous donnera le temps de réfléchir. Je crains qu'elle ne vous demande ce que vous faisiez dimanche après-midi.

— Je faisais la vaisselle au Vieux Moulin, vous le savez bien.

— Vous auriez pu vous échapper quelques minutes, monter au presbytère par le chemin des Gades, vous avez la clé, et alors…

— Quoi ? Vous n'y pensez pas, tout de même !

— Ce que je pense n'est pas très important, en fait ; ce qui compte, c'est ce que la juge d'instruction va penser.

— Que j'aurais tué le docteur ?

— Ça se pourrait, en effet.

— Mais pour quelle raison ?

— Je ne peux pas présumer ce qu'elle pourrait imaginer. À part la jalousie vis-à-vis de Mme Warland, je ne vois rien d'autre. Vous essayerez de la convaincre avec ce que vous m'avez dit. »

Elle a pâli affreusement. Demaret sent la pitié l'envahir. C'est toujours comme ça avec lui au dernier moment. Il lui semble qu'il a poussé le bouchon un peu loin. Il s'écarte du chevalet.

« Je vous accompagnerai lundi. Ça va s'arranger, j'en suis sûr. Courage, Alice ! »

21.

Il est dix heures quarante. Ses rites quotidiens effectués, Jacques Brasseur vient de se mettre au lit. Il a attaché Tom à sa niche, mis le chat à la porte et est descendu à la cave avaler sa rasade quotidienne de cassis. Le Pater s'est dévidé de lui-même dans sa tête. Sur le mur en face de lui, il contemple le cadre de Notre-Dame des Sept Douleurs et recompte machinalement les glaives fichés dans son cœur.

Alice est encore à la salle de bains. Toute la soirée, jusqu'au coup de la demie de dix heures à la comtoise, elle est restée comme absente. Elle avait ouvert son roman – elle en emprunte un chaque mois au bibliobus –, mais elle ne lisait pas. Par-dessus son journal, il la surveillait du coin de l'œil. Elle restait sur la même page.

Évidemment, elle est déçue : finalement, Léa ne viendra pas dîner demain. Il le lui a annoncé quand il est rentré du champ sur les Essarts où il a passé la journée. Léa lui a téléphoné pendant qu'il regardait faire Agriplus, l'entreprise agricole qui lui enrubannait ses dernières boules de foin. Alice avait préparé un poulet, arraché des jeunes patates dans le potager, préparé un clafoutis aux cerises. Tout ça pour rien.

Si encore Léa s'était donné la peine de l'avertir elle, personnellement. Mais depuis toujours il est son confident, alors qu'Hélène, leur autre fille, n'en tient que pour sa mère. Hélène prépare ses examens à Liège, elle ne reviendra pas à la maison avant deux semaines. Conclusion : ils vont passer le samedi en tête à tête, le seul jour qui la change un peu de sa semaine, puisque le dimanche elle travaille à la plonge au Vieux Moulin.

Il pourrait peut-être lui proposer une petite balade en voiture, pas trop loin, à Bouillon, ou à Sedan, histoire de faire un saut de l'autre côté de la frontière. Franchement, il préférerait aller à la pêche. Maintenant que les foins sont derrière lui, il va pouvoir recommencer à glander à l'aise jusqu'aux maïs. Ce qui n'empêche qu'il aimerait mieux savoir Alice moins morose pendant qu'il baguenaude de son côté.

Quand elle posera la tête sur l'oreiller, il faut qu'il la caresse dans le sens du poil. Façon de parler car, du poil, elle n'en a pour ainsi dire pas. La peau de ses jambes qu'il aime tant toucher est aussi nette et lisse que celle d'un bébé.

Dès qu'elle s'allonge à côté de lui dans sa petite robe de nuit, il avance la main sur sa cuisse. Les dernières traces de l'urticaire du début de la semaine ont disparu. Une légère contraction, cependant, lui indique qu'elle n'est pas d'humeur.

« Quelque chose te chiffonne, Alice ? demande-t-il. C'est à cause de Léa ?

— Non, Léa, ce n'est pas grave. Elle viendra samedi prochain.

— Quoi alors ?

— Ça m'embête de te le dire, même si je sais bien qu'il faudra que je m'y décide d'une façon ou d'une autre.

— Tu peux tout me confier, Alice. Je suis là pour ça. »

Elle tourne la tête, lui adresse un maigre sourire. Elle a toujours eu confiance en lui, c'est certain. Il est ce qu'il est, resté une sorte de sauvageon de la campagne malgré son âge, mais à elle, à leurs filles, dévoué corps et âme. Elle peut se reposer sur lui.

« Allons, dis-moi, Alice.

— Tout à l'heure, le commissaire est revenu.

— Non ! Tu parles d'un crampon, ce flic ! Qu'est-ce qu'il voulait encore ?

— C'était à propos d'une lettre qu'ils ont découverte au presbytère. Une lettre anonyme.

— Adressée à Vanloo ?

— Oui.

— Quel rapport avec nous ?

— Avec toi, aucun. Avec moi… C'est moi qui l'ai fabriquée, cette lettre.

— Toi ?

— Oui, moi.

— Mais… mais comment ? Qu'est-ce que tu as écrit ?

— Pas grand-chose. “Expulse la femme du vétérinaire, sinon…” Là, j'ai mis une croix.

— Alice ! Qu'est-ce qui t'a pris ?

— Je n'aurais pas dû, je m'en rends compte. Maintenant, c'est trop tard, c'est fait.

— C'était quand, où ?

— Au presbytère, après le ménage, il y a quinze jours. Je n'avais pas envie de le faire ici en me cachant de toi. J'ai découpé les mots dans son journal, je les ai collés sur une feuille et je l'ai glissée dans sa boîte aux lettres.

— Il aurait pu deviner que c'était toi !

— Je n'ai pas réfléchi. Je voulais qu'il en finisse avec Lynn.

— Excuse-moi, je ne te suis pas. Qu'est-ce que les coucheries de Vanloo avec cette dévergondée pouvaient bien te faire ? C'est pas nos oignons !

— Tu ne voyais pas la tête de Mathias ces derniers temps ? Il était au bout du rouleau, Jacques ! Chaque fois qu'il venait chez nous, je me demandais si ce ne serait pas la dernière. J'avais une frousse bleue qu'il se détruise. Un vétérinaire : il avait de quoi piquer un bœuf dans sa trousse. »

Un début de soupir échappe à Jacques, mais il le réprime. S'il avait besoin d'une confirmation du penchant d'Alice pour Warland, il la tient. Ses yeux de génisse quand il se lave à l'évier de la cuisine, le faux alibi qu'elle a voulu lui arranger et maintenant, le bouquet : ces menaces insensées ! Tout ça pour un pied-plat pas fichu de défendre son honneur ! Est-ce qu'il va lui faire une nouvelle scène de jalousie ? Revenir à la charge comme mercredi, quand elle a essayé de lui donner le change avec les gaufres ?

Du calme ! Tout bien considéré, elle a ramené la brebis égarée au bercail, non ? C'est donc qu'elle ne cherche pas à prendre sa place entre les bras de Warland. Il ne s'agit pas d'amour. C'est de la pitié, de la compassion simplement pour un type qui n'en vaut pas la peine. Alice reste sa petite femme à lui, à personne d'autre. Qu'on essaie de la lui marauder, pour voir !

Sa poigne se resserre un instant sur sa jambe, mais il se maîtrise et demande calmement : « Le commissaire a la preuve que c'est toi l'auteur de la lettre ?

— Oui. Je le lui ai avoué tout de suite. Ils ont les moyens de l'établir, tu penses bien. Les empreintes, l'ADN. Je n'avais pas gardé mes gants de ménage.

— Qu'est-ce qui va se passer ? Il te l'a dit ?

— Je serai convoquée chez la juge d'instruction lundi.

— Quelle poisse ! Ce n'est pas trop grave quand même. Tu lui répéteras ce que tu m'as expliqué, que tu as fait ça pour Warland, c'est tout.

— Le problème, c'est que j'ai menacé de mort le docteur, une semaine avant qu'il y passe.

— D'accord, mais tu étais au Vieux Moulin quand il a été tué.

— Le commissaire a sous-entendu que j'aurais pu quitter la buanderie. Il y a des moments où je suis seule, de fait ; en quelques minutes j'étais au presbytère par le sentier des Gades et j'ai la clé.

— Ça ne tient pas debout ! Pourquoi aurais-tu tué Vanloo puisqu'il venait de renvoyer sa dulcinée ?

— Je ne sais pas. J'ai peur que la juge ne s'imagine que je voulais remplacer Lynn dans le lit du docteur, et qu'il m'avait envoyée promener.

— C'est ridicule !

— Je sais, Jacques. Je remue ça depuis des heures. Je suis prise à mon propre piège, il n'y a pas de doute. Qu'est-ce qui va m'arriver ? Je suis morte de peur. »

Cette fois, les larmes accourent à ses yeux, elle bascule sur le côté, enfouit sa tête contre sa poitrine. Elle ne s'était plus abandonnée comme ça depuis combien de temps ? Il passe son bras derrière sa nuque, autour de ses épaules secouées de sanglots. Son cœur à lui aussi se chamboule comme jamais depuis aussi longtemps au moins.

Voilà qu'Alice, toujours si vaillante, redevient la jeune fille fragile qui l'avait tant ému autrefois. Elle s'était livrée à lui au dépourvu. C'était pendant la battue annuelle du baron Horst. Parce que la chasse passait par ses prairies, il était invité comme fusil. Alice, la fille du garde, apportait la soupe de midi dans les bois. Ces messieurs la chambraient, ils lui proposaient une place autour de leur feu. Lui se tenait à l'écart près du feu des traqueurs. Pour bien montrer aux chasseurs qu'elle en préférait un de sa condition, elle était allée s'asseoir à ses côtés.

Jusqu'alors, il aurait juré qu'aucune femme n'aurait voulu de lui, à plus forte raison une femme jeune et belle comme elle qui, d'un simple regard, aurait pu décrocher un parti plus intéressant, un vétérinaire par exemple, sans chercher plus loin. Peu importe que la passion se soit refroidie entre eux, la reconnaissance qu'il lui voue est encore intacte, et à présent elle rejaillit en lui. Il doit tout à Alice. Personne ne touchera un seul cheveu de sa tête. Il l'embrasse d'ailleurs sur sa chevelure qui sent toujours si bon et il murmure : « Allons, allons, mon petit cœur… »

Elle se calme un peu. Il se penche vers la table de nuit, prend un mouchoir dans le tiroir. Elle se mouche, se tamponne les yeux et demande d'un air suppliant : « Tu me crois, toi au moins ?

— Bien sûr que je te crois.

— Moi, tuer le docteur ? Comment est-ce que le commissaire peut imaginer une pareille sottise ? Il faut absolument qu'il trouve le vrai coupable, hein, Jacques ? »

Il ne répond pas, il hésite. Il pourrait l'approuver : ce serait un mensonge. Maintenant qu'elle s'est confiée avec une telle franchise, il répugne à la tromper. Il était résolu à tout garder pour lui, mais c'était avant cette scène qui l'a pris aux tripes. Elle remet son plan en question. S'ils partageaient leurs secrets, ils pourraient ressouder leur union peut-être. Elle a fait le premier pas, à lui maintenant.

Il y va prudemment : « Je ne peux pas vraiment souhaiter que le commissaire découvre le vrai coupable, Alice. Il vaudrait mieux pas, du moins si on peut l'éviter.

— Qu'est-ce que tu veux dire ?

— Le coupable, je le connais.

— Tu sais qui c'est ! Il faut le dénoncer au commissaire immédiatement !

— Je ne peux pas. Je le ferai seulement si la juge t'inculpe. Sinon je n'ai pas l'intention de le livrer.

— Pourquoi ? Je ne te comprends pas !

— Parce que le coupable… c'est moi.

— Toi !

— Oui, c'est moi qui ai tué Vanloo. »

Elle s'arrache à lui d'un coup, rejette sa tête sur son oreiller, s'éloigne de tout son corps comme s'il venait de lui annoncer qu'il avait attrapé la brucellose. Lui se redresse à demi sur son coude, il voit ses yeux effarés.

« Je vais t'expliquer, Alice. Tu vas comprendre. Il fallait que je le fasse. Je l'ai tué parce qu'il voulait nous prendre Léa.

— Léa ? Comment, Léa ? Il ne la connaissait même pas.

— Il l'avait rencontrée à son hôpital.

— C'est impossible, elle travaille à Esch, et lui à Luxembourg.

— Une fois par semaine, il opérait également à Esch, dans sa spécialité, je ne sais plus quoi au juste. C'est comme ça qu'il a remarqué Léa. Par hasard, il a appris qu'elle était de Fontenal. Il a trouvé ça amusant, il s'est mis à la baratiner. Forcément, elle était flattée : un chirurgien ! Elle ne s'en laissait pas conter pour autant. Elle était au courant de ses frasques, on en a assez parlé à table quand elle vient le samedi. Elle savait pour la femme de Warland. La seule chose qu'elle ignorait, comme tout le monde ici, c'est que Vanloo était marié. Petit à petit, il s'est fait plus insistant. Il lui envoyait des SMS à longueur de journée. Il lui avait promis de balancer Lynn. Il lui suggérait de se retrouver au presbytère quand elle venait nous voir.

— Comment sais-tu tout ça ?

— Parce que Léa me l'a raconté. D'abord, en rigolant, comme si c'était sans importance, qu'elle n'avait aucune intention de donner suite à ses boniments. Mais je voyais bien qu'elle était troublée, mine de rien. Tu penses si je l'ai mise en garde. Puis la semaine dernière, je l'ai prise à part, je voulais savoir où elle en était. Elle m'a rembarré : "C'est ma vie, papa. Laisse-moi tranquille." J'ai senti que ça tournait mal, tu comprends ?

— Pourquoi ne m'en as-tu pas parlé ? Elle m'aurait écoutée peut-être.

— J'ai pensé au choc que ça te causerait, notre fille avec ce salaud. Je voulais t'épargner ça. »

Cette délicatesse radoucit un peu les yeux d'Alice. Ça lui fait du bien. C'est vrai qu'il avait voulu la ménager, même s'il avait une autre raison, moins avouable, de ne pas l'avertir. Il avait craint, au début du moins, qu'Alice ne saute illico sur le râble de Vanloo. Il l'aurait congédiée. Une rentrée de soixante euros chaque semaine, tout de même…

« Dimanche, je suis allé au cimetière comme chaque semaine sur la tombe de maman. En même temps, ça me démangeait de passer au presbytère pour rencontrer Vanloo. Je n'avais absolument pas le projet de le tuer. Je voulais lui causer entre quatre yeux, lui fiche un peu la frousse, pas plus. Quand je suis arrivé devant l'allée, j'ai aperçu la voiture de Lynn. En attendant qu'elle parte je suis allé voir maman. Entre-temps, Warland s'est amené, il s'est garé à l'église derrière la haie de buis. Puis Lynn est sortie. Elle pleurait comme un veau, elle est repartie. Aussi sec, Warland a foncé au presbytère, il est entré, d'un coup, sans frapper. Il est resté dix minutes tout au plus, puis il est reparti à son tour. Je te jure, j'espérais qu'il avait pris sa revanche, qu'il lui avait cassé la gueule.

— Mathias ne l'a pas touché, il me l'a dit.

— Dommage… Ça m'aurait évité… Je voulais rentrer à la maison, mais je me rappelais que Vanloo avait promis à Léa de se débarrasser de Lynn pour lui faire place nette. Alors, quand je suis repassé devant le presbytère, j'ai décidé d'aller m'assurer que Warland lui avait fait perdre le goût de la conquête.

— Tu avais emporté ma clé ?

— Ta clé ? Je ne sais même pas où tu la ranges. Au départ, je pensais frapper à la porte tout bêtement. Pourquoi Vanloo ne m'aurait-il pas ouvert ? Après tout ce raffut, je me suis dit qu'il ne se dérangerait pas sans doute. Alors, je me suis introduit comme ça.

— C'était ouvert ?

— Oui. Je m'imaginais le trouver un œil au beurre noir, le nez en compote, peut-être même en plus mauvais état encore. En réalité, il était dans le séjour, frais comme une fleur, un verre à la main. Pas du tout le type qui se serait barricadé après une dégelée.

— Et alors ?

— Évidemment, il était surpris. Je l'ai prévenu que, si jamais il touchait à Léa, il aurait affaire à moi. Ça l'a fait marrer. Il s'est moqué de moi. Il s'est vanté qu'il l'aurait, que ça me plaise ou non, et même qu'il t'aurait toi aussi si ça lui chantait, qu'il n'avait qu'à claquer des doigts. Ma tête était prête à éclater. Un moment, il s'est retourné pour remplir son verre. J'avais mon couteau de chasse dans la poche intérieure de ma veste, pas pour m'en servir, je n'y aurais jamais pensé, pour lui faire peur, c'est tout, mais après ce qu'il venait de me dire, je ne me contrôlais plus. Je l'ai frappé dans le dos. »

Les injures que Vanloo lui avait envoyées à la figure, il ne saurait les répéter à Alice. Le salaud avait commencé par ironiser : c'était vraiment la journée des récriminations : Lynn, Warland, puis lui ! Tous des pleurnichards ! Et lui, le bouquet ! Un bon à rien, qui faisait trimer sa femme à sa place, comme un maquereau. Un pauvre type, un minus ! Il ne manquait que cette insulte que son père lui avait assenée toute son enfance, avant, pendant et après lui avoir retourné une paire de claques. Vanloo n'aurait jamais dû la lui rappeler.

De toute façon, pour Alice, il en a dit assez. Elle écarte la couverture, descend du lit.

« Je ne me sens pas bien. Il faut que j'aille à la salle de bains.

— Qu'est-ce que tu as ?

— Laisse-moi, s'il te plaît. »

Elle sort de la chambre. La suite, les détails, elle n'en a rien à faire. Cela vaut mieux d'ailleurs, car il faudrait qu'il avoue qu'il s'est servi d'elle en quelque sorte pour brouiller les pistes.

D'abord il est resté groggy après les dernières convulsions de Vanloo. Puis il s'est secoué, est allé à la cuisine, a emballé le couteau dans du papier essuie-tout. Il fallait repartir, ne pas se faire repérer dans le village désormais. Il a décidé de s'enfuir par la porte de derrière, celle par laquelle le curé envoyait les gosses en récréation dans son jardin du temps qu'il suivait le catéchisme. De là, il prendrait le chemin des Gades.

Il allait s'en aller quand il a aperçu la clé dans la serrure de la porte de devant. Contrairement à ce que les flics pensaient, si quelqu'un avait voulu pénétrer pendant la journée avec un double, il n'aurait pas pu l'introduire dans la serrure par l'extérieur. C'est logique, quand on est chez soi, on laisse la clé sur la porte.

Dans son esprit troublé, Alice a surgi. Le lendemain matin, elle allait se présenter pour faire le ménage. Il fallait qu'elle trouve le presbytère comme à l'ordinaire. Il a bouclé la porte, a retiré la clé et l'a déposée sur la console du couloir, comme Vanloo l'aurait fait avant de partir à Luxembourg le lendemain matin. De cette façon, elle entrerait, découvrirait le cadavre et, certainement, redescendrait immédiatement le chercher à la ferme.

La porte de derrière, qui n'a qu'un verrou intérieur, il l'a laissée ouverte. Il est reparti par le sentier à flanc de colline. À la maison, il a mis le couteau en lieu sûr. Si jamais un jour on le lui demandait, il dirait qu'il l'avait perdu à la chasse.

Lundi matin, quand il est revenu au presbytère avec Alice, il s'est arrangé pour pousser le verrou de derrière sans qu'elle s'en aperçoive. Avec les flics, les magistrats, tout a marché comme sur des roulettes. Son propre calme l'étonnait.

Naturellement, l'après-midi, quand Warland est arrivé pour la césarienne, il a pris conscience que c'était lui qui allait porter le chapeau. La voiture de Lynn stationnait dans l'allée du presbytère au vu de tous, les flics ne tarderaient pas à l'apprendre. Celle de Warland était passée inaperçue le temps qu'elle était restée cachée derrière l'église sans doute, mais il y avait tout de même son aller et retour. Quelqu'un avait pu le remarquer. Lui n'avait garde de le balancer aux enquêteurs : inutile d'attirer leur attention sur sa propre présence dans les parages. À supposer que quelqu'un l'ait aperçu, vu qu'il va au cimetière tous les dimanches, personne ne le mentionnerait, cela n'avait rien de notable.

Pendant qu'il observait les regards enamourés d'Alice au vétérinaire qui se rinçait le torse à la cuisine, la perspective qu'il allait se retrouver dans un drôle de chiendent lui avait procuré un certain plaisir. Mercredi, toutefois, quand Warland est venu quémander un alibi, il a eu des scrupules – non pas à lui demander d'effacer son ardoise, mais à le charger d'un crime qu'il n'avait pas commis. Il y a des limites. Il ne voudrait pas qu'un innocent paie pour lui. Ni Warland ni à plus forte raison Alice.

Au fait, qu'est-ce qu'elle fabrique ? Elle ne remonte pas à la chambre. Serait-elle encore à la salle de bains ? Il ne s'autorise jamais à l'y déranger, mais il s'inquiète. Il descend.

« Alice ? »

Il aperçoit de la lumière à la cuisine. C'est là qu'elle s'est réfugiée. Elle est assise à la table, une tasse de lait devant elle.

« Qu'est-ce que tu fais ?

— Je suis malade. J'ai vomi. »

Il s'assied près d'elle. Il lui prendrait les mains si elle ne les serrait toutes les deux autour de la tasse.

« Tu l'as dit à Léa, ce que tu as fait, quand elle t'a téléphoné ? demande-t-elle craintivement.

— Non, bien sûr. Elle a appris que Vanloo était mort pendant la semaine. Elle était encore secouée. C'est pour ça qu'elle préférait ne pas venir demain. Elle m'a demandé si on savait quelque chose. J'ai dit que la police enquêtait, mais qu'on n'avait pas d'informations.

— Elle te soupçonne ?

— Pas du tout.

— Comme ça, il n'y a que nous deux qui connaissons la vérité.

— Oui, rassure-toi. »

Elle reste un long moment silencieuse. Lui, les doigts noués contre ses lèvres, ressemble à quelqu'un qui prie. Elle finit par murmurer : « Ça ne me rassure pas, Jacques… Tu te rends compte que, si je m'en tire, on va devoir vivre avec ça entre nous deux jusqu'à la fin de nos jours ? »

22.

Le week-end est passé, nous sommes lundi, dix-sept heures déjà. Une semaine s'est écoulée depuis le début de l'affaire du presbytère. Quelques jours seulement, mais dans une enquête il y a plus à espérer de la première semaine que de toutes celles qui suivront. Ce n'est pas Mme Vandewalle, la juge d'instruction, qui prétendra le contraire. Elle se trouve dans son bureau, devant son PC, ses lunettes sur le nez. Il fait sombre, au plafond les néons sont allumés. La pluie s'est mise à tomber pendant la nuit, c'est parti pour l'habituel été pourri. Un temps à rédiger des rapports.

Précisément, elle y est occupée. Elle a décidé de clore son instruction. Plus que la conclusion, et son ordonnance de soit-communiqué sera terminée. Elle n'aura plus qu'à la transmettre au parquet. Sophie Lebrun pourra l'étudier et en débattre jeudi avec le procureur du roi. Il sera rentré de son congé. Si le dossier leur convient, ils renverront qui de droit devant les tribunaux. S'il leur semble incomplet, comme il est bien possible, ils lui adresseront un réquisitoire complémentaire pour de plus amples informations. Dans un cas comme dans l'autre, elle n'en sera avertie qu'après ses vacances. Demain, mardi, Jean et elle s'envolent pour Yerevan. Pas question de renoncer à ce voyage qu'ils préparent depuis un an.

De toute façon, elle n'a pas à se faire de scrupule. Il ne reste pratiquement plus aucune chance que les enquêteurs découvrent de nouveaux éléments. Il faudra se débrouiller avec ce que Demaret a engrangé, ce qui au demeurant n'est pas négligeable du tout. Pour sa part, elle a prononcé une inculpation qui ne devrait pas déplaire à Sophie Lebrun.

Décidément, cette petite substitute qui l'exaspérait tellement n'a pas manqué de jugeote. Elle doit reconnaître qu'elle s'est trompée sur son compte. Elle-même n'aurait pas dû fondre si vite sur Warland. À sa décharge, elle peut invoquer que c'est Demaret qui lui avait fait miroiter la piste du vétérinaire : le schéma banal du crime passionnel, le triangle amoureux, femme, mari, amant. Du tout cuit ! Il s'était égaré autant qu'elle.

Raison pour laquelle il avait préféré laisser son adjoint, Collard, l'informer vendredi au début de l'après-midi qu'il n'y avait pas le moindre indice matériel à charge de Warland. Elle a dû remettre le pauvre homme en liberté, encore tout étourdi par son arrestation judiciaire, en le priant pour la forme de rester à la disposition de la justice jusqu'à nouvel ordre.

Le même jour à dix-sept heures trente, Demaret s'est présenté en personne. De Warland, plus question : à croire qu'il ne l'avait jamais soupçonné ! Depuis la veille, il s'était trouvé de meilleurs suspects à se mettre sous la dent.

En résumé, d'abord il avait rencontré Durieux et appris que le dimanche il avait déjeuné avec son beau-fils à Fontenal même, à l'auberge du Vieux Moulin. Au menu, si on peut dire, le divorce de Vanloo d'avec sa fille. En dépit de ses fredaines, en effet, Vanloo ne voulait pas se dessaisir de sa légitime épouse. Durieux, façon patriarche, aurait tenté d'arrondir les angles. S'il fallait l'en croire, il avait joué la carte de l'apaisement en convainquant Vanloo de garder espoir. Bref, un repas cordial, qui s'était terminé aux environs de treize heures trente.

Après quoi, Durieux se serait rendu à l'abbaye d'Orval pour prier – ce qui restait à vérifier, mais comment croire qu'il ait pu inventer une telle extravagance ? Réconforté, il serait repassé au presbytère vers dix-huit heures, mais aurait trouvé visage de bois.

Toutefois, selon les affirmations de la patronne du Vieux Moulin, que Demaret avait interrogée ensuite, le déjeuner ne se serait pas déroulé comme Durieux l'assurait. La conversation avait été houleuse, Vanloo s'était colleté avec son beau-père et l'avait planté là, de fort méchante humeur.

La seule précision qu'elle a demandée au commissaire concernait les clés du presbytère. Demaret avait établi qu'il en existait trois : celle de la maîtresse de Vanloo, celle de la femme de ménage et une troisième non localisée.

« En la possession de Durieux, peut-être ? a-t-elle suggéré.

— Il prétend que non. »

Elle n'a pas commenté. Après le couac du commissaire sur le dos de Warland, elle aimait autant se passer de ses conclusions. Elle l'a seulement informé qu'elle convoquait Durieux pour ce lundi matin.

Demaret lui-même ne semblait pas désireux de s'étendre davantage sur ses premières investigations. Il avait un autre fer au feu qu'il avait hâte de lui découvrir. Ses enquêteurs avaient trouvé au presbytère une lettre anonyme qui menaçait Vanloo de mort s'il ne congédiait pas l'épouse de Warland. Or ils venaient d'établir que cette lettre était de la femme de ménage, Mme Brasseur. Il a précisé : « Vous l'avez rencontrée lundi sur la scène du crime, vous vous rappelez ? C'est elle qui a découvert le corps. »

Sans aucun doute, elle se souvenait bien de cette personne discrète, presque effacée. Un beau visage, des manières délicates. Quand elle lui avait versé son café avant l'arrivée de la substitute, elle lui avait en même temps adressé un sourire, dans lequel, toute juge qu'elle soit, par-delà leurs conditions respectives, elle avait senti une complicité entre femmes au sein d'une réunion dominée par les hommes.

Demaret a ajouté que Mme Brasseur faisait la plonge au Vieux Moulin le dimanche après-midi, mais qu'elle aurait pu s'éclipser le temps de mettre ses menaces à exécution, d'autant qu'elle possédait une clé.

Cette fois, elle n'a pu s'empêcher de lui demander s'il la croyait coupable.

« Matériellement, elle réunit les conditions nécessaires et suffisantes pour commettre le crime. Pourtant, depuis que je lui ai parlé tout à l'heure, j'hésite. Elle m'a semblé si… enfin tellement…

— C'est bon, commissaire. Je me ferai ma propre idée. Faites-la venir lundi. »

Son idée, elle se l'est forgée en une demi-heure au début de la matinée. À neuf heures, les Brasseur attendaient devant sa porte, accompagnés par le commissaire. Bien propres sur eux, le mari engoncé dans une veste de velours vert style chasseur, sa femme en gabardine beige. Le mari, si décontracté lundi passé au presbytère, avait l'air pétrifié. Le regard fixe, les épaules voûtées, il semblait avoir pris quelques années de plus en une seule semaine. Il tenait son épouse par le coude, s'imaginait sans doute la soutenir pendant l'entrevue, mais elle lui a enjoint de patienter sur le banc. Pareil pour Demaret, qui, de ce fait, lui a remis sur place, dans le couloir, la grande enveloppe jaune qu'il tenait à la main.

Elle a fait entrer Mme Brasseur. Un mot pour présenter le greffier, qui lui a décerné un sourire d'assistante dentaire, puis pour lui proposer un café. Elle a refusé poliment.

L'enveloppe contenait la lettre anonyme. Après un bref coup d'œil, elle s'est étonnée : « Cette lettre, madame Brasseur, franchement, je ne comprends pas… Pourquoi ?

— Je l'ai expliqué à M. le commissaire.

— C'est à moi qu'il faut l'expliquer maintenant. »

Cette invitation sur un ton contenu, au diapason du filet de voix de Mme Brasseur, tout en transmettant la lettre au greffier. Ce que la femme de ménage a déclaré bribe par bribe, avec une extrême pudeur – à savoir qu'elle avait voulu rendre son épouse au vétérinaire tant il lui faisait pitié – lui a semblé plus crédible, plus en accord avec sa personne délicate que n'importe quelle toquade amoureuse pour Vanloo ou pour Warland, qui certainement aurait davantage aguiché un juge d'instruction du sexe prétendument fort.

Dans une lettre anonyme, la menace de mort constitue un lieu commun, une sorte de clause de style qui est très rarement suivie d'effet. Elle-même, c'est inévitable quand on instruit des affaires à la chaîne, a reçu quelques épîtres de ce genre au cours de sa carrière, dont une très réussie, illustrée d'un cercueil découpé dans un catalogue de pompes funèbres. Elle les a toujours chiffonnées sans autre formalité et expédiées à la corbeille à papier.

Comment croire que la timide créature qui courbait le front devant elle ait songé un seul instant à faire couler le sang ? En outre, qu'est-ce qui l'y aurait incitée particulièrement le dimanche après-midi, alors qu'elle était en plein travail au Vieux Moulin ? Une poussée d'adrénaline en rapport avec le repas de Vanloo et Durieux ?

« Vous avez vu le docteur Vanloo au Vieux Moulin le jour du meurtre ?

— Le docteur ? Non.

— Vous n'étiez pas au courant qu'il déjeunait à l'auberge ?

— Non. Les clients, je ne les vois pas, je reste dans la buanderie.

— Quelqu'un aurait pu vous signaler sa présence, quelqu'un qui fait le service en salle.

— On n'a pas le temps de parler, vous savez. »

C'était comme si elle venait de tirer sur un fil du scénario imaginé par Demaret et que toute sa trame se dévidait pour se ratatiner en une pelote informe. Presque avec le plaisir que l'on prend lorsque le tissu se défait de plus en plus facilement, elle a encore demandé, sûre de la réponse : « La clé du presbytère, vous l'emportez avec vous pour faire la plonge ?

— Non, pour quoi faire ?

— Où la rangez-vous ?

— Dans la trousse de réparation de mon vélo.

— La trousse ?

— Le petit sac pour les rustines, derrière la selle.

— Ah, d'accord. Vous alliez au presbytère à bicyclette ?

— Oui.

— Au Vieux Moulin aussi ?

— Non, c'est à deux pas, j'y vais à pied. »

Inutile de mettre plus longtemps cette innocente sur la sellette. Elle l'a laissée repartir, elle la recontacterait, a-t-elle dit, si nécessaire. Mais c'était prononcé si tranquillement que Mme Brasseur a dû comprendre qu'elle ne la recontacterait plus.

Un quart d'heure plus tard, elle a reçu Daniel Durieux. Autant Mme Brasseur l'avait aussitôt touchée, autant Durieux lui a fait une désagréable impression. Sobrement vêtu – complet gris, chemise blanche, cravate mauve –, on aurait dit néanmoins qu'il portait un costume de scène. Elle l'a invité à s'asseoir sans lui proposer de café. Elle-même pourtant en aurait pris un volontiers. Les effluves de l'eau de toilette de Durieux parvenaient jusqu'à elle. Vu la fenêtre bloquée, aucune chance qu'ils s'évacuent. Dans ses entretiens, elle espère toujours un peu de sueur chez le prévenu. Mme Brasseur ne transpirait pas, mais elle ne s'était pas non plus parfumée.

Quelques formalités d'identité pour le greffier, puis elle a ouvert le feu : « Monsieur Durieux, vous êtes une des dernières personnes à avoir vu le docteur Vanloo en vie le dimanche du meurtre. Vous êtes conscient de l'importance de ce fait pour la justice ?

— Certainement, madame.

— Vous avez déjeuné avec lui à l'auberge du Vieux Moulin.

— En effet.

— Pourquoi ce repas en tête à tête ?

— Le docteur était mon gendre. La famille…

— C'est ça ! Un déjeuner de famille ? Sans la présence de votre fille ?

— Candice était retenue par…

— Je vous arrête tout de suite, monsieur Durieux. Laissez tomber ce petit jeu ! Si vous êtes venu ici pour me jeter de la poudre aux yeux, vous perdez votre temps, je vous avertis. Dans votre propre intérêt, tenez-vous-en à la vérité. La vérité, vous voyez ce que je veux dire ? Les faits, monsieur, rien que les faits.

— Bien, bien…

— Ce n'est pas du tout par affection familiale que vous avez invité votre beau-fils au restaurant, mais pour discuter de son divorce d'avec votre fille.

— Oui, nous en avons parlé.

— Parlé ? Gentiment, sans doute, entre la poire et le fromage ? De grâce, épargnez-moi la version édulcorée que vous avez servie au commissaire Demaret. Votre entrevue s'est mal passée. Il y a eu des éclats de voix et le docteur Vanloo vous a quitté très mécontent.

— Eh bien…

— Il y avait du monde aux autres tables. Si vous y tenez vraiment, nous aurons vite fait de réunir quelques témoignages pour vous rafraîchir la mémoire. Alors dites-moi, cette altercation, pour quel motif ?

— Éric ne se faisait pas à l'idée de ce divorce.

— Que votre fille demandait.

— Oui.

— Avec votre appui certainement.

— En fait, non… Candice est très instable, j'essayais plutôt de la raisonner.

— Elle avait pourtant de solides arguments, son mari était un coureur de jupons impénitent.

— Candice l'ignorait.

— Vous ne lui en aviez pas fait part ?

— Non.

— Dois-je en conclure que vous étiez le complice des incartades de votre gendre ? Complice contre votre propre fille.

— J'avais fait mon possible pour inciter Éric à mettre un terme à ses aventures. Mais c'était une obsession, une sorte de maladie chez lui. Il prétendait qu'il se rangerait dès qu'il retrouverait Candice. C'est vrai que, tout le temps qu'ils avaient été ensemble, il n'y avait pas eu le moindre accroc à lui reprocher.

— Il vous bousculait pour que vous convainquiez votre fille de renoncer à le quitter.

— Oui.

— Et lors de ce déjeuner, vous avez été contraint de lui avouer que vous n'aviez obtenu aucun résultat, que le divorce était inévitable.

— Effectivement, j'ai dû…

— D'où la colère de votre gendre. »

Là, elle a marqué un temps d'arrêt, afin que Durieux sente bien qu'ils avaient atteint un premier palier. Il venait de reconnaître que son gendre s'était emporté violemment contre lui, mais qu'il avait fait profil bas. Face à Vanloo, cavaleur invétéré à qui sa femme en divorçant s'apprêtait à rendre la monnaie de sa pièce, il était donc en mauvaise posture. Pour quelle raison ? Elle avait de quoi l'étayer.

Elle a ouvert un tiroir de son bureau et en a retiré le classeur que Sophie Lebrun lui avait laissé jeudi. Depuis, elle avait pris le temps de l'éplucher. Elle s'était fait une certaine idée de l'individu qui rongeait son frein devant elle.

Comme la substitute le lui avait annoncé, les noms de Durieux et d'Arthur Vanloo, le père d'Éric, étaient cités dans de nombreuses affaires douteuses. La société de financement Vanloo avait sauvé Durieux Constructions de la faillite au moment du mariage des enfants des deux larrons. Que Candice Durieux ait été une sorte de gage du père aux Vanloo au moment d'obtenir son crédit, ainsi que le suggérait Sophie Lebrun, c'était parfaitement crédible. Le dimanche du meurtre, Vanloo menaçait Durieux de retirer les billes de la société désormais dirigée par sa mère, qui ne pouvait rien refuser à son fils. Durieux avait l'épée dans les reins.

Elle a sorti quelques pièces du classeur de la substitute – rapports de la Sûreté, plaintes au parquet, coupures de journaux – et les a avancées une à une en silence sous les yeux de Durieux. Il soupirait, protestait, se plaignait d'être persécuté. Finalement, elle a exhibé une enquête du *Vif-L'Express.* Quelques passages consacrés au renflouement de Durieux Constructions étaient surlignés en fluo. Sous l'intertitre « Dans la corbeille de la mariée », Benoît Michiels, le journaliste, faisait remarquer avec ironie que la date de la transaction coïncidait avec celle du mariage de Candice Durieux et Éric Vanloo. Illustration : les deux jeunes mariés sous une pluie de riz au sortir de l'église.

Là, c'était vraiment enfoncer le clou. Acculé dans ses derniers retranchements, Durieux a admis que les Vanloo allaient lui couper les vivres. Après que son gendre avait quitté le Vieux Moulin, il était si désespéré, a-t-il expliqué, qu'il était allé prier à l'abbaye d'Orval, lui qui se serait flatté de ne plus croire ni à Dieu ni à diable.

Elle s'est esclaffée : « Arrêtez, monsieur Durieux, arrêtez ! Vous allez me faire pleurer ! Si vous vous êtes montré à Orval, c'était pour que je le sache le jour venu, et que j'en conclue à votre innocence. Un homme qui s'agenouille pour invoquer la miséricorde divine ne saurait aller assassiner son prochain quand il quitte son prie-Dieu, n'est-ce pas ?

— Je n'ai pas assassiné Éric ! C'est absurde. Je n'aurais même pas pu entrer : la porte était fermée à clé quand je suis repassé au presbytère.

— Dites-moi, quand vous frappez à une porte ou que vous appuyez sur la sonnette, si on ne répond pas, qu'est-ce que vous faites habituellement ?

— Ce que je fais ? Qu'est-ce que vous voulez dire ? Eh bien, je m'en vais.

— D'accord. Vous n'essayez pas de pénétrer à l'intérieur malgré tout ?

— Non, évidemment.

— Vous me dites que la porte était fermée à clé, c'est donc que vous avez tenté de la pousser. Et, si vous avez essayé, c'est parce que, en cas de fermeture, vous aviez la solution : vous aviez une clé.

— Pas du tout !

— Allons, monsieur Durieux. Vanloo avait fait réaliser trois doubles, dont un pour vous. »

Est-ce qu'il allait nier ? Elle n'aurait pu lui opposer la moindre preuve. Mais il était à bout, il s'est vendu lui-même : « Celle qu'Éric m'avait donnée, ce n'était pas pour moi, c'était pour Candice. Je la lui ai transmise aussitôt. Il voulait qu'elle sache qu'elle pouvait venir le rejoindre à tout moment du jour ou de la nuit. Il l'attendait.

— Eh bien, voilà ! Il vous a suffi de subtiliser la clé de votre fille !

— Je ne suis pas entré au presbytère, je le jure ! »

La fin de l'entrevue a été très pénible. Il s'est pris la tête entre les mains – peut-être pleurait-il ? – quand elle lui a signifié son inculpation.

« Comment aurais-je pu poignarder Éric ? a-t-il encore tenté de plaider. Je n'avais pas de couteau.

— Vous étiez censé aller à la pêche, si mes renseignements sont bons. Vous avez un équipement, je suppose.

— Oui, et alors ?

— Si je me réfère à l'attirail de mon mari, cela comporte un couteau.

— Non, non, je n'en ai pas.

— Disons que vous vous en êtes débarrassé. »

Elle a appelé Demaret. Il s'est occupé de le faire emmener. Ensuite, elle l'a chargé des dernières vérifications.

Trois heures plus tard, le commissaire lui a téléphoné. Candice possédait bien un double de la clé. Elle n'avait pas remarqué son éventuelle disparition de son appartement mais, bien entendu, elle n'avait pas un œil en permanence sur cette clé, dont elle n'avait jamais eu l'intention de se servir. D'autre part, la panoplie de pêche de Durieux, de marque Viking, comporte bien un couteau. Introuvable, naturellement.

Et voilà ! La juge relit les dernières lignes de son ordonnance de soit-communiqué : *En conclusion, il nous apparaît qu'il existe suffisamment d'éléments à charge contre M. Durieux Daniel pour considérer que notre instruction est terminée.*

Date…

Signature…

Et maintenant, place aux vacances !

23.

Le commissaire Demaret est allongé sur son transat au bord du Klein Strand d'Ostende. Pas en maillot de bain ! Exhiber sans honte comme tant de pépères alentour un bedon en fuite et des pectoraux en gants de toilette, très peu pour lui ! Il a seulement mis bas son blouson, retroussé ses manches de chemise, son jean sur les mollets, ôté ses mocassins, mais pas les chaussettes, pour éviter le sable entre les orteils.

Au loin, par-delà la forêt des parasols, la mer du Nord se la joue Méditerranée. À sa gauche, Giuliana, en maillot noir, chapeau de paille, lunettes de soleil style Audrey Hepburn, est occupée à tourner les pages d'un magazine. Bronzer ne l'intéresse pas particulièrement, sa *cornacchia* a un teint de pêche été comme hiver. Elle se laisse un peu vivre, c'est tout.

Le commissaire, lui, réfléchit. Hier, mardi, l'enquête Vanloo a connu un ultime soubresaut auquel il ne s'attendait pas. Il s'est octroyé un jour de congé pour encaisser.

Depuis la nuit de dimanche, le ciel est ballonné d'épais nuages qui crèvent à tout bout de champ. Comme la météo annonçait de larges éclaircies sur la côte, Giuliana a proposé une escapade à la mer. Les vacances scolaires viennent de commencer, ses bambins lui ont offert un gros bouquet de fleurs, les petites chaises sont les pieds en l'air sur les bancs jusqu'en septembre. Ils ont pris le train le matin, ont loué des transats sur place et pique-niqué à la plage. Giuliana est contente et, de son côté, il va pouvoir revenir à loisir sur les dernières péripéties.

Lundi en fin de journée, lorsqu'il a téléphoné à Mme Vandewalle pour les vérifications finales concernant la clé de Candice et le couteau de son père, elle lui a confirmé qu'elle transmettait le dossier au parquet. Par conséquent, pour elle comme pour lui, mission accomplie en attendant la réaction de la substitute et du procureur, après ses vacances de toute façon, puisqu'elle embarquait pour l'Arménie le lendemain.

Hier, donc, elle devait se trouver à Zaventem ou peut-être même déjà dans l'avion quand, sur le coup de dix heures, il s'est rendu chez les Brasseur dans l'intention de récupérer la clé d'Alice afin de la joindre aux autres pièces à conviction. Après toutes les émotions par lesquelles elle était passée, Alice n'avait pas l'air très rassurée de le voir encore une fois rappliquer. Elle était pâle, les yeux cernés, comme quelqu'un qui n'a pas beaucoup dormi.

Tom sur ses talons, il est allé avec elle jusqu'à l'appentis où elle range sa bicyclette. La clé se trouvait dans la petite trousse de secours accrochée sous la selle. Il l'a glissée dans un sachet en plastique sous le regard d'Alice toujours plus inquiète. Elle lui faisait pitié. Il s'est mis en devoir de la rassurer : la juge d'instruction avait été convaincue par ses explications au sujet de la lettre anonyme, elle n'avait plus rien à craindre. Si Mme Vandewalle avait ordonné qu'elle reste à sa disposition, c'était pure routine, et d'ailleurs cela n'avait plus raison d'être désormais. La juge s'était forgé sa conviction sur le coupable, elle avait déjà transmis au parquet.

Alice, l'air incrédule, a demandé : « On connaît le coupable ?

— En tout cas, tout semble accuser Daniel Durieux, le beau-père du docteur.

— Le beau-père !

— Eh oui… »

Elle restait bouche bée, comme si elle ne pouvait y croire.

« Vous connaissez Durieux, Alice ?

— Non, pas du tout.

— Vous l'avez peut-être croisé à l'occasion au Vieux Moulin. C'est un client régulier.

— Jamais.

— Vous n'avez rien perdu, je peux vous le dire. C'est un type pas clair du tout, impliqué jusqu'au cou dans toutes sortes de magouilles. Ça n'aurait rien de surprenant qu'il se soit débarrassé de Vanloo : son gendre le menaçait de le mettre sur la paille si sa fille ne renonçait pas au divorce.

— Alors, il va être jugé ?

— Le parquet en décidera bientôt. »

Ils ont quitté l'appentis. Elle le suivait, aussi muette que Tom. Quand il a été sur le point de remonter dans sa voiture, soudain elle l'a retenu : « Je suis certaine que ce n'est pas ce monsieur qui a tué le docteur.

— Et pourquoi ?

— Mais… parce que… je ne sais pas… c'est son beau-père tout de même, sa famille…

— Il y a bien des maris qui tuent leur femme, vous savez.

— Ce n'est pas pareil. Un homme, une femme : il peut arriver des choses très… gênantes entre eux. Mais un beau-père, son gendre, son enfant, pratiquement… Ce n'est pas lui, monsieur le commissaire.

— Nous verrons ça au procès, Alice.

— Nous ? Vous voulez dire que moi aussi, je devrai y aller ?

— En tant que témoin, évidemment. C'est vous qui avez découvert le corps. Mais ne vous faites pas de souci, ça se passera bien. »

Cette perspective n'était pas du tout pour la tranquilliser. Il ne savait qu'inventer pour la quitter sur une note plus sereine.

« Allons, Alice, il faut vous reprendre. S'il y a un procès, ce ne sera pas pour tout de suite. Vous pouvez recommencer à vivre comme d'habitude. À propos, votre fille a apprécié le poulet ? Curieuse question de la part d'un flic, n'est-ce pas ? Je parle du volatile que vous plumiez vendredi, bien entendu !

— Finalement, elle n'est pas venue.

— Ah, dommage ! Un contretemps ?

— Oui, sûrement.

— Ça doit arriver, je suppose, dans sa profession. Elle est infirmière, vous m'avez dit, c'est ça ?

— Oui.

— Partie remise ! Vous la verrez samedi prochain. Au revoir, Alice ! »

Il a pris place au volant en écartant doucement Tom qui poussait du museau pour monter avec lui, et il a refermé la portière.

Tout le trajet du retour, la conversation a tourné dans sa tête. Comment avait-il pu un moment soupçonner une si bonne fille ? Elle n'arrivait même pas à se figurer qu'un beau-père s'en prenne à son gendre ! Vraiment quelle candeur ! Quand on est flic, à se frotter du matin au soir à des fripouilles, on finit par oublier qu'il y a encore des gens honnêtes.

À midi, il est rentré à la maison, vu qu'il n'avait plus rien d'urgent à l'hôtel de police et que Giuliana était en vacances. Il a dressé la table, débouché une bouteille de valpolicella, puis elle a servi. En entrée, un minestrone. Le potage lui a rappelé la soupe de betteraves chez les Brasseur. Tandis qu'elle se penchait vers lui, elle a eu avec la louche le même mouvement élégant qu'Alice. Deux femmes de la même trempe, franches et bienveillantes, une pensée qui lui était venue déjà plus d'une fois. Il a eu envie de lui raconter sa visite du matin, convaincu que Giuliana approuverait les réticences d'Alice à incriminer Durieux. C'est dire si elle l'a drôlement soufflé quand assez froidement elle a suggéré : « Peut-être qu'elle ne peut admettre qu'il soit coupable, tout simplement parce qu'elle connaît le vrai coupable.

— Quoi ? Tu veux dire que ce serait elle, la coupable ? La juge finalement n'y croit pas et moi non plus.

— Pas nécessairement elle. Quelqu'un d'autre qu'elle pourrait connaître.

— Impossible, Giulia, elle me l'aurait dénoncé. Quand la juge l'a convoquée, je te jure qu'elle était dans ses petits souliers. Si elle savait qui avait fait le coup, elle l'aurait balancé aussi sec.

— Sauf si elle voulait protéger le meurtrier.

— Giulia ! Tu regardes trop les séries à la télé ! »

Ils ont changé de sujet. N'empêche, alors qu'en général il s'en régale, il n'a pas digéré l'osso bucco qui a suivi. Il a eu beau avaler un limoncello avec son café, de retour à son bureau il se sentait tout nauséeux. Il a allumé son PC avec l'intention de relire l'ordonnance de soit-communiqué, que Mme Vandewalle lui avait fait parvenir en copie la veille au soir, comme si maintenant le document aussi lui restait sur l'estomac.

Aussitôt, il s'est aperçu que la juge lui avait envoyé un autre courriel auquel il n'avait pas pris attention. Il a cliqué.

Monsieur le commissaire,

En pièce jointe, le rapport de la police grand-ducale que j'avais sollicitée en commission rogatoire à propos des activités de Vanloo au Luxembourg. Rien d'intéressant, comme vous le verrez.

Cordialement,

G. VdW

Il a ouvert l'attaché. Les Luxembourgeois avaient interrogé la direction et le personnel du centre hospitalier de la capitale où Vanloo exerçait. Excellent chirurgien, patients ravis, aucun problème. Rien à signaler par conséquent, si ce n'est qu'il passait pour un séducteur, un peu insistant peut-être auprès des infirmières. Aucune plainte pour harcèlement toutefois. Le dernier paragraphe indiquait qu'il opérait une fois par semaine à Esch-sur-Alzette, où les investigations avaient abouti aux mêmes conclusions.

Il a mis l'ordinateur en veille, a baissé au maximum le dossier de son fauteuil de bureau et a fermé les yeux. Une petite sieste pour oublier l'osso bucco.

Un quart d'heure ne s'était pas écoulé qu'il s'est réveillé en sursaut. Son estomac ? Oublié, réduit au silence plutôt par une voix derrière son front qui martelait : « Esch-sur-Alzette ! Esch-sur-Alzette ! » Où avait-il entendu ce nom ? Chez les Brasseur ! Leur fille est infirmière à Esch, c'est ce qu'Alice lui a dit vendredi quand elle arrangeait son poulet. Il y a deux Esch au Luxembourg, Esch-sur-Sûre, qui n'est qu'un village, et Esch-sur-Alzette, la deuxième ville du pays. C'est là qu'elle est employée.

Tout à coup, son esprit s'est mis à cavaler. Est-ce qu'elle aurait eu maille à partir avec Vanloo ? Les Brasseur dans ce cas auraient pu… Non, pas Alice, inimaginable, mais son mari, Jacques ! Personne n'avait jamais songé à s'informer sérieusement de ce qu'il fabriquait le dimanche du meurtre. Il disposait de la clé du presbytère dans la trousse du vélo d'Alice. Une espèce d'ostrogoth, renfrogné, chasseur par-dessus le marché. Les traces qu'il avait laissées sur la scène du crime ne comptaient pas puisqu'il était censé avoir découvert le corps avec sa femme. Ah, vraiment, il n'y a pire aveugle que celui qui ne veut pas voir !

Et, évidemment pour Alice, pas question de dénoncer son mari. Le seul élément que les Brasseur n'avaient pas pris en considération, c'est qu'on accuserait un innocent. Raison pour laquelle déjà ils avaient tenté de fournir un faux alibi à Warland. Même si Durieux n'était qu'un salaud, Jacques peut-être, Alice en tout cas ne pouvait accepter de lui faire endosser un crime qu'il n'avait pas commis. D'où l'espèce d'affolement qui s'était emparé d'elle le matin, alors même qu'elle n'avait pas pris la peine de s'informer si Durieux avait avoué !

Cette fois, la tête lui tournait presque. Il était enivré pour ainsi dire. Depuis le début, il était passé d'hypothèse en hypothèse et il s'était planté royalement. Sa fameuse théorie du rond-point ! Il avait pris toutes les mauvaises sorties. Est-ce que cette fois c'était la bonne ?

Il est resté à cogiter fébrilement dans son bureau. À trois heures, il s'est décidé. Il est allé revoir les Brasseur.

Comme jeudi, ils étaient à table. Dans les fermes, on se ravitaille à quatre heures. Il faut tenir jusqu'au souper et, d'ici là, il faudra soigner les bêtes. Tom l'a fidèlement escorté au seuil, porte ouverte. Sans frapper, il s'est introduit dans la cuisine, s'est excusé de cette nouvelle intrusion.

« La dernière, je le promets. »

Les Brasseur : pétrifiés. Alice, par réflexe, lui a servi une tasse de café, sans s'aviser qu'il refusait d'un geste de la main. Quand elle s'est rassise, posément, comme à regret, il a prononcé : « Je vais devoir interroger votre fille, celle qui travaille à Esch-sur-Alzette, à propos de ses relations avec Vanloo. »

Coup de massue. Après un long silence, Jacques a murmuré : « C'est vraiment nécessaire ? »

Ce n'était plus le rouleur de mécaniques, mais l'homme déjà ébranlé la veille par la convocation de sa femme chez la juge d'instruction, complètement décontenancé à présent.

« Je ne sais pas, Jacques. Peut-être que si vous me disiez tout de suite où vous vous trouviez le jour du meurtre après-midi… »

Il a soupiré, il s'est tourné vers Alice qui l'implorait du regard, puis il a articulé : « Vous vous en doutez certainement, monsieur le commissaire. »

Voilà. Ils ont siroté leur café. Lui-même s'est forcé à le boire malgré le goût de Thermos. Chacun est demeuré silencieux, perdu dans ses pensées, comme on est dans la pièce attenante à la chambre mortuaire en attendant les visiteurs.

Quand il est ressorti, Jacques l'a raccompagné dans la cour. De la poche de poitrine de sa salopette, il a retiré la moitié de cigarette qui lui restait de la veille et l'a allumée. Il a tenu à préciser : « Ce que j'ai fait, je l'ai fait seul. Alice n'était même pas au courant que Vanloo voulait braconner Léa. Avant vendredi, je ne lui avais rien avoué. Dommage que ça finisse tout de même par retomber sur elle, sur la famille. À cause de moi… Qu'est-ce qui va se passer maintenant ?

— Ce ne sont pas les flics qui décident, Jacques. Ce sont les magistrats.

— Ah… Qu'est-ce qu'ils vont faire ?

— Ils ne sont encore informés de rien. Votre seul juge, tant qu'à présent, c'est votre conscience. C'est souvent le pire. »

Brasseur l'a regardé sans comprendre. Avant de remonter dans la voiture, il a demandé : « Et le couteau ?

— Dans la niche de Tom. Personne n'oserait jamais y mettre le bras. Sauf vous, apparemment. »

Le chien, en effet, lui léchait les mains. À croire que Tom, au lieu de grogner devant sa cage, ce qui aurait attiré son attention, avait tout fait pour la détourner.

« Vous voulez que j'aille vous le chercher ?

— Non… Laissez-le où il est. Vous ne vous en servirez plus jamais, je crois, hein ? »

La mer, sous l'effet de nuages réfractaires aux prévisions météo, vire du bleu au vert. La brise, qui rafraîchissait, se met à refroidir les touristes d'un jour. Giuliana tire un gilet de son sac.

« Tu dormais ? demande-t-elle.

— Non, je réfléchissais.

— À quoi ?

— À mon boulot. À la justice…

— Du moment que tu fais de ton mieux… »

La justice ? Durieux, une fois de plus, passera entre les mailles du filet. Un procès, au moins, aurait montré quel genre de combinard il était. Hier soir, revenu de la ferme Brasseur, il a encore envoyé un homme à Orval. Un moine avait remarqué Durieux à l'eucharistie vespérale, qui commence à dix-sept heures, c'est-à-dire à un moment où Vanloo était à l'état de cadavre selon le légiste.

Il pourrait l'indiquer tout de suite à Sophie Lebrun, au parquet. Mais il attendra le retour de la juge d'instruction. Le temps de laisser Durieux mariner un peu dans son jus.

Ensuite, l'affaire retombera au point mort et, conformément aux prédictions de Mme Vandewalle, elle s'enlisera.

« À propos, lance Giuliana, Clara a téléphoné hier soir avant que tu rentres. Elle se demandait ce qu'elle pourrait t'offrir pour ton anniversaire. Je lui ai suggéré une cravate.

— Tu sais bien que je n'en mets plus.

— Tu en mettras une pour lui faire plaisir. J'ai promis de ne rien te dire, d'accord ? »

Chaque fois qu'il songe à Clara, surtout depuis qu'elle a quitté le cocon familial, son cœur fond. Comment aurait-il agi si elle était tombée entre les mains d'un prédateur ? De quoi aurait-il été capable ? Et alors qu'est-ce qu'il serait advenu de Giuliana, de la famille ?

Ses pensées une fois de plus le ramènent au rond-point de la justice. Il a essayé toutes les sorties. Il a trouvé la bonne. Pourtant, quelque chose le pousse à rebrousser chemin, à regagner le carrousel de crainte de faire pire que mieux. Quitte peut-être à tourner indéfiniment en rond…

Il hésite.

Composition réalisée
par Rosa Beaumont

Ce livre existe grâce au travail de toute une équipe.

Communication : Caroline Babulle, Sandrine Perrier-Replein, Typhaine Maison, Adélaïde Yvert.

Coordination éditoriale et administrative : Céline Poiteaux, Martine Rivierre.

Studio : Pascaline Bressan, Barbara Cassouto-Lhenry, Joël Renaudat.

Fabrication : Muriel Le Ménez, Céline Ducournau, Bernadette Cristini, Sophia Paroussoglou, Phousa Chantharath, Isabelle Goulhot, Émilie Lapan (Canada).

Correction : Emmanuelle Coppeaux, Valérie Gautheron.

Commercial, relation libraires et marketing : Laetitia Beauvillain, Alexandra Profizi, Élise Iwasinta, Morgane Rissel, Aurélie Scart, Clément Vekeman.

Cessions de droits : Isabelle Votier, Benita Edzard, Lucile Besse, Sonia Guerreiro.

Gestion : Sophie Veisseyre, Chloé Hocquet, Isabelle Déxès, Camille Douin.

Service auteurs : Viviane Ouadenni, Jean-François Rechtman, Catherine Reimbold.

Ressources humaines : Mylène Bourreau.

Juridique : Laëtitia Doré, Anaïs Rebouh, Valérie Robe, Jean-Benoît Vassogne, Julia Crosnier.

Diffusion : Aurélia Spalacci (directrice des ventes), Nadine Eugénie, Céline Pitt, Arnaud Weill, Hervé Adamczyk, Annie Bourgade, Éric Charpentier, Gilles Couillard, Sandrine Ducrocq, Élisabeth Ehlinger, Guillaume Loras, Jean-Philippe Pilloux, Philippe Maulnier, Gilles Torché, Élisabeth Gastaldo, Jean-Pierre Stephany (Belgique), Olivier Béguin (Suisse), Jean Bouchard et Marie-Ève Provost (Canada), Emmanuelle Cadot, Virginie Godet et Caroline Pan.

Avec le soutien des équipes d'Interforum et d'Editis qui participent à la création, la diffusion et la distribution de ce livre.

Canoros Vehit Canentes

Imprimé en France en avril 2023
par l'Imprimerie Maury S.A.S. à Millau (12)
pour le compte des Éditions Robert Laffont
92, avenue de France, 75013 Paris

N° d'édition : 65935/04
N° d'impression : D23/72940L